《随笔》文丛
朱正　陈四益 主编

# 年轮

王得后 著

南方传媒 | 花城出版社

中国·广州

## 图书在版编目（CIP）数据

年轮 / 王得后著. -- 广州：花城出版社，2023.7
（《随笔》文丛 / 朱正，陈四益主编）
ISBN 978-7-5360-9771-1

Ⅰ. ①年… Ⅱ. ①王… Ⅲ. ①随笔－作品集－中国－
当代 Ⅳ. ①I267.1

中国版本图书馆CIP数据核字(2022)第214089号

出 版 人：张 懿
策 划 人：麦 婵　王 凯
责任编辑：王铮锴　王 凯
责任校对：李道学　袁君英
技术编辑：凌春梅
封面设计：张年乔

| 书　　名 | 年轮 |
| --- | --- |
| | NIANLUN |
| 出版发行 | 花城出版社 |
| | （广州市环市东路水荫路11号） |
| 经　　销 | 全国新华书店 |
| 印　　刷 | 深圳市福圣印刷有限公司 |
| | （深圳市龙华区龙华街道龙苑大道联华工业区） |
| 开　　本 | 880毫米×1230毫米　32开 |
| 印　　张 | 13.375　2插页 |
| 字　　数 | 223,000字 |
| 版　　次 | 2023年7月第1版　2023年7月第1次印刷 |
| 定　　价 | 88.00元 |

如发现印装质量问题，请直接与印刷厂联系调换。
购书热线：020－37604658　37602954
花城出版社网站：http://www.fcph.com.cn

# 目录

**第一辑 残生碎片**

写给故乡的自述 \ 3

我一生中的五个偶然 \ 15

我有三个名字，一个名字有四种写法 \ 32

审干审我二十年 \ 40

我已经死过三次 \ 47

写在《鲁迅教我》后面 \ 61

负荆请罪也枉然 \ 86

纪念鲁迅诞生一百周年学术讨论会记忆残片 \ 98

我点过的灯 \ 123

写在《垂死挣扎集》的前面 \ 130

写在《垂死挣扎集》后面 \ 138

## 第二辑　感念师友

一个人的学问、信仰和作为
　　——埋在我心中的李何林先生 \ 147

李何林先生二三事 \ 162

记李何林先生 \ 168

王瑶先生 \ 179

夕阳下的王瑶先生 \ 192

在霁云师门外 \ 205

《寻找鲁迅》编后记 \ 222

钟敬文老师和鲁迅先生 \ 230

为启功老师祝寿记 \ 242

启功老师拜年 \ 248

启功老师之墓 \ 253

诗思诗语中的人性人意之论
　　——纪念启功老师 \ 257

李长之老师和鲁迅先生 \ 288

送别周海婴先生 \ 299

感念中岛碧先生 \ 307

感怀伊藤虎丸先生 \ 317

哀悼丸山昇先生 \ 330

## 第三辑　书札一束

几夜满致鲁冀新（2006 年 11 月 19 日）\ 351

敬答几夜满道兄（2007 年 12 月 8 日）\ 354

复几夜满道兄（2007 年 12 月 18 日）\ 359

关于《北京苦住庵记》的通信（2008 年 9 月 6 日—2008 年 11 月 2 日）\ 361

致几夜满老友（2009 年 8 月 23 日）\ 399

致几夜满老友（2015 年 1 月 20 日）\ 401

几夜满致鲁冀新（2015 年 1 月 26 日）\ 403

致几夜满老友（2015 年 1 月 28 日）\ 405

几夜满致鲁冀新（2019 年 12 月 29 日）\ 407

致几夜满老友（2021 年 1 月 2 日）\ 410

几夜满致鲁冀新（2021 年 2 月 22 日）\ 412

《年轮》编后（赵园）\ 415

# 第一辑 残生碎片

# 写给故乡的自述

故乡要一份自述,谁都义不容辞的吧?然而,我却十分踌躇。迁延而又迁延,已经大半年了,催促的信来了,有什么办法呢?

在我,故乡愈大愈近,愈小愈远。永新在我心里,澧田却在我梦中。一九五九年暑假,在离故乡九年之后,我回家探望年已半百的母亲和刚过十岁的小妹,甫过浮桥,消息竟已传到王家里。母亲从地里回来在等我,小妹已央人去喊还未回家。我只住了一个晚上就离开了。虽然我家人丁不旺,辈分却很高。我还是按照母亲的意愿,逐门逐户拜访了全村二三十户人家。我很想见一见舅舅,舅舅在山里烧炭;我很想去土层里见一见舅妈,已经没有时间。

我不想在家多待，也不敢在家多待，第二天下午就从澧田搭汽车赶到吉安。澧田街不像我记忆中那么大，澧水不像我记忆中那么清，村子后面的树林砍光了，据说土屋里的也砍光了。这是故乡留给我的最后的印象。还有，我人还没有回到青海西宁，检举我的信已经飞到了学校。啊，故乡，故乡，我在你身边做了什么错事？你为什么像梦魇一样压在我的心头！

然而，故乡，我忘不了你。而且奇怪，我只在你怀里生活几年，我至今忘不了故乡的方言；而我漂泊于异地，待的时间比在故乡长得多，几种方言不是没有学会，就是一离开就忘得一干二净。故乡与人，有什么魔力呢？还是与我有特殊的缘分？

其实，故乡，我不过祖籍永新县澧田镇王家里罢了，而且在故乡生活的时间很短，短到不足我现在一生的六分之一。

我一九三四年元旦出生于湖北汉口。据说，辗转湖南临澧回到永新。在永新，我有上幼稚园的唯一一次尴尬的记忆，然后是回到澧田，住在一幢叫"高屋里"的大宅子的前屋。门前就是澧水，河对面就是土屋里。我有时坐在门槛上能够发现外婆走向浮桥要来的身影，她常打着一把黑洋伞，是颇特别的。因之，我也多有通风报信的喜悦。

我在澧田镇尽头的小山上的联珠小学开始上学，不久就随家迁到永阳。大概十岁吧，我独自一人被送回到外婆身边。然而家中却请了一位塾师在王家里开馆教我们几个学童，有读《三字经》的，有读《百家姓》的，有读《幼学琼林故事》的，大哥——伯父的儿子读《论语》《孟子》，夜晚又曾为堂姐讲《昔时贤文》。而我，遵照父亲的指示，读一本半文言半白话的《尺牍》。半个世纪过去了，《尺牍》一点影子都没有了，却零零碎碎记得"人之初，性本善""赵钱孙李，周吴郑王""蜀犬吠日，吴牛喘月""笑人齿缺曰狗窦大开""画虎画皮难画骨，知人面不知心"什么的，自然，还有"学而时习之，不亦说乎"。偶尔回忆往事，我会感到奇怪，儿时的背书声残留着记忆，正规背诵的《尺牍》却了无痕迹，为什么呢？也许古之蒙学教材真有一点什么魅力？

这样过了一年多还是两年，于一九四四年春我由伯父、姨父，还有两三个表哥送到鄱阳——父母的身边。陆路乘坐的独轮车，初见水牛惊恐得跳下独轮车狂逃，水路小船上的呕吐，这一切都历历在目。是的，从此我对自己的记忆，就既系统又清楚了。这一年我在鄱阳县立第一国民小学，又叫十八坊小学读四年级。

当我读六年级的时候，家搬到了贵溪县的河口镇。我从贵溪师范学校附属小学毕业。

学校要免试保送我升入贵溪师范。由于一个可笑的原因，师范不学外语，我不乐意，于是独自一个人离家三四百里回到鄱阳读省立鄱阳县中。旧时学校高年级生对低年级生、大学生对小学生的欺凌，给我留下了终身的创伤。

一九四八年随家迁居南昌，转入省立南昌第一中学。最值得怀念的是住在老舅王子玕家里。他当时是中正医学院院长，一位留日留美的老人。矮矮的，胖胖的，戴一副金边眼镜，说话轻声细语，不苟言笑。老舅母是日本人，却高挑而矫健，流利的湖南话，流利的英语，因此在老舅的客厅里，经常飘来日语或英语的欢笑，我和表叔们都躲在自己房间里，偶尔窥探一下客人的容颜，都神气得很啦。

一九四九年春天，解放军渡江前夕，我怀揣一纸学校发给的"应变证明"，随家迁徙，由吉安而永新而拿山。神秘的冬至日之夜，解放军从井冈山的深山沟里将我们全家捕获，解回县城后，将母亲和我释放。我记住了一位看押我们的小解放军战士对我说的话：和家庭划清界限，可以去读书。于是不待过年（现在是叫春节了），我一个人回到南昌，开始了解放的生活。

"应变证明"丢了，南昌一中不准我复学。我重新投考，最后选择入私立赣省中学，读初中三年级。

解放的欢乐、民主的氛围，使学校面貌焕然一新。社会发展史的教育，立即吸引了我，开导着我。我毫无困难地接受了党的教育。我心里的家有太多的阴冷与恐怖。我信任"出身不由己，道路可选择"的阶级政策，我坚决与家庭划清界限，经受住了严峻的考验。一九五一年一月我参加了中国新民主主义青年团，作为特邀代表出席了市的团代会；作为正式代表，出席了省的学生代表大会。我没有了经济来源，党和政府一直给我人民助学金，这是我至今感念不忘的。

那时的教育改革，是取消私立学校。我们全班并入南昌市立中学。一九五三年秋，我以春季班提前高中毕业。我小学毕业拒绝上师范，命运却使我为响应祖国号召，考入北京师范大学中国语言文学系。

我们这一届是院系调整后的第一届，按苏联教学模式、教学大纲精神培养的空前绝后的一届；再加上中国思想改造的特色——理论上学马列主义毛泽东思想，其实是学老师和党报对马列主义毛泽东思想的解释。思想上则以党当前的政策及所宣传的思想观点为是非的标准，以基层党、团组织的意见为意见。稍有不同，或受批评，或认真严肃地自我批评；先是戴"小资产阶级"帽子，随即小资产阶级就是资产阶级了。自己也唯恐驯服不足,自由有余。这四年又恰逢一系列步步升级的思想政治运动,批《红楼梦》研究,批胡适思想,批胡风,肃反运动,最后在"反击资产阶级右派"的急风暴雨中毕业。我是似懂非懂,懵懵懂懂,说来平顺,却也有惊无险地毕业了。于是服从祖国统一分配,到了青海,人分配在西宁青海省公路学校任语文教员。

青海是我研究鲁迅的出发地。大学毕业我希望取得若干实践经验再考研究生,大学学习使我模糊感到鲁迅值得研究,一九五七年《鲁迅全集》的出版为我提供了基本资料,是最重要的资料,也是不可或缺的资料。早在大学三年级,我就从听课和读课外书得到一点心得,写成《放手让学生读原著》一文,寄给《中国青年报》。感谢他们登了出来。我至今认为,"原著"是出发点,是根基。多少研究鲁迅的文章,"差之毫厘,谬以千里"呵!我于是从《鲁迅全集》辑录出《鲁迅谈自己的作品》。我又从出版的《鲁迅手稿选集》体察鲁迅怎样"咬文嚼字",写了一批札记。这是我发表的研究鲁迅的最初文字。

青海五年,使我脱离大学生的梦境,开始认识"现实的人"、现实的社会,开始感到鲁迅杂文仍然葆有生命力。一九五八年,学校突然审查我的历史,指责我"隐瞒",

对党不忠诚。我第一次感到人间的隔膜、信任的不易。而一旦蒙冤，百口莫辩。我自己知道，我入团的时候写的《自传》，不但真实可信，而且从小学四年级我记事以后，巨细无遗地做了系统"交代"。语云："肺腑而能言，医师面如土。"自己既然可信，不可信的自然不在自己，而且既已审查我，痛斥我，同时又将我由教工团支部委员升为支部书记，我心里自然升起异样的揣摩。很久以后，人事科长同我聊天，却反怪我"反应过激"。说我母校转来一封检举"王德厚"的信，安徽籍，年龄比我大。他是党员，自然先审查你。你那么抗辩，痛哭流涕，实在不应该。一九五九年后度饥荒，学校停课，全体师生拉出去到农村"打野菜""吃野菜"，足足七十天，我也浮肿得像发面馒头。这时却有个别领导天天吃手抓羊肉，喝烧酒，打麻将。读过的古文古诗，如"庖有肥肉，厩有肥马，民有饥色，野有饿莩"，如"朱门酒肉臭，路有冻死骨"，就不再是遥远的历史故事了。一九六二年有重点大学在青海招收研究生的文件，我报名了，省里没有批准。托人打听，说出身不好。我感到政策变了，我受惠多年的"出身不由己，道路可选择"的政策，已成明日黄花。

这时候，学生早已在"来是为建设社会主义青海，走也是为建设社会主义青海"的口号下，动员回了江浙故乡。教员也各找门路，各奔东西。而且学校已不是原先的单一行业学校，而由原先省政府行业厅各有一所的学校，共十六所合并而存两所，最后成了一所。我们名义上是省第一工业学校哩。

一九六二年，一次中央会议之后，天津市来青海调干部，一次四百名，但调的是学理工科的大学毕业的教员。人生的机遇是这样神秘莫测：我们学校的人事科长同天津市来调干部的同志交接完档案之后，随便闲谈。茶几上放着当天的《青海日报》，恰巧登着我极幼稚可笑的纪念鲁迅的文章《〈呐喊〉的革命乐观主义》。科长说，作者就是我曾向您推荐的我们学校的语文教员。来人说要不看看档案。科长于是急忙回学校取档案。这次一拍即合，我成了一个搭配的零头到了天津。经过一番曲折，到了天津市第一轻工业学校，自然，还是语文教员。

于是在天津恭逢"文化大革命"了。《横扫一切牛鬼蛇神》的社论发表后，一个中等专业学校，似乎也是"庙小神灵大，池浅王八多"，于是万箭齐发。第一个星期没有我的大字报，虽说战战兢兢，如临深渊，如履薄冰，毕竟心底里有一点自信。不料第二个星期就乱箭穿身了：没有读过我此前发表的文章的人，却指控我是"反动文人"；全校只有我间或发表一篇文章吧，却也有"三家村"；我和家庭的界限是划得清清爽爽,有案可稽的,竟成了"地主阶级的孝子贤孙"。唯有"宣扬封资修的黑货",是"修正主义毒苗",我甘愿认罪。是的,课文多是"封资修",我讲它,不是"宣扬"是什么!我想,我的笔折断了,我埋在心底要用我的笔争得在社会上的发言权的希望破灭了。但我仍决心好好改造,做一个自食其力的劳动者。因之也安心在劳改队拔草、扫地、抬砖头,只是陪斗时的体罚不堪忍受。不料又批"资产阶级反动路线"了,于是我又被宣布彻底平反,于是乎加入逍遥派而逍遥。

《三国演义》开头说得好:天下大势,分久必合,合久必分。又不料"大联合"也要用我们祭旗的:红卫兵用肉刑企求我提供斗垮另一派的材料,"支左"的解放军用好话企求我揭发别的人。半夜三更令人心惊肉跳的是高音喇叭发布的勒令,勒令到红卫兵指挥部报到,而新生的政权革命委员会却视而不见,充耳不闻。我求死未得,得到的是更凶猛的批判。然而,命运是这样奇特,在集中学校书记、校长、各色人等各有头衔的"学习班",也即诨名之曰"牛棚"的"学习班"里,我却做了他们的班长,而奖励却是少过了一个自由的春节。一九六九年春节一过,就以"可教育好的子女"的身份解放了我。记忆已然模糊了。向我宣布"解放"的同志,似乎还说了一句"当作人民内部矛盾处理"云云的话。当时实在不再在乎什么"矛盾","解放"就好。

回到人民中间,回到教职员工中间,也就和他们一道"斗批改"。当学校解散,与天津钟表厂的一个车间合并为一个工厂的时候,我被派到热处理车间当工人。这是真正的从头学起,因为什么是热处理也闻所未闻的。车间新盖,也就从打地脚螺丝安装控制箱开始,七八年间居然掌握了淬火、退火一套技艺,而且掌握了用气焊枪调直的艺术。呵,"不亦快哉"。

神秘的机遇再次降临到我的头上。李何林同志为答复我对于他的《鲁迅的生平及杂文》的报告的建议,和我通起信来,那是一九七二年的事,他是南开大学中文系主任。他奇怪我为什么在工厂劳动。他希望我去教学。南开大学不要,他又推荐我去天津师范学院。我劝他,人家不会要我的,我这样的出身。但他不甘心,不放弃努力。一年春节,甚至带我去给他一位学生拜年,她是学院中文系的总支书记。一九七五年十月二十八日,周海婴上书毛主席,建议"将1958年下放北京市文化局的鲁迅博物馆重新划归文物局领导,在该馆增设鲁迅研究室",开展系列鲁迅研究。十一月一日,毛主席批示:"我赞成周海婴同志的意见。请将周信印发政治局,并讨论一次,作出决定，立即实行。"李何林先生非常高兴，毅然应命出任鲁迅博物馆馆长兼鲁迅研究室主任，这一年他七十一岁，只身离开家，也离开已工作二十多年的南开大学。他赴京前夕和我做了一次谈话。算来也二十多年了，宛如就在昨天。我静静地听着，无言表达我的感激。

一九七六年三月，中央组织部的调令终于来了。我挑了一个不记也忘不了的日子——三月十八日，午饭刚过就到北京西黄城根二号鲁迅研究室借住的地方报到，王琨、汪媛惊喜得几乎叫起来，因为室里计划派车到北京站接的，因为终于来了一个研究人员。当他们知道我还是孤身一人、没有结婚的时候，这回是大吃一惊了。李先生正在午睡，没有打扰他。她们带我上了空无一人的三楼，我挑了一间最南端的西屋，是工作室，也是卧室，楼外就是北大医院的太平间。这是我工作的最后一个单位，也是我工作的最后十九年，专业从事鲁迅研究的十九年。我辑录的《鲁迅谈自己的作品》经李先生多方推介，终于在这一年由安徽师范大学阜阳分校印行。十九年来，除职务作品外，出版的专著有《〈两地书〉研究》《鲁迅与中国文化精神》《鲁迅心解》，还有一本《人海语丝》，是我学写散文、杂文的第一集子。工作和研究虽不敢懈怠，成绩却十分菲薄。虽尚未盖棺，未来还能写些什么，又能发表出一些什么呢？我知道的，唯有深深的惭愧而已矣。

故乡那么遥远。禾川、澧水、狮子山、红石滩，真的，真的牵着我丝丝怀念。可我从不愿踏上故乡的热土，在那里，历史的包袱太沉重了。也许，也还是"不若相忘于江湖"好吧！是的，只要故乡山清水秀，生活丰裕，政通人和，二十一世纪也就真是新的世纪了。这比什么都好。独在异乡的游子、孤魂，都会感受到她的平和、温馨、无限的可爱。我这样祝福我的故乡。[1]

---

[1] 此篇收入2006年中国文联出版社出版的《垂死挣扎集》。另有一篇《写给故乡的自传》，完稿于2009年1月。比较之下，觉后一篇稍嫌拘守"自传"的格式，于是选择了此篇。得后对故乡感情复杂。他一再表示不愿回去，却也有松动的时候。晚年小友谢晓英在永新附近做"景观"项目，去了一趟王家里，有借王家的老宅建书院的设想。得后表示若然，他或许会回家乡看看。还说过想在抗日战争胜利纪念的时候，去看看父亲曾在那里抵抗过日军的泰和。书院的设想未能落地，去泰和的计划亦未实施，或许是他此生的遗憾吧。赵园注。

# 我一生中的五个偶然

人至今是一个谜。不要说了解别人,就是反省自己,检点一生的心思和作为,自己对自己说,排除不愿意别人知道的故意隐瞒,莫"明"其妙的地方,恐怕谁也不能说没有。而且,似乎知识愈多,心智发达的人,愈说不清道不明,古人今人、凡人名人,都感慨于"人生得一知己足矣",谈何容易。

人生也一样,从头说起,生来就是一个谜。乱世人,太平犬;春风得意,九死一生;寿满天年,短命死矣;回首往事,不会不留下几个谜的。

何况历史?此所以许多历史学家、思想家、哲学家谈人生,写历史,常常喜"假设"。"假设"谁还活着,"假设"某年某月某日他死了,"假设"这样,"假设"那样,自然,历史也就不这样了。当一个人临死的时候,怀着"历史是人民写的"心愿,固然是自慰,却更是含冤的悲怆、愤恨、无奈。其实,恐怕还免不了许多天真。还是充满人生智慧的祖先看得分明,或留下"身后是非谁管得,满村争说蔡中郎"的诗句,或者唱"可知世上万般,好便是了,了便是好,若不了,便不好,若要好,便是了"的歌词。鲁迅不但有感于古人的"身后名,不如即时一杯酒",竟冷峻到指出:"文人的遭殃,不在生前的被攻击和被冷落,一瞑之后,言行两亡,于是无聊之徒,谬托知己,是非蜂起,既以自衒,又以卖钱,连死尸也成了他们的沽名获利之具,这倒是值得悲哀的。"可是大千世界,芸芸众生,有几个人能够这样?虽然说人人都"两手空空见阎王",可身后似乎都有什么东西遗留似的,到底还是一个谜不是?

我终于活到退休了。什么叫"退休"呢?退出人生舞台?退出社会?现在是普天之下都在嚷嚷"老人社会",惊呼那负担的沉重、可怕,简直到了不堪重荷的地步了。这使我猛醒到,一个劳动者辛辛苦苦劳动一生之所值,是的,是"所值",所创造的价值,比如农民一生收获的稻麦,瓦匠一生盖起的房屋,原来只够他劳作的岁月的活命之资；成年以前，"在家靠父母"，老了之后，"出门靠朋友"了。两头都是靠别人养活的寄生虫。循名责实，"休者休矣"也。

现在是休矣了，命运也就终结，画上了一个句号。怎样走到这休矣呢？我不信"死生有命，富贵在天"的老话。所以在不惑的年龄大惑，在知天命的年龄回顾茫然。我也不信来生、轮回，只是有时想到火化，有一点紧张：不知道痛不痛？总之，我不相信命运。但有一天，不知为什么心里一闪念，蓦然回首，却发现从未成年前记事起到这休矣，原来是五个偶然在改变着我的命运。

第一是父亲的胆怯。

现在是有了黄埔同学会了。"假设"父亲不死，当然也是这会的一个会员，我儿时在故乡老屋的阁楼上，翻出过一本大概叫"同学录"一类的东西吧，上面有许多小照，一律戎装，其中有他。也见过现在电影里有时露一下的他们每个同学都有一把的那种短剑，仿佛记得那是也用来"杀身成仁"的玩意儿，像旧时大官身上的什么珠子是带着剧毒一样。我的确记得，偶尔高兴他哼哼过"怒潮澎湃，党旗飞舞，这是革命的黄埔"的歌曲，说是"校歌"。如果记忆不算数，那么，目前偶然在书店看到一本《黄埔军校史料》的书，我好奇地检阅，还真看到他的姓名，果真如此。

我从记事就不喜欢他。因为什么？跟着感觉走。一解放懂事就憎恶他。这回，不言而喻，因为他反动。

他的反动，不仅在辗转北伐中没有认识共产党，跟着共产党，而且在"百万雄师过大江"的前夕，竟忘了"兵败如山倒"的格言，竟不知国民党气数已尽，竟重新穿上军装，组织一群乌合之众，从有名的拿山口退入井冈山区。的确是乌合之众，一天清早起来，几声炮响，加几声"叭嗔"，他们就一哄而散了，于是只有一两个外人、几个亲戚而当兵的跟着他。夜行昼伏，在崇山峻岭中东躲西藏。我是独子，十五岁，传家宝，被带在身边。

我也紧张，不记得有恐惧。除了枪声突作，喊声四起，全部活捉的那个夜晚的那一个短暂的时刻。深山大壑，茂林修竹，清泉流水，溪中的小鱼、蝌蚪，这是一个有趣的世界。一天，父亲决定带我一个人逃出去：出江西，过湖南，下广州，走香港。于是化装，于是苦等天黑。

天黑以后转移住地，这本是隔三岔五的常事。这一夜的印象却特别，朦胧的树影，迷恍的山路，高远而小的月亮，人在阒寂中潜行，浑身冷凛。走着走着天渐渐亮了，走在山冲的小道上，走在两边都是稻田的大路上，突然想起书上读过的晨曦，鱼肚白，朝霞。又见炊烟，又见人影，不知不觉心情也暖和起来。

不记得走了多久，不记得打尖，不记得投宿，只记得没有人盘查，没有人阻拦，什么事情也没有发生。说是要出永新县界了，父亲犹豫起来，就在要和护送他的卫士，一个土生土长跟随他多年的卫兵分手，他独自领着我赶路的时刻，他决定返回。他知道藏在山里是没有出路的，也不可能长久，他曾念叨躲过冬至就好，他常计划怎样化装走什么路出逃，这都是我记得很清晰的。特别是那个"冬至"，为什么走到界边又返回了呢？一定是胆怯，不敢冒险吧？

这是我"长在红旗下"的关键。"假设"父亲在途中被发现，被逮捕，我会怎样呢，在那兵荒马乱的时期，被株连？被收容？被遣返？还是任我逍遥，也即流浪，"漂泊如转蓬"？"假设"漏网，像他的上司、同僚、部属，到香港，到台湾，到美国某地，四十年后既往不咎，竟然衣锦还乡，我又会怎样呢？我是谁？

中国的圣人，是差一点就相信"一言而兴邦""一言而丧邦"的。至于个人的命运，至少对于"嫁鸡随鸡，嫁狗随狗"的女性，也就是人口中的一半，圣人更其铁定了"媒妁之言，父母之命"的"一言定终身"的礼教。而这"一言"，有时候甚至于可以是"戏言"。人的终身、人的命运，真是飘忽不定，何谈把握？而且自己把握？

解放军终于在一九四九年那个寒冷漆黑的冬至前一刻的夜里，将在深山大沟东躲西藏的父亲一行六七个人搜捕归案，不几天押解到县城，分两拨关押，父亲、母亲、我，算是一家，关在一幢民居的小洋楼里，房门外就有荷枪的战士看守，没有起居规定，也不禁止交谈。来访是没有的，一日三餐照送，由战士押着如厕。但我才十五岁，又有病疮，行动不便，比较自由，也就是看守得不那么寸步不离。

这样过了几天，一次我方便回来，在房门口，那位看守的年轻战士，真是年轻，我至今记得他的样子，比我略高，少年脸庞，瘦小的身上穿着鼓鼓的棉衣，背着步枪，轻声细语地对我说：你年纪小，还可以去读书，不要怕，不要跟他们走。这又决定我的命运了。

又过了几天，将母亲和我转交给了地方。坐了几天班房，放出来了。

在县城住了一些日子，为的等父亲的消息。当将他解往省城的时候，母亲带我回到老家，原先分散的两个妹妹也回来了。

　　这时我念念不忘那位解放军的话：我可以去读书。我向母亲提出来。也许我从初中一年级就只身离家在三四百里外的地方读过书吧，自然，也因为喜欢我的老舅——我母亲的亲舅舅，还有我的舅舅在省城，旧历年也不愿在家里过，我就只身回到了南昌。原先学校发给我的"应变证明"丢失了，南昌一中不让复学。我只好报考并考上了南昌二中，因为没有学历证明不让报到。那时还没有取缔私立学校，那是只要钱不要学历证明的。我于是进了私立赣省中学，那时又没有毕业即失业以及择业的问题，一个学生也就是按部就班准备由国家统一分配的干部。我就这样参加了革命，成了干部。"假设"解放军战士没有对我说那句话，"假设"我不信或将信将疑，疑惧参半，迟疑不决，一过年就春耕，就是减租减息的斗争，我在家庭里是唯一的男子，长子，想走也走不掉的。我将是另一个我，是可想而知的。在中国，"子承父业"和"父债子还"的传统，不要说我这一代，就是再有两三代也不能淡化和消解吧？

　　鲁迅批评金圣叹"杀头，至痛也，而圣叹以无意得之，大奇"的话，"是将屠户的凶残，使大家化为一笑，收场大吉"，固然精警。但革命何等庄严，干部何等光荣，我不正是"无意得之"吗？就这一点而言，人间以无意得之的事，还少吗？有些事，人们常说"可遇而不可求"，其实也多少是"以无意得之"吧？

凡是五十年代走过来的学生，开大会拉过歌的，那种翻天覆地的喜悦、革命的无上权威、人应做忘我贡献的激情，大概总不会忘怀的。一九五三年我高中毕业。考试即将结束，大学招生报名已经开始。说不懂事自然不对，说真懂事似乎也不对，大家沉浸在紧张兴奋的情绪里，计划着未来。那时候大学生源不足，动员大家参加高考，而且只要考试，十有八九都会录取，只是取第几志愿的问题。而且据说北方中学毕业生少，不许报考南方的大学，南方中学毕业生多，鼓励报考北方的大学。我们正是可以全国满天飞的一群。何况又是百废待兴，百业将举，迎接建设新中国的高潮。考理工，干实业，是潮流，也是大家不约而同的心愿。"学好数理化，走遍天下都不怕"的新民谚，虽被批判为落后、错误，但在大家的心里，依然生机勃勃。

谁也没有想到师范。

报名截止的前一天，校长，一位不久前从苏联学习回来的中年男子汉，一接任校长就推广苏联生活方式，在上午四节课中间给我们加一顿稀饭油条之类的小餐给大家增添了格外的乐趣的校长，召集应届毕业生训话了。

训话很简单，说全校没有一个人报考师范，是无知；连一个学生干部也没有报考师范的，是没有觉悟、落后。一九五三年是第一个五年计划的第一年，师范是培养干部的摇篮、"母鸡"。没有师范就没有老师，没有老师就没有干部，没有干部就没有一切，还有什么建设，要大家重新考虑报名，号召学生干部带头报考师范。

石破天惊，当头棒喝，说什么都对。没有考虑的余地。我是班长，又是学生会副主席，专管学习的，我不带头谁带头！只是苦思苦想学师范学什么专业呢？在中学教数理化，觉得没劲。虽然喜欢外语，教中学外语又有什么呢？于是想到，要学好外语，先是学好祖国语言。这才心安理得。

九月开学。当我走进北京师范大学，在中国语言文学系报到之后，胸前戴上"新伙伴"的彩带，实在是喜气洋洋，自豪得很，骄傲得很。不错，师范很重要。不错，师范是重点。光我们一个班，这一届就招了二百五十多人呵！大会小会都说前所未有。而且和平门外的校舍太小了，加上辅仁大学的校舍也不够，在新街口豁口外盖新校啦！历史是不以人的意志为转移的呢，还是也以人的意志为转移呢？当我们一九五七年毕业以后就前途光明了：恰巧是一首著名的唐诗："前不见古人，后不见来者。念天地之悠悠，独怆然而涕下。"用不着等到"史无前例"的时候，真的"史无前例"一来，更是"大学还是要办的，我这里主要说的是理工科大学还要办"。然而，我似乎迄今并未后悔过，我学了这中国语言文学系。

一九五七年毕业，穿过狂风暴雨，带着浑身硝烟，祖国统一分配，把我分配到青海。我至今不懂，青海分明在祖国大地的中部，腹地。全国的中心点，不是在甘肃的兰州吗？青海，充其量不过偏西一点罢了，去青海，为什么叫"支援边疆，建设边疆"呢？

我到青海的时候，正大办学校。每个厅一所中专。我在交通厅的公路学校，"大跃进"没完遇到大饥荒。各个厅的学校大合并，先是十几个合并为两个，不久又合二为一，成为一个。在"你们为建设社会主义青海而来，你们为建设社会主义青海而去"的口号下，把学生都欢送回了老家——江苏或者浙江。教员改行的改行，守业的守业，走的走，留的留。留下来的吃野菜，喝糊糊，无所事事，打牌跳舞。精神会餐，南北佳肴，有时开个神仙会，过的倒是神仙日子。

古人说得好："夫天地者，万物之逆旅也。光阴者，百代之过客也。""盖将自其变者而观之，则天地曾不能以一瞬；自其不变者而观之，则物与我皆无尽也。"倏忽之间，到了一九六二年秋天，天津市派来工作组调干部，赋闲的教员们人心振奋，满怀希望，不但将有工作，而且将离开青海，而且将回到内地。

学文的人又倒霉了，天津市不要，只要学理工的。人事科长穿梭于学校与宾馆之间，有时还抱着一摞一摞档案，传开一个一个消息：谁已经定了，谁还要研究。学校里的空气也流动起来。

九月二十五日下午，突然有电话找我，我却偏偏不在，记不得干什么去了。晚上传开了一个奇闻，说是当天下午调干的公事已经办完了，人事科长在宾馆和天津工作组的组长抽烟、喝茶、谈天，准备告辞了，他忽然看见茶几上放着当天的《青海日报》，上面登着我纪念鲁迅先生诞辰的文章，指着对组长说，这作者就是我向您推荐过的语文教员。组长心一动，表示可以见见面，电话就是为此打来的。后来是科长又急急忙忙回校取档案，到晚上，终于敲定破例捎带上我这个学文的。

其实，惭愧得很，那文章幼稚极了，题目可能都不通，叫什么《〈呐喊〉的革命乐观主义精神》，也不知道为什么那时我有这样的想法。后来出集子照理应该找出来收下的，终于没有。是的，这是名副其实的"少作"，但有什么可悔的呢？没有它，我还没有今天这个样子哩。一九六二年报考北京大学王瑶先生的研究生，省教育厅就没有通过，我大学毕业以后心怀的梦想，刚刚被打碎了的。人的一生，也真有"山重水复疑无路，柳暗花明又一村"的时候。待到一九七六年，竟同王瑶先生朝夕相处，着实享受着"匪手携之，言示之事；匪面命之，言提其耳"的欢乐。

中国产生过伟大的教师孔夫子，中国至少两千多年前就有从启蒙到大学的完整教育体系。假如历史确在不断地发展进步，以今例古，真不知几千年来中国的教育怎样踯躅蹒跚走过来的。"无产阶级文化大革命"的后期，乱哄哄地大联合了，我所在的第一轻工业局机械工业学校像青海省公路学校一样，又完结了。这回不是学校和学校合并，而是学校和工厂的一个车间合并，不是合并成一个学校，而是合并成一个工厂，叫"第一轻工业局第二机械修配厂"。教员，那时有一个蔑称叫"臭老九"，完全合乎革命的逻辑，统统到工厂劳动，接受工人阶级再教育，实质就是改造。我被分配在热处理车间，从安装炉子、控制箱、打地脚螺丝开始，学习一门新的劳动技能，自己养活自己，不再靠工人、贫下中农养活了，重新做人。

三年下来，俨然一个老师傅了，可见"人过三十不学艺"到底是俗人的俗见。一天，为了一个什么技术问题或协作问题，头头想起了旧财经学校，想起我和他们的语文组在"革命前"有过交流交际，派我去联系。大难不死，故人重逢，拘谨中透着亲热。正事没有办成，临别，对方给我一本李何林先生新近的报告《鲁迅的生平及杂文》。这也是俗人的脾气：三句不离本行。

我的藏书——的确可以称为藏书。作为一个中专的语文教员，至今每每想起，仍然禁不住沾沾自喜，我几乎以每月近一半的工资连续不断购藏，在青海时买书又难又慢，就在北京中国书店邮购部立了户头。那些书早已由红卫兵勒令收缴焚毁了。当时斗胆请求保留《鲁迅全集》获准了，再请求保留《郭沫若文集》遭到斥责：郭沫若自己都说要烧掉，你还反动！那时是下了决心不再买书的。读书是奢望，作文已不可能。不过，俗话说"江山易改，本性难移"，虽然也俗，却似乎近真。就在我的藏书烧掉不久，在天津劝业场楼上的旧书店，蓦然遇见一套"中华民国二十七年六月十五日初版"的红布脊红书面的二十卷本《鲁迅全集》，我惊讶了。说旧病复发也好，说积习难改也好，这是我长久的梦啊！谢谢那位老店员，允许我回学校取钱来拿书。入夜，我在第一卷的扉页写上"纪念先生，学习先生，改造灵魂，好好做人。汉元六六，十一，一，为纪念先生逝世三十周年购置此全集"；在末一页写下"汉元六六，二一，一。L高飞之后，'无产阶级文化大革命'高潮之中，我做结论之前，时在天津"。这就是我的命运，此时此刻回想当年以戴罪之身还买下这套《鲁迅全集》的心情，人生毕竟各人有自得的况味，生命难得，生命有令人自我陶醉的魅力。

当我读完李何林先生的《鲁迅的生平及杂文》，我为他担心了。一些"批倒批臭"的观点，他依然故我，他的遭遇是可想而知的。我不忍心他重蹈覆辙，我给他写了一封提出具体意见的长信。

我的目的不在讨论问题，更没有以此认识李先生的意思。我没有写出通信地址，不想李先生回信。

然而李先生的回信来了，说："来信奉悉，承您花去不少时间提了宝贵的意见，甚感！将来修改这份讲稿时，当参酌修改。"又说："鲁迅杂文，有些篇确实难懂（有些篇的某几句难懂），我对解决那三种困难的想法，是对一般读者说的，希望他们不要有畏难情绪，是可以逐渐解决的。叫一般读者怎样办呢？只能就他们能做到的提一提。

您提的这条意见很好。"还说："信封上的地址（丁字沽、一轻二机修）太简单了，我怕此信寄不到。望告详细地址，以便《鲁迅杂文选注解》下月出版时寄上请提意见。"信写于一九七二年十二月二十六日。

一个月后，过春节的日子，李先生回信提出了我做梦也想不到、不敢想的问题："第二次来信收到多日，迟复为歉！从你的文学修养看，是可以从事文学教学或研究工作的；在机修厂是搞技术劳动，还是搞政宣或其他文字工作？为什么分配到机修厂？能写个履历给我吗？愿不愿意教文学理论？'落实知识分子政策'的主要内容，是发挥每一个知识分子的专长；津市大中学校都缺大量老师，因为我不了解你现在的工作和过去情况，根据来信，想起这些问题。"（着重点为信中原有）

这真是"天道无亲，常与善人"。人们常常误解老子这一伟大的思想和胸怀，以为"善人"即"好人"，虽《老庄词典》也未能免。其实，《老子》第六十二章说得明明白白："人之不善，何弃之有。"这才是"道"，这才是"道者，万物之奥"。"常与善人"者，如第八章的"居善地，心善渊，与善仁，言善信，正善治，事善能，动善时"之谓也。从此，李先生为我四处介绍工作。他不相信我说的：像我这样家庭出身的人，是没有人要的。他甚至亲自带我去见他的学生——单位的头头。

这样过去了三年，他终于决心以七十二岁高龄奉召就任北京鲁迅博物馆馆长兼新创建的鲁迅研究室主任，并把我带到身边，为我的一生画上一个句号。

一九七六年三月八日，我收到李先生的来信，全文如下：

德厚同志：

　　读鲁迅诗札记已收到。挂号邮件须派人到西四邮局取，以后可不挂号。

　　已决定调你来。你父亲虽有那个问题，但你一向能划清界限，还是很好的。可能最近即发调令，先作来的准备，不必外传，也不必问，静候通知。接调令后，可以准备几天即来。买得火车票后，即将车次、车厢、到京时间，打一电报来，以便派车往接。如届时无人去接，可雇出租汽车拉人和行李，拉到西黄城根北街二号东楼（即最后一座四层楼）三层。11路电车从火车站过平安里，就是这条街的北口。行李和书总有五六件吧？坐人的小汽车不拉，须另雇板车。

　　　　　　　　　　　　　　　　　　3月7日

　　你是现在调成的第一个，可能不会再变动？

今天抄写这封信，我才发现，李先生没有署名，很奇怪，为什么呢？

三月十七日傍晚，我去一位同事——朋友家辞行。他们根本不信，我拿出调令来，才说：怎么打了一个"闷雷"？一起开怀大笑，又说：送行的饺子生日的面，正好吃饺子，坐吧！师傅和我喝了一晚啤酒。

第二天中午过后，我肩扛手提铺盖卷旅行包，走进了鲁迅研究室。饭后正在休息的室秘书王琨同志等三个人又吃惊又欢笑的情景，依然鲜活地闪现在眼前，的确就像昨天的事一样。

这个日期，我是有意选的，"不思量，自难忘"呀。

## 我有三个名字,一个名字有四种写法

我有三个名字,一个名字有四种写法。也许我是从旧社会走过来的人吧,我的名字曾使我遭遇不测,得大痛苦,哭诉无门,而愤懑,而懂得了人间,品味着人生。

我的头两个名字,是人家强加给我的,于我何干?第一个叫"汉元",因为生在汉口,恰逢元旦。它标示着"这一个"生命坠落的空间和时间,我也有点喜欢。后来不让我用了,还颇懊丧,在二十多年的漫长岁月里,曾耿耿于怀。偶然碰到似乎"知己"的人物,曾悄悄耳语,我有这么一个"乳名",算是昵称。待我长大,最初将手书排成铅字的时候,我用它做笔名,带着童年的回忆,慰我受伤的童心。可惜,"人生识字忧患始"。我从报上认出这同样的两个字，却代表着别一个生人，我丧气了。我的心隐隐作痛。往事不堪回首，名字同！我于是废弃它。连赵园我也不再悄悄告诉她，我有过这样一个"乳名"，而且曾做过"笔名"了。她后来的知道，是嘻嘻哈哈之中吐出来的。

我不知道这同我家从汉口辗转逃回故乡有没有关系，当我走出幼稚园，正经上澧田镇国民小学的时候，我被改名"德厚"。我记得似乎哭闹过。我更记得这样的庭训：这是学名，上学了，要用正规的名字。将来也就是"官名"。这是要写在家谱上的。你是"德"字辈。我和你伯父没有分家，同一个祖父的，你们兄弟按"忠厚传家久，诗书继世长"取名字，不许乱来。

等到我学到新的教训："倘有陌生的声音叫你的名字，你万不可答应他"的时候，我已经这样地"不许乱来"地被许多陌生的声音叫了二十多年了。上小学背得很熟的"开学了，开学了，学校门前国旗飘，见了老师敬个礼，见了同学问声好"课文里的"国旗"也已经换过，在五星红旗的照耀下，我热切地感受到我背叛了阴森恐怖的家，我脱离了腐烂黑暗的旧社会的新鲜、兴奋和感激。虽然我有时独自走过全副武装的站岗的解放军战士的身边，偶尔会有一抹恐惧的乌云掠过我稚嫩的刚刚获得解放的心，我怕他认出我，从背后毙了我，因为生我的那个男人正禁闭在这个城市的陆军监狱里。

但我的确是解放了。我告别母亲远走他乡：上初中，上高中，参加新民主主义青年团。在省学生代表会上，在市团代会上，在市人民代表会上，印出过我的名字。

不料当大学三年级的时候，在大家随便取信的一个读报栏似的信箱里的我的来信信封上，经常出现一个警告：还有一个王德厚，你拿信注意或你小心点之类。我和我的同学愤怒了。何物小子，不来拜见师兄，还这般无礼！他是谁？在哪一系？什么模样？有一回我们商量好，周末露天看电影的时候，他们呼叫，看站起来答应的人。果然，他中计了。事情也就过去。

其实，灾祸夹屁股跟了上来，我刚参加工作半年吧，一次，一位党支部委员和人保科长把我叫到人保科去，命令我交代我的历史。我诧异了。我说，我申请入团的《自传》写得再详细不过了。我没有任何一点隐瞒。档案里有的。不行！你老实交代！！你们！你们！！

我说，我说了整整一个上午，可是结果不行。

别人我不知道。我自己，是从十岁上小学四年级的时候开始，对"我的历史"才有清晰系统的记忆。这之前，朦胧的、片断的，像是梦，又像是真。我记得敌机轰炸下的大火,我记得在永阳县逃过学,我记得父母远去把我留在外婆家,让我读家塾,读一本半文不白的《尺牍》,而别人却读"人之初,性本善""天文混沌初开,气之清轻,上浮者为天""画虎画皮难画骨,知人知面不知心""学而时习之,不亦乐乎""孟子见梁惠王,王曰"之类,这一切都渺渺茫茫,的确如烟。只有到我十岁那年,伯父、姨父、表哥们一行将我送到父母身边插班上小学四年级以后,我的经历就印在我的心上了。

我初中二年级幸逢解放。十五岁,人尚未成,头上总角,要"戴什么帽子"、交代什么历史啊!当我得到"不老实"的罪名,我气得浑身发抖。我愤怒地表示和他俩谈不清,要同支部书记谈。"荃不察余之中情兮,反信谗而齌怒""指九天以为正兮""虽九死其犹未悔"。我好像也是一个屈子了,有一篇文章我就署名"汉原"。但终觉狂妄,而且惭愧,只用一次,"下不为例"了。

我迄今不能平息这次事件对我灵魂的震撼——尽管这次谈话之后,我由团支委升为团支书,我依然愤懑不平。第二年审干运动,我在小组上提出为我做结论的请求,得到的却是大会批判,反谓我扰乱运动部署。

苦难,也许是拯救人类的良药吧?我们中国不是有"同病相怜"的成语,他们外国不是有耶稣钉在十字架上的形象吗?这都令豪猪似的人们比较容易接近一点,"同是天涯沦落人,相逢何必曾相识"。"大跃进"过后,当我们在青海的草原上挖吃了七十天"野菜",个个肥胖有加而残喘吁吁的时候,有一天那位人保科科长同志同我谈天,说那年要你交代,因为有检举信,检举"你"一九四八年在安徽参加了一个反动组织。同名同姓,但年龄不对,籍贯也不对。我们相信不是你。但另一个"王德厚"是党员。你母校就把信转到这儿来,我们不得不问问你呀!没想到你发那么大的火,没必要的。我听罢黯然,不再说话,我看他也颇沮丧,蛮诚恳的样子。我至今记得他的名字。前人说读书做学问有三种境界,最后是"蓦然回首,那人却在灯火阑珊处"。做人何尝不是这样?现在人们都说是炎黄子孙,鲁迅却指出,炎帝和黄帝是异胞。还是他眼明心亮,说话透彻。

在"文化大革命"的牛棚里,我再次请求为我的历史做个结论,留得清白在人间呵!审查人员:不是你的问题,做什么结论!审查了,总得有结论吧?滚!

可是,革命小将不准我"滚",他们贴出大字报,揭露和批判我有反革命野心,妄想变天,做皇帝,名字"汉元"就是铁证。一是汉朝有个元帝,二是要当汉族的元首。寒冬腊月,卑躬屈膝立在批判台上,棉衣里面汗水直流。批判后问我的感想，答曰：再不敢这么反动了。

不敢反动也还不行，紧接着在改名的旋风中，又有"革命大字报"勒令我改名，重新做人。这下好了。我本来就不喜欢，甚至讨厌自己名字的"家谱气"，又身为"孝子贤孙"，于是决心彻底改造，拟了一个"鲁冀新"的名字，贴出去请示。说明"鲁"者，我一直在业余研究鲁迅，很是仰慕，"冀新"是希望重新做人。没想到批示却更猛烈更尖锐，怒斥我"孝子贤心"不死，一个名字，勾结全家，牢记仇恨，妄图复辟。鲁是山东，冀是河北，新是新疆，是我三兄弟所在地之谓也。我多想申辩呵！冀，固是河北，我的所在地；新疆确有一个女弟在，可山东没有家人，另一个女弟在青海。但我不再说话，也索性不改名换姓，而旋风旋了一阵自然过去，没有谁再来关心这类国家大事。

终于又获得解放了。从绝望中爬起来，我决定这回自己做主，改一个名字。不再古典，也不浪漫；不求三多，也不望九如；不附庸时代之风流，也不表捍卫的忠心，就将两个同音同调的字取而代之。倘用汉语拼音字母写起来，则一模一样，岂不快哉！

我不信佛。佛说人生是苦，苦海无边。难道真是这样？自改名以来，我的名字的写法可就混乱不堪了。新旧四个字的可能的排列组合全部出现在熟悉的和陌生的人们的笔下，并且印在书报上。于是而有四种写法，我又无力去统一思想，统一认识，统一写法，只有再来吃苦。德厚，使我痛苦，已如上述。德后，我不敢，也不配，自然也苦。得厚，这种自欺欺人的虚妄为我所不齿，硬扣在我头上，岂能舒服。而得后，又因汉字简化。"後""后"合一，朋友笑话我"得"到一位皇"后"。不错，我这一辈子命途多舛，时运不济，虽幸逢两次解放的盛世，却"老冉冉其将至兮"才结婚。可这样一解释，岂不回到"革命小将"的逻辑：俺想当皇帝哉！而且我的本意确实取的"後"字，于是一有机会，就敬谨说明：这两个字印作我文章的署名，确在结婚之前；倘在印繁体字的地方，我自己就写作"後"。事实如此，有案可稽。"余岂好辩哉，余不得已也"。盖万一的万一老而不死，再遇上革革命，革革革命，再陷入"辩诬"的泥潭，再有人出面证明我曾默许甚至"欣然同意"，岂不完蛋？语云："不怕一万，就怕万一。"小心为是。然而，又真是"生也有涯，而学也无涯"，有一天随便翻翻古书，在影印的清代武英殿本朱熹《大学集注》上，赫然看到的却是"知止而后有定，定而后能静，静而后能安，安而后能虑，虑而后能得"，"后"就是"後"呀！古已有之，如何是好？

名姓是文化，中国人的名姓尤其是文化。中国名姓之所以成为文化，我想，大概一半在汉字的玄，一半在中国文化人思维方式之一的惯于和善于"深文周纳"的玄。老子曰："玄之又玄，众妙之门。"时值"中国名姓文化年活动"倡导研究中国名姓文化，倘不研究中国文化中的"深文周纳"及其"苟日新，日日新，又日新"，如古之上等人不讳"黑臀"，今之下等人阿Q反讳"光"讳"亮"，那成绩恐怕要打折扣的。

临了忽然想到，中国人取名字的办法之一，是八字中五行缺什么名字上就补什么。偏偏我是因为不要子女而没有子女的人，名字也确与这种花样毫不相干。幸好，新的两个字相关机构并不认账。身份证上照旧不误。凡办公要用的地方也都仍旧贯。这就是使我终生难忘的我的名字的故事。

一九九二年九月二十九日

# 审干审我二十年

算来过去快四十年了,我也已经在今年(1995年)退休,想起一个大官在回忆录里说"安全着陆"的话。在一种遥远的感觉里,组织与个人之间,同志与同志之间,至今有凄凉、欺诈、愤懑啮噬着我的心。这就是我的审干的遭遇。

一九五七年大学毕业后,我们一班十个人分配到青海,在"反右"的暴风雨行将过去的时候,面临人生第一次走上社会去工作,面临四载同窗一朝各奔东西,同学间却了无热情,离开了铁狮子坟——母校所在地的地名。

那年强调大学毕业生要到基层去锻炼,要去支援边疆。统一分配前的一个傍晚,还临时通知开大会,把我们拉到劳动人民文化宫去，原来是周总理接见并作报告。周总理到得稍晚。打从他从我们身边走上舞台，侃侃而谈两个多小时，一直留着深深的印象。最难忘的是他不用讲稿，中间只低头看了一次统计数字，还有就是宣布即将施行劳动教养法。

我又一次响应号召报名去边疆。前一次是响应号召学师范，虽然我小学毕业曾拒绝保送升入师范。那已是一九四六年的事了。这次我要求去中专。这里有小算盘：中专既可以取得实践经验，语文课不是重点，课时少，多有时间自修。我想再考研究生，重回高等学府。

我留在西宁，分在公路学校，任普通学科副主任、班主任、团教工支部委员。我以为工作就这样顺风，生活就这样阳光灿烂了。

一年后的一天上午，一个并不管人事的党支部委员，我们普通学科的政治教员和人保科科长把我叫到科里，要我"交代"我的历史。我很惊讶。我说档案里都有。不行，你"交代"。我说我入团时写的《自传》再详尽不过了，没什么可补充了。不行。我只好口述历史了。讲完，问：一九四八年你在哪儿？在鄱阳中学读书呀！干了什么？什么也没干。参加了什么反动组织？没有。你要老实。我怎么不老实？一九四八年我十四岁，能参加什么组织？入团时不是审查过了吗？我要参加了反动组织，能入团吗？你别猖狂！今天是审查你！话赶话，彼此越说越气，越说越凶。我说，这问题你们解决不了，我找杨书记——杨书记也是杨校长。对方真的火了，怒吼着书记出差了。我等。最后宣布我重写一份自传。着重交代一九四八年的问题。

书记回来后，一天上午找我谈话。走进他的办公室，我热泪夺眶而出。他就是组织，他就是党啊！我激动地诉说我的委屈，表白我对党对团的忠诚。书记批评我上次态度不好，不能说我的问题只有他才能解决，太骄傲，又安慰我，要我相信党，不要闹情绪，要安心工作。

也许是我的本质不好，也许中文系出身的学生就有病，从此《离骚》就不再是一首远古的诗歌了。"荃不察余之中情"呀，"指九天以为正"呀，"鸷鸟之不群"呀，成了我生命的一部分。我经常沉浸在"信而见疑，忠而被谤"的愤懑之中。我无奈地咀嚼着含冤的滋味。

这是一种侮辱。

也是一种恐惧。

我自然想到了我的家庭出身：地主阶级，反动军官。

我自然想到了我一九四九年后安身立命的基础：党的"有成分论，不唯成分论，重在表现"的阶级政策；我自己"弃旧图新"跟共产党走的选择。我入团是很早的,解放不到两年的一九五一年,还叫新民主主义青年团的时候。我的入团介绍人涂津同志曾教导我:出身于剥削家庭的人,历史不能说"清白",只能说"清楚"。我于是写了巨细无遗的长长的《自传》,把我已入小学、又读"家塾"以来能够记得的事情,都一一交代"清楚"。我记得孔夫子说过:"去食。自古皆有死,民无信不立。"

恐惧之来,还在"肃清胡风反革命集团"及紧跟着的"肃清反革命分子"的运动的记忆。那时我们读到大三了。业已成年。新建的宿舍楼,似乎取法于北京四合院的格局,四座楼方方正正地东西南北立着,中间一块园地。各楼相望,呼叫之声相闻,有事时,偶尔也这么喊着。一天半夜,突然有人怪叫。四楼惊恐。第二天听说是一个同学被"肃反"的空气吓坏了。

那时听了许多对党要忠诚老实的报告,又听了许多偶有芥末之微的疏漏就被敌人利用而身败名裂的教训。运动后期鼓动自己向党坦白交代的严肃、紧张、压抑的空气中,我也去交代了这样一件事:一九四九年冬至后几日,我随父母、表哥、父亲的两三个卫兵由永新乡下被解往县城的路上,听从父亲前一天的吩咐,趁押解的解放军战士不注意,将一小瓶碘酒扔掉。父亲说那是可以写密信的,免得作为罪证。解放军战士不注意我，因为我还是个小孩，还因为我双膝、臀部有疮，走路迟缓。一位系党总支委员听我既愧疚又紧张地交代完，似乎困惑，似乎尴尬，问：就这？答：就这。不用登记填表了。还是填一张吧？至今我不记得是填了表，还是没有填表。可我心里不但再也忘不了这件事，而且总觉得是我终生悔恨和羞愧的一件事，因为胆怯，因为没事找事，因为赎罪的交代。

在屈辱和恐惧之中，当我重新写自传的时候，脑子里反复盘旋着那个严厉的质问：一九四八年参加过什么反动组织？一九四八年我十四岁，上半年在鄱阳县中，下半年在南昌一中，什么反动组织的印象也没有。我小学是童子军，初中有学生自治会，三青团的名字记不清是一九四九年前还是一九四九年后知道的。倒是记得初中有一批同学"投笔从戎"参加青年军，父亲的下属也是熟悉的同乡跟我讲过青帮，还告诉过我几句切口。我参加的第一个组织，大概就是中苏友好协会，是刚成立的时候，全班集体报名的，自然是解放以后。在苦思苦想中，不知是害怕万一失记而遗漏，还是人确会像"三告投杼，曾母生疑"或戈培尔所说"谎言重复千遍就会变成真理"那样，这回的自传，我写下了许多假设，许多自问自答的不合自传文体的段落。

但我相信自己的历史是清楚的。

一年后学校搞了一次"审干运动"。我在分校上课，也就在分校参加运动。在听过动员报告之后，在第一次谈认识表态度的会上，我公开了前一年审查我的问题，要求给我结论。不料第二次会是开我的批判会，批判我"自己跳出来了"，批判我"干扰了运动"。然后再也不理我了，会照开，课照上，"官"照做。

不知道外国人是不是这样，我们中国人是重患难的。患难见真情。"风雨同舟"呀，"同舟共济"呀，"患难相死"呀，"患难与共"呀，而"患难之交"也就格外看重，并传为美谈。可是只可共患难，不可共安乐又是许多历史教训。总之，经过"大跃进"度荒的艰难岁月，我们学校在大草原的农业区挖了七十天"野菜"，其实是野草，吃了七十天"野菜"，也就是野草；欢度国庆是吃土豆叶子以示改善伙食。人浮肿得像发面一样的时候，学校合并了，学生遣返了。教职员工大吃"精神大餐"、大开"神仙会"的时候，一次人保科长同我聊天，不知怎样一来谈到我的审干。他说：你母校北师大转来一封检举信，检举"王德厚"一九四八年参加了一个反动组织。籍贯不同，地点不同，年龄不同。一看就不是你。另一个"王德厚"是党员；信转到这儿，就先审查你了。本来没有你的事，你发那么大脾气干什么?! 我说：我不是告诉过你和敖老师，北师大还有一个"王德厚"吗？他不再说话。我也不说话了。我们长久地沉默着。我记得他的名字，叫雷永正，矮矮的，似乎比我还矮一截，人很精瘦。三十多年了，不知道他现在在什么地方？是否还健在？他大概在青海西宁参加"文化大革命"吧？那是武斗得很厉害的地方，解放军第一个开枪的省市。我有时会想起他和他的容貌，但我没有去打听他。还有我的杨书记。杨书记是一个真实的启我愚蒙的导师，也是度荒吃野菜时候的事。

审查，有问题而没有结论，总是一个心病。后来我调到天津，又不断地提出这个问题，希望作个结论。书记们都支吾其词，给我搪塞。

"文化大革命"了。解放我的前夕，有革命同志召我谈话，告诉我他们到青海西宁去了，那地方很好玩。你的问题不是问题，别放在心上。

我至今不懂：可以审查，为什么可以不作结论。

一九九五年九月二十五日

# 我已经死过三次

人都会死。什么时候死，怎么死，死在什么地方，大概谁都不知道。也许有福"寿终正寝"的人除外。

一个人知道自己会死，也就是把死的观念落实到自己身上的时候，大概都不是与生俱来的。我很小的时候，就有过弟弟妹妹死亡的经验，家里异常的气氛，母亲的哭泣，一个弟弟或妹妹忽然没了，也从人们的窃窃低语中听到"死"了，但没有意识到自己也会死，总有一天要死。我七八岁的时候，有过一次死的危险，也混混沌沌，并不知道自己会死，对死有切实的观念。留在我记忆里的，是父亲的愤怒，和一顿从未有过的痛打。其实，我毫无过错。事前事后，我记得清清楚楚。

那时我家住在一幢叫"高屋里"的大宅院里,在故乡,离老家村子几里地的小镇上,屋主制酒又卖酒,前门卖酒,后院制酒。临门就是街,可街对面不是房屋,是一条河。从街面下到河里去,要走十几级台阶。常年还要再走一段路才到河边。我常坐在大门的石阶上眺望那条河。早晨,河面上有时有薄薄的、白白的水汽,随着河水流动,有时又一动不动,我现在还清楚记得那时的观察,那时的印象,那时的猜测,十有八九猜测准确的喜悦。河那边就是外婆家的村子,看得见村后的树林,树叶上影影绰绰的屋顶。外婆进城必走的一段河边小路。有时我也坐在石础上盼望外婆的身影,特别是母亲生气扬言要惩罚我的时候,或者刚受过惩罚,心情委屈,面带泪痕的时候。但是每逢涨水,河水就漫到街脚,漫过从街上下到河边的十几级台阶了,木排、船只就靠在街边,有一年涨水的时候,我在街上玩,先是玩水,后是站起来转身看街,不知怎样一下子我到河里去了。听到别人的一阵惊喊之后,下一个记忆就是被横抱在双臂里,已经站在家里的大厅堂,卖酒的柜台和我家住房之间,父亲难看的脸色,愤怒的抽打。就是这时候和这以后很长的岁月,我也没有我会死、死和我有关、我终究难免一死的观念。虽然其间还有过一次被追击的恐怖,听到身后的枪声,往山上爬的腿都瘫软得迈不动。

我切实感觉到死,是在我第二次死的经验之后,已经是二十六岁的老青年了。似乎也只有到了这时候,我才觉悟到我在活。孔夫子说,"未知生,焉知死",我的经验却相反。我想,人恐怕大概是这样,至少许多人会是这样:"未知死,焉知生"。古人教人珍惜光阴,惜寸阴,惜分阴,古谚有言:"一寸光阴一寸金,寸金难买寸光阴。"岳武穆慷慨悲歌:"莫等闲,白了少年头,空悲切!"不要说乳臭未干的黄口小儿浑然不解,就是血气方刚的青年壮年,又有多少有切肤之痛呢?生命意识,死的觉醒,在己在人,没有比这更重要的了。老子说:"兵者不祥之器,非君子之器,不得已而用之。恬淡为上,胜而不美。而美之者,是乐杀人。夫乐杀人者,则不可以得志于天下矣。吉事尚左,凶事尚右。偏将军居左,上将军居右。言以丧礼处之。杀人之众,以哀悲泣之。战胜以丧礼处之。"实在是高尚的智慧。

我的第一次死,是意外,还是稀里糊涂。

那年是一九五八年,"大跃进"的八月。我们青海省公路学校的师生,为了保一千零七十万吨钢元帅升帐,开到大草原上的天峻县去修路,因为那里有煤,要将煤运到西宁来炼钢。草原上六月就开始下雪,熬到八月,路总算通了。于是班师回校。不知为什么,也不记得从什么时候开始,我成了领队。回校的当晚,"只争朝夕",到校长自然也是书记处汇报。正谈着,有人来报告,垒在校园对面的石灰窑坍顶了。大家一窝蜂冲去抢险,昏暗中浓烟滚滚。我跟着冲上窑顶,两手捧着稀泥,哪儿冒烟往哪儿拽。什么烟熏火燎都顾不上,也没想到顾。一会儿,突然觉得脑袋一晕,什么也不知道便倒下了。开始仿佛听到有人喊救人,仿佛感到有人在抬我。当我重新醒来,已是第二天凌晨,校医,也是我的朋友,困倦地趴在我的床边。见我睁开了眼,松了一口气,又叹着气侍候了一阵,嘱我天亮赶快去医院。后来他告诉我:我死过去了。怎样抢救,怎样打针,怎样惊恐,担心了一夜。

那时候人也真怪。天一亮,我觉得还可以,自然,人是浑身无力。我还是召集了带回来的一队学生,安排了一天的活动,嘱咐了班干部,才上医院。一到医院,大夫就把我留下了,立即住院,输液,责备我为什么单独一个人来就医。这样地过了一个多星期。这也是我生平第一次住进久久心向往之的医院,那样雪白,那样干净,那样严肃,那样神圣的境地。

不料,待我出院,迎接我的是书记,也是校长,毫不含糊地对我的批评，以及我的同仁——那年头是一律称"同志"的与人为善治病救人的帮助：我为什么不请示，不报告，不请假，撂下学生不管，只顾自己住院去了。这时我刚从大学毕业，服从祖国统一分配参加革命工作不到一年。我心里感到难言的委屈，却还并不知道什么是死。

我的第二次死，还是意外，却萌发了一点关乎生死的念头了。

"大跃进"过后是大饥荒。我们在"采采苯苜，薄言采之"地吃了七十天野菜之后，人胖得像当时发明的新技术蒸出的馒头。原来十六个中专学校，合并成两个，又合成为一个，统名之曰工业学校。一部分老师和大部分学生，在"你们来是建设社会主义的青海，你们走也是建设社会主义的青海"的号召和鼓励下，打回老家去了。留校的白天不再上课，晚上常有舞会。当时毫无知觉，回想起来，也算是歌舞升平了。

那位救了我一命的校医，也是我的朋友，因为是华侨，携带新婚的爱妻回到南国故乡去了。临别前，念我时充风雅，听听音乐，又单身一人，舆论是以为富裕甚至阔气的。于是把他的"大跃进"新产品的一台八个电子管收音机转卖给我，那个庞然大物，两个喇叭。倘若肆无忌惮地放出声来，不但所在的整座宿舍楼，就是左右邻楼，也可以与我同乐，于隐隐约约中心旷神怡。我们又生逢其时，电台不但播外国名歌×百首，还播令人"有所思，乃在大海南"的小夜曲，还播整台整台的舞会音乐。于是周末或非周末，事先打招呼，或事中来敲门，我常常接到把声音放大些、放大些的召唤。

有那么一夜，十几个青年心血来潮，要我把收音机搬到另一个老师的宿舍去，说那儿比我的更宽敞，更漂亮，更舒服，更好一边听音乐一边聊天。自然，那里离我的宿舍颇远，收音机的声音放得再大也"听之不闻名曰希"了。我只好遵命，学个孔夫子的"吾从众"。就在满屋子的人高谈阔论，东拉西扯，精神会餐之中，我一边听，一边说，一边接线。实然，我感到有一股强大的力量把我的两只手往一起靠。我脑子里万籁俱寂。我清醒极了：我触电了。我拼命用力往两边分开两手。我想道："多可惜呀，我才二十多岁，什么事也没做。"但心情却出奇地平静。实然，力量消失，我看到鸦雀无声的一群，面面相觑，不知过了多久，不知谁先开口，大家争着告诉我，你刚才放声大笑，大家以为你在开玩笑，老×突然说你触电了，拿棍子打掉你手里的电线。大家检查我的手，只在右手中指看到一条电线烧灼的伤口。大家问我的感觉。我把上面的情况说了，并补充了一句：诗人描写爱情，说像触电一样，那是胡说八道，我可知道这滋味啦。不过我也说不清楚。

我不知道我的放声大笑，但那肯定是真的。一屋子的人不会都骗我。我也不知道在那种时候，我为什么还放声大笑。不过我懂得了一点，笑是这样使人放松警惕，以至于见怪不怪，见死不救。我还懂得一点，就是死。死给人带来生的惋惜，生的遗憾。无论我多么努力，我也做不完想做的一切，何况已经做了，也并不能都满足呢？不过，只有生才能做。做是唯一的生机。

俗话说"事不过三"，我想，这大概有概率论的道理，可我们变成一道迷信了。我的第三次死，不再是意外，却又是出乎意料，事后我单位的老革命、革命小将、支左的革命军人、我的熟人、朋友，都说出乎意料，其实我何尝又料到了呢？这一回是我自杀。

现在回忆"无产阶级文化大革命"的文字，常常用一句托词，说是"大家都知道的原因"云云，国家大事我不知道，单就我的自杀而论，我想，其实是"大家都不知道的原因"。

什么原因，一言难尽，暂且不说。总之，当"横扫一切牛鬼蛇神"扫到我们学校的时候，开头一个星期，都没有我的大字报，我很庆幸，也颇自信。不料两个工农出身的小职员一反老实、朴素的常态，发挥难以想象的想象，向我射出了第一箭，于是万箭齐发。批判资产阶级反动路线的时候，于是平反，一阵逍遥，清理阶级队伍，于是又回炉。一年之间反反复复。在绝望、孤独、恐惧之中，我突然看到了卑鄙，我决心逃避。

远在一九五七年，我在师范大学当学生的时候，当响应党的号召帮助党整风，热气腾腾的大字报运动突然打了下去不久，有一天紧急召开全校大会，极其少有地把我们在新校的人马拉到十几里外的老校去。走进采光不好显得黯然的礼堂，通栏横标上写着批判谁谁"自绝于人民"的大会字样。大家莫"明"其妙，彼此咬耳朵询问，没人知道，待大会开始发言，从愤怒的控诉中才得了启蒙："自绝于人民"者，自杀也，横标上写的人，原来是一位教授，学生物学的。他选择的自杀方式也很专业：用剃须刀割腕。

我是一个老团员，自杀就是背叛的党团教育自然早知道，而且记牢了。

我大学毕业后就业余攻读《鲁迅全集》。鲁迅对于自杀和"不赞成自杀，自己也不豫备自杀"的论说，也已烂熟于心，深深信服。

然而，一个走投无路而又了无生趣的人，决心自杀还是会自杀的。这也是鲁迅说的，而且说得多好呵："想到生的乐趣，生固然可以留恋；但想到生的苦趣，无常也不一定是恶客。"人就是这样，利害第一。此所以佛说"生就是苦"，而且"苦海无边"，能够招引看破红尘的善男信女遁入空门的缘故。

当我决心要死的时候，我就想死得少一点痛苦，而且要一定能够死了，自杀而未遂的屈辱，受到的笑骂我已经见识多矣。

我的第一选择，是服安眠药，由睡而死，长眠不醒，而且连梦也没有，想象中是很适意的。可惜我以"戴罪之身"何处"盗仙草"呢？我手里只有运动之中，平反以后"寤寐思服"而又"辗转反侧"的不眠之夜积存的十几片安定，靠它致死，是绝不可能的。但我想，它们一定能减少我的痛苦，于是决定先服药。

其实呢，一定要能够致死的。我想起我那位"自绝于民"的教授，泛泛而言，也是老师，因为不是一个系，他没教过我课，姓名也不记得了。其实，教过的老师，甚至"面聆謦欬"过的老师，记得姓名的又有几个？在我，是记得的少，忘记的多，这是我的惭愧，内疚，有时想起学生时代的内疚。不料这回关键时刻我想起了他的专业手段，我国教育家倡导"身教重于言教"，含义是太深了。总之，我的第二选择是割腕。我是一个有泪不轻弹的男儿。不记得那是我剪须的时期还是剃胡子的时期，但弄一片老人头牌剃须刀不会引起革命老将和革命小将的怀疑和警惕。这使我至今留下两道光荣的伤疤，原先还有一道。不知道是老了皱纹多起来，还是年深月久，已然平复，像我触电时留下的伤痕那样。

大概由于我生性多疑，而且过于谨慎吧，一定是吧，此刻为了写下这段经历，反省而又反省，并没有给学校添麻烦，四处去寻找我的死尸的恶意，何况我在遗言里还写了把红卫兵烧剩而弥足珍贵的《鲁迅全集》——一套红皮的"中华民国二十七年六月十五日初版"，一套一九五八年十一月第一版第一次印刷的《鲁迅全集》及其他捐给学校图书馆，以及我的遗体捐给医院做解剖试验哩，一定是出于死要死得干净的心思吧。圣人之徒不是说过"鸟之将死，其鸣也哀；人之将死，其言也善"吗？我实在可惜七十年代末按政策清理档案，发还给我一大包"黑材料"，偏偏没有我自杀前一天晚上写了大半夜的遗书，那可是我最后生命的深思和激情。一封长长的信，没有停顿，没有反复，没有涂改。"向党交心"啊！我的心化成血，像涂了抗凝剂的伤口一览无遗地留在纸上。

最后,我对自杀作了这样的设计:先服药,过一会儿割腕,等几分钟投河。不是发源于我故乡的汨罗江,而是天津的子牙河。这条我和朋友多次横渡,留下了难忘而又动心的记忆的子牙河。

那个黄昏就在眼前,晚饭后我把预防突然搜查而藏起来的遗书取出来放在同屋一位同事的枕头底下。遗书是写给校"革命委员会"的。为了不给人任何借口,以为我攻击新生的"革命委员会"而"防扩散"不让更多的人看到我的遗书,我没有给"校革命委员会"提任何意见,更不用说对军宣队和口头大联合背后大打仗的红卫兵组织提任何意见。前文不是引了吗,"人之将死,其言也善",我还是另外给"革委会"写了一张条,只有一句话,最高指示:政策和策略是党的生命。希望"革委会"勇敢执行毛主席的革命政策。为了不至于给那位同事带来更大的麻烦,我单独把这张条放在我的桌上,用书压好。

当我走向校门的时候,有几位革命师生在玩。其中有我们的连长,一位数学教员,心地非常善良的农村妇女和她的四五岁的儿子。大家平日都喜欢她们母子。我是没有资格和革命师生随意聊天的了。我怀着永别的心意,特地喊了小孩一声,给他一个平静的微笑。

天下事有时是出奇地巧合。信不信由你,我真是可以"指九天以为正兮"的。这时高音喇叭里放的竟是高亢愤怒的白毛女的歌唱:"我不死……我要活……"我一边装着散步出校门向田边走去——那时校门前和出校门的右边不远,还是农田——一边平静地想着这支歌,解放不久,我看《白毛女》就熟悉的歌。

我坐在子牙河边堤坝下选好的灌木丛中,等待天黑。一切按我的设计进行。服过安定片后我开始数数,割腕出了问题,刀片很软,第一次切下去时变形,我靠下捏住刀片又切了两刀,手感到血了,我平静地躺下。觉得差不多了,我爬起来投入河中,走完自沉的最后一步。这时我还是清醒的。我感到棉衣棉裤湿透了,河水冰凉,我感到浮力很大,我感到水的流动。我最后的记忆仿佛曾掉头向岸边游回。

我仿佛听见人声。我仿佛被人抬起,我仿佛坐在三轮平板车上,摇摇晃晃。什么也看不见,一片黑暗,当我睁开眼睛,看见昏黄的电灯。幢幢人影,听到乱哄哄的嘈杂的人声,我看到我在输液,身边坐着的是一位同一教研组的"难友"。他告诉我,过了一天一夜才找到我。他断断续续开导我。

我不记得在医院躺了几天。我不记得怎样回到学校,被隔离、反锁在由过道隔出来的一间小屋里，我记得曾关注过快干涸的给输液的吊瓶，请守护我的刘老师去找护士。我记得躺在小屋里要不时听到的可怕的擂门声和革命的咒骂。我记得当我有了进食的欲望，一位像我们善良的连长一样善良的农村来的同事问我需要什么的时候，我曾请求给我买一点红糖。

不记得过了多少日子，半个月还是一个月，当我勉强可以下床，革命师生欢迎我回到人间，是搀扶我出席控诉我"顽固到底死路一条"的批判会。我早知道并且想过的自杀未遂的侮辱、轻蔑和笑骂，像演戏，又像做梦，切切实实地亲历了一次。最厉害最难忘的是一位老师说着说着大吼一声，在我背上击一猛掌。他责骂我自杀是假，抗拒改造，给"无产阶级文化大革命"抹黑是真。他列举的罪证就是我在医院里关注过输液瓶和要过红糖，以及反革命分子的本质就是贪生怕死云云。他的批判没有刺痛我的心，他的一拳虽然使我感到难以忍受的疼痛，并差一点倒在地上，但我在那时和以后和现在，我都不恨他，我心里有的，却是深刻的同情。这时候骂我愈凶，打我愈重，是自己革命的一种表白，同是站在"推一推拉一拉"的可怕的悬崖边上的"臭老九"，有什么办法呢？

还有一点难忘的记忆，是允许我走出校门以后，我看到校园的围墙上贴着久经风雨已剥落的比我身高还高的大幅标语，写着我的名字，我的自杀，将革命进行到底，以及这标语带给我校外的朋友的惊恐和叹息。

中国古传的计时用干支。我算是活过一个花甲了。如果我国如今的统计可信，如果我能达到我国男性的预期年龄，那么，我还有七八年，可是什么时候死，怎么死，死在什么地方，还是不知道，会不会还死几次，也不知道，死是一定要死的，人生就是这样：死很容易，有时又似乎很难。既有"生年不满百"的喟叹，又有"大难不死"的庆幸。这才显出活的意义来，而且要活出意义来，而且活，就是一种意义。

## 写在《鲁迅教我》后面

一九五七年我从大学毕业,那时依然很天真,二十三岁了,又刚刚经过号称"反右"的狂风暴雨,还是一门心思响应党的号召,到边疆去,到基层去,到艰苦的环境中去锻炼自己,自觉自愿报名去青海。一行十个同窗,到了兰州,也到了铁路的尽头。在等去青海省会西宁的汽车的时候,第一顿饭,看菜谱上的"大肉",不知道是什么肉,一人点一个,端上来的是猪肉,开心大笑。出门闲逛,看山看水看房屋看行人穿戴,很觉颜色异样,但说不出;苦苦琢磨,突然醒悟,原来是一片土色。跑到黄河岸边,看到更浓的土色的滔滔波浪,见了羊皮筏子,又惊叹不已,立马乘它过河,几个大浪扑来,差点翻身"自行失足落水"。第二天还是第三天,上了兰青公路,两边倒竖着如参天巨笔似的"高高的白杨",暗自纳闷:在旧社会,在军阀的统治下,怎么会有这样好的两行大树啊?到西宁青海省教育厅报到,填表,我希望去中等专科学校。我天真地盘算,在中专,是基层;语文课是副科,课时少,好自修;两三年后我还想回到高校读研究生:既有经验,又有理论。报到当时,走进省公路学校的办公室,说明来意,一人伸手要过随身携带的人事档案,看看封口,随即撕开,——令我暗自惊诧:人事档案是不能随便要拆就拆的,这是纪律!虽然后来知道他就是书记,校长,可我至今还是耿耿于怀。而同事都时或投来好奇的眼光,问:自愿来的?我大声回答:是的。没事?我知道是指"反右"。答:没事。那时的饭票是:少量大米票外,白面和青稞票各一半。青稞蒸出来的馒头,灰黑,黏手,微微发酸,不好消化。当我用白面票和同事换青稞票的时候,又是好奇,似乎觉得我有点不正常了。然而我自信,愉快,我颇为骄傲,我能够自觉"改造",而且用甘愿吃苦的方法。我没有对人说过,我是向车尔尼雪夫斯基的《怎么办?》中的拉赫美托夫学习。啊,到第二年,人事科长和一位党支部委员、政治教师,我们"普通学科"的同事,突然把我叫到人事科,要我交代我"参加反动党团"的历史!我莫名其妙，几次问答，我愈来愈激动，竟至于大哭大闹，我说我要找书记，不了了之。等那位书记也是校长出差回来，我真的比见了母亲还亲地向他倾诉我的清白——是"清楚"而不能说"清白"。这，在那时是有原则区别的。我一九五一年一月就加入了新民主主义青年团呀。我父亲在这前几个月被镇压。我知道我的出身反动，我全心全意背叛家庭，跟党走。那时教育我们的，是"出身不由己，道路可选择"。我无恨无怨不知道私心地选择了"跟党走"的革命道路。因为上了"社会发展史"的课，知道了压迫，知道了剥削，知道了社会发展的规律：我父亲是黄埔四期毕业，参加北伐，他说打龙潭打怕了，辗转回到故乡。在家乡当镇长两三年吧，就在村里盖起了一幢两层两进带骑楼池塘果园的宅院，不是压迫、剥削的结果是什么！在"入团申请书"上，我把记得清清楚楚的从小学四年级以后的历史填写得干干净净。虽然在旧社会尚未成年，可自己的"历史"还是"不清白"。在大学"反胡风"时的"肃反运动"中，我感到未曾经历的肃杀。我搜索枯肠，想起在随父亲带着的一团人驻守在永新辖区的井冈山，被解放军一炮打散后，东躲西藏于密林深处，被捕获后，起解到县城的路上，父亲曾经教我把一小瓶药用碘酒丢到山沟里去，说那是可以书写密信的东西这件事。我觉得这是替他销毁罪证的污点,可以被旁人要挟我的把柄,于是主动申请"交代"。我,一个十五岁的少年,参加什么"反动党团"啊?奇怪的是,审查之后,我倒由教工团支部委员升任书记了。我开始反思,我开始懂得一点人间怪事了。我开始从《鲁迅全集》的阅读中,得到"抚平"我的郁闷、怨气和牢骚的力量。我感到鲁迅在我生活里是这么可亲可敬,我越发沉浸在鲁迅的"话语"中。

谈起自修,我首先尽心尽责搞好教学。鲁迅教我,人要吃饭,八小时是卖掉吃饭的。这是立足之本。"不给饭吃"是最大的威胁,最狠辣的手段。何况还要"为人民服务"。我通读了前任老师批改的全部作文,发现了一些问题,竟然毫不想到世故,也不想到"组织纪律",直接写成教学札记发表了。不久就有人事科长来"借阅"发表我的文章的刊物;有些背后的嘀咕也传到我耳朵里了。似乎是我损害了学校的名誉,因为我的文章里有批评;又似乎我在打击别人,抬高自己。我停止了这方面的写作。我是教学之外才读自己的书的。我选择鲁迅,并没有成熟的看法,只凭大学老师教的一点点,朦朦胧胧感觉他最值得读罢了。还有就是教我们现代文学文选课的老师——郭预衡老师,开全系大会他常常夹着一本红皮书,厚厚的,我很好奇,也觉得很精神,后来知道那是一九三八年版《鲁迅全集》。这留给我抹不去的印象，不知不觉中给了我诱导。回想起来，恐怕也是适逢其会，偶然的机缘吧。现在约定俗成了，都说是"五八年版"《鲁迅全集》。其实，我刚到西宁的十月，在西宁小桥的一个很小的新华书店就看到新出版的《鲁迅全集》了。那年到十二月，它已经出版了第一、二、三、四、五、八卷，共六本，第二年才出余下四本，十卷出齐，"五七年"就抹掉了。我一口气把见到的都买了。售货员答应书来了就通知我，保证我配齐全套，因此也结识了他——景炳昌同志。后来他调到西宁总店内部售书部，很给了我买书的方便。他还为我从青海省图书馆借出全套二十四史。我至今铭感着他。

当我一本一本阅读下来，我发现我读到的研究鲁迅的文章，总和我的读后感不一样。特别是文章中引征的鲁迅的话，虽然"持之有故"，貌似"言之成理"，但鲁迅在别处有文章没有引证的话，就有差别，有矛盾，甚至意思相反。比如，那时"革命"是唯一正确的，"革新"就差劲。可《鲁迅全集》谈到"革新"的有三十八处。还特别谈道："'革命'这两个字，在这里不知道可害怕，有些地方是一听到就害怕的。但这和文学两字连起来的'革命'，却没有法国革命的'革命'那么可怕，不过是革新，改换一个字，就很平和了，我们就称为'文学革新'罢，中国文字上，这样的花样是很多的。"① 他不但把"文学革新"等同于"文学革命"，而且认为这种"换字法"是中国特色。又比如，那时"改革"是"革命"的；"改良"就是资产阶级的东西，反对"革命"的东西。可鲁迅说自己写小说的目的，是："自然，做起小说来，总不免自己有些主见的。例如，说到'为什么'做小说罢，我仍抱着十多年前的'启蒙主义'，以为必须是'为人生'，而且要改良这人生。"② 在他的思想里，"改良"并不是坏字眼。我常怀疑，许多鲁迅研究者习惯把鲁迅归入"为人生"派，其实在鲁迅思想中，"为人生"和"要改良这人生"是有原则区别的。他分明区别道："旧的和新的，往往有极其相同之点——如：个人主义者和社会主义者往往都反对资产阶级，保守者和改革者往往都主张为人生的艺术，都讳言黑暗，棒喝主义者和共产主义者都厌恶人道主义等。"③ 要分文学流派，鲁迅是"要改良这人生"派。慢慢我又领悟到：大凡鲁迅所说，从我所受教育来看，凸显"可疑"的，甚至"可怕"的，倒是他的精彩精辟的见解。但因为"可疑"甚至"可怕"，在课堂上我是怕"揭示"的。如

---

① 鲁迅：《无声的中国》，收入《三闲集》。
② 鲁迅：《我怎么做起小说来》，收入《南腔北调集》。
③ 鲁迅：《我的态度气量和年纪》，收入《三闲集》。

课本里有《记念刘和珍君》,其中讲到他对于"请愿"的见解:"至于此外的深的意义,我总觉得很寥寥,因为这实在不过是徒手的请愿。人类的血战前行的历史,正如煤的形成,当时用大量的木材,结果却只是一小块,但请愿是不在其中的,更何况是徒手。"为什么呢?他在第二天写的《空话》一文中做了进一步的阐释:"请愿的事,我一向就不以为然的,但并非因为怕有三月十八日那样的惨杀。那样的惨杀,我实在没有梦想到,虽然我向来常以'刀笔吏'的意思来窥测我们中国人。我只知道他们麻木,没有良心,不足与言,而况是请愿,而况又是徒手,却没有料到有这么阴毒与凶残。""请愿虽然是无论那一国度里常有的事,不至于死的事,但我们已经知道中国是例外,除非你能将'枪林弹雨'消除。""我以为倘要锻炼群众领袖的错处,只有两点:一是还以请愿为有用;二是将对手看得太好了。"他的结论是:"但愿这样的请愿,从此停止就好。"对军阀的斗争,能够这样吗?我不敢告诉同学,总是含糊过去;但奇怪从来没有一个同学提出过这个问题。但在社会上,以鲁迅之名,断章取义地学习鲁迅的文章太多了。"**断章取义**"是研究的大忌。我决定辑录鲁迅对于他自己的创作的说法。辑录他谈到的人物的全部说法。前者编辑成《鲁迅谈自己的作品》。二十世纪六十年代初，我天真地把它呈送给一位鲁迅研究专家的老前辈，一年多杳无音信。一九六二年我从青海调到天津，路过北京，我去拜访这位前辈，在他的办公室，只说一句话，拿回他还没有翻开的这堆稿子。十年后李何林先生见了，鼓励我，说有用，可以出版；亲自写信推荐给两个出版社，没有被看中。一九七五年又推荐给我的师兄——在大学比我学得好而又非常有志于学，不幸被所谓"反右"的狂风暴雨折断了翅膀的谷兴云，由他设法在他工作的安徽师范大学阜阳分校图书馆内部出版。这是我第一本印成书样的东西。一九八九年，北京鲁迅博物馆制作成功《鲁迅全集》微机检索系统，二〇〇四年又升级为《鲁迅著作全编》微机检索系统，相比之下，那小册子有许多遗漏，是很粗糙的了。但"敝帚自珍"，我至今还有点喜欢。

去年（2005年），报载要用数以十亿计的人民币兴办职业教育，原来，我们中国这个"世界工厂"，多年来技工和高级技工奇缺。现在据说是高薪，是高级职称聘请他们了；"物以稀为贵"呀！这很叫我感慨万端。我是响应祖国的号召学师范的，大学本科毕业在中等专业学校教书。那时候的教育有本科、专科，中等专业和技工学校，培养高级工程师、工程师、技师、技术员和技工，是一个完备的系列。我的学生正是毕业后任技术员，而后晋升为技师、工程师和高级工程师的。"文化大革命"先是"停课闹革命",闹得"洒向人间都是怨";之后是"复课闹革命",闹来闹去,"斗批改"把学校改革掉合并为工厂。后来又恢复了。后来不知改革怎样的了?为什么中等专科学校和技术学校的毕业生"稀缺"起来了呢?我不懂。"文革"中,我经过"反对资产阶级反动路线"获得第一次"解放";"清理阶级队伍"进了"学习班"即"牛棚",再来一次"解放"。"解放"到工厂当热处理工人。从打地脚螺丝学起,自己读热处理的书,自己上热处理的培训班。那时二级工的工资是三十九块七毛八分,我的比他们高出几乎一倍。工人师傅羡慕我,说起来都说我"幸福"。我埋头做工,也真觉得能以此了却残生,不再"运动"我就是福了。还是因为教书,曾经和几个昔日的中专教师、当时工厂中的工人有过关系,一次车间要向外求援,派我出面。交涉完工作,临走,原先也是语文教研组组长的对方,问我:南开大学中文系李何林教授"解放"了,前些时有一个《鲁迅的生平及杂文》的报告,您看到了吗?没有。我这里有一本,给您吧。谢谢啦。晚上灯下展读,第一句就是:"同志们:我是一个正在改造的老年知识分子,几年来接受工农兵的再教育和业务上的再学习,都进展很慢。"我怀着说不完的敬意和悲伤一口气读完这本薄薄的沉重的报告。我觉得这样报告下去，他还要挨批的。我情不自禁联想起二十世纪六十年代批他的所谓修正主义文艺思想的往事来。兔死狐悲，物伤其类。何况我面对一位素来敬仰的一身正气的老教授老学者。我决定把我的读后感原原本本告诉他。我们到青海的十个同学中，同班师兄冯育柱曾经到南开大学进修，导师就是他。我知道他眼睛已经不好，把信上的字写得很大，也没写寄信的具体地址，只写工厂的名字。我没有想要他的回信。我认为我的笔已经彻底封死了。不料回信来了。问我问题。俗话说"受之有愧，却之不恭"，我回答了他的询问。他是个乐观的人，敢说真话的人，不怕挫折的人，自信而固执的人。他一再向大学、学院推荐我，一再失败。看来好像我的悲观要取得最后胜利的时候，在他频繁往来于京津两地之后，突然把我叫去，郑重地告诉我一个"秘密"，嘱咐我不要对任何人讲。那是一九七五年冬天。他说：北京要成立鲁迅研究室。可能调他去当主任。说他已经七十多岁了，在南开二十多年，去不去无所谓了。说去，也许能够调我去，是个难得的机会。说：我已经决定去了，你等消息吧；不要跟任何人讲，也不要告诉厂里的领导。当时我不知说什么好，低头沉默着。良久，我告辞。我一直保守他对我说的这番"秘密"的话。其间，听说有人打听：王某是谁？哪个单位的？我去中共天津市委组织部办手续，好紧张啊。直到我拿到调令，办好手续，买好火车票，离开天津的前夕，才去向一位"文革"中不弃我而给我温情的同事辞行，他听了，先是不信，突然惊呼：你打了个"闷雷"啊！今天，我也七十多岁了，恰恰是李先生离开南开赴北京就任的岁数，当我敲打出这几行字，我眼睛里充盈着泪水。我在他身边十二年的日子，一页一页乱翻起来，使我不能继续敲打电脑的键盘，使我想起和张杰学兄送他进入火化炉的情景……

终于我在研究室成立、他到北京赴任两个月后，一九七六年的三月十八日，背着一个乌黑的铺盖卷走进了研究室的大门，借住在西黄城根二号全国人大常委会的一个留守大院的一座南北楼里。北墙外是北京四中，南墙和一个医院的太平间相邻。李先生在午睡，没有惊动他。室里做秘书工作的王琨同志接待我，让我上楼挑选一间屋子，既办公又住宿的屋子。每间屋子里办公桌椅和单人床都整齐地摆放好了，床单和被褥可以领取。因为是"借调"，整个一层楼只有李先生和一位资料员住，也是办公室兼卧室。研究人员还一个没来。我选了李先生南边隔壁的一间。我的专业研究鲁迅的日子就这样开始了。

这时我才知道，鲁迅研究室的成立是鲁迅唯一的嗣君给毛主席写了一封信,反映三个问题,"请求"毛主席的"帮助":一、"关于鲁迅书信的处置和出版"。二、"关于鲁迅著作的注释"。三、"关于鲁迅研究"。每一项都有情况和建议。信末写道:"当然,我的想法可能有不妥之处。我多么渴望跑到您的跟前,倾诉我心中的一切感受,倾听您对我的亲切教诲!主席啊,我衷心祝愿您健康,长寿!"言辞情真而恳切,带着浓郁的时代气息。信的落款是"周海婴一九七五年十月二十八日"。四天后,即十一月一日,毛主席就做了如下的批示:"我赞成周海婴同志的意见。请将周信印发政治局,并讨论一次,作出决定,立即实行。"传说这是毛主席晚年罕见的文字批示,许多文件都只是画圈的。更有"小道消息",有大人物接到毛主席圈阅的文件,还要"研究"是不是毛主席亲自画的圈圈。这很让人联想起山东土皇帝韩复榘"点"阅文件,有人冒充,他一见就真假立辨的故事:原来他"点"阅文件的毛笔里暗藏了一根针,他亲笔点的是有针眼的。其实他的秘书用他的笔代替他"点",不也看不出来吗?我更知道研究室有经"毛主席、党中央批准"的文件,指示:"鲁迅研究室的主要任务是,和人民文学出版社共同负责鲁迅全集注释的定稿工作;负责鲁迅传记和年谱的编写工作;对香港和国内外出版的周作人、曹聚仁等人歪曲鲁迅的作品进行批判；抓紧时机，对一些熟悉鲁迅的老人（包括反面人物）进行访问记录；编辑《鲁迅研究资料》，作为资料性的刊物，公开或内部发行；对鲁迅博物馆的陈列，提出修改意见；和上海、绍兴、广州等地的纪念馆其他研究单位，对鲁迅研究的工作进行联系等。"李先生的正式职务是"鲁迅博物馆馆长兼鲁迅研究室主任"。这是有正式文件任命的第一任馆长。鲁迅博物馆也从北京市调回国家文物局建制。还有：计划调王瑶教授和《人民日报》姜德明同志任研究室副主任。王瑶先生在我报到后还拖了两三个月，北京大学才同意他到研究室上班，但还要兼任北大中文系工作。姜德明先生未就任。研究室有八个顾问，是曹靖华、唐弢、戈宝权、周海婴、孙用、林辰和常惠诸先生。真可谓鲁迅研究史上的一时之盛。三十年过去，如今硕果仅存，唯有海婴先生了。鲁迅研究室也由盛而衰。最近两年幸得孙郁先生出任馆长，辛苦擘画、艰难经营，才又好转，颇见起色，这是我所未曾料到的曲折和坎坷。小小一个研究室，竟然也印证着新的民谚："会当官的为自己服务，不会当官的为人民服务。"不会当官的孙郁能够支撑到什么时候，振兴到什么程度呢？我不知道。鲁迅逝世一个花甲又十年了，鲁迅"十年居上海，每日见中华"的今古奇观不图依然可见。这是鲁迅生前死后很悲愤的人间吧?

我一报到,李先生就布置任务,要我熟悉从北京图书馆转来的馆藏鲁迅手稿复印件。说要做的事太多,来一个人做一个人的事,不能等。两个月后吧,成立了"手稿小组",我是其中的一员。俗话说:"祸不单行,好事逢双。"那时我也是真幸运。分配给我整理书信手稿,居然发现《两地书》的原信完好无损地珍藏着。啊,《两地书》中注明的:"(此间缺鲁迅五月八日信一封)""(其间当有缺失,约二三封)""(其间当缺往来信札数封,不知确数)"等等,其实原信一封不缺。当我读到许广平先生称呼鲁迅"嫩棣棣",自称"愚兄";而鲁迅也回敬许广平先生彼此调笑的信札的时候,我惊呆了,立刻向李先生汇报。遵照李先生的嘱咐,我开始做校读,提出《两地书》对"原信"的抽、删、增、改情况的报告。因为规定的任务是要全部、完整地影印出版鲁迅书信手稿的;怎样编辑这份手稿,成了问题。李先生召开了一个大型的鲁迅研究室和文物出版社有关专家的联席会议,专门加以讨论。当时"四人帮"还没有垮台,鲁迅的形象还"定于一尊";鲁迅和朱安的婚姻可谈可不谈还不谈。会上是畅所欲言的,"收"还是"不收",争论很激烈,是难得而稀有的活泼气氛。我在后来的《〈两地书〉

研究》的《序言》中写下了我当时的意见。是这样的："我当时是不赞成收的。除了尊重原编者所作的增删修改而外,还想到鲁迅说的'和朋友谈心,不必留心,但和敌人对面,却必须刻刻防备。我们和朋友在一起,可以脱掉衣服,但上阵要穿甲'这样的话,以为增删修改的文字就是留在身上的铠甲,给他们脱掉,似乎还不到时候。"结果是决定收。《两地书》原信的发表,有力地打开了研究者的眼界,提升了对鲁迅的理解。至于识时务的俊杰转而大讲"鲁迅与女人",在许先生的故乡盛赞鲁迅是他家多情的女婿;连鲁迅和许先生什么时候接吻以及接吻以上的事也成为研究的课题,那是我们这样的"盛世"必有的装点了。

还在辑录"鲁迅谈自己的作品"的时候,我就有一个想法:研究一个人或一个作品,首先要梳理清楚他有什么?是什么?是怎样的?为什么是这样的而不是别样的?特别是要问一个"为什么"?因为同样的目的可以有不同的作为;同样的作为也可以出于不同的目的。鲁迅说:"每一革命部队的突起,战士大抵不过是反抗现状这一种意思,大略相同,终极目的是极为歧异的。或者为社会,或者为小集团,或者为一个爱人,或者为自己,或者简直为了自杀。然而革命军仍然能够前行。因为在进军的途中,对于敌人,个人主义者所发的子弹,和集团主义者所发的子弹是一样地能够制其死命;任何战士死伤之际,便要减少些军中的战斗力,也两者相等的。"① 问一个"为什么"就是确定"目的",也即确定所作所为的"根本特质";这在研究中是关键。也就是先确认事实(作品、观点、思想、主张、作为),然后才能评判。评判的关键在认识事实即事物的"根本特质"。但是确认事实也并不容易,"事实"有真有假,有半真半假;有深有浅,有片面和全面,有部分和整体。比如深浅,任何事实即事物,都是一个层次结构,小到鸡蛋,大到地球。鸡蛋有蛋壳、蛋膜、蛋白和蛋黄;蛋黄中还有是否受精的胚盘。又如片面和全面,描写一个事实,就说描画一把茶壶吧,面对着茶壶把儿的人看不见茶壶嘴;反之亦然。您必须转动茶壶或您围着茶壶转一圈,您才能知道茶壶不是只有把儿或嘴的。谁站在地球的一点上看天看地,无论多高,确实是"天圆地方"的;即使向前走,向后退,还是"天圆地方"。只有当您腾云驾雾俯瞰地球或绕地球一周回到原点,您才会发现地球是"圆"的。先确认事实,这就是鲁迅在《扁》一文中提醒我们的:"在文艺批评上要比眼力,也总

---

① 鲁迅:《非革命的急进革命论者》,收入《二心集》。

得先有那块匾额挂起来才行。空空洞洞的争,实在只有两面自己心里明白。"至于评判就更加复杂了。首先有一个用什么尺子的问题。有了尺子才能评判是非(正误,对错),高低,深浅,利害(利弊),功过,等等,如果属于主张一类就还有可行与不可行、难行与易行等情况了。不但有尺子问题,还有视角问题。许多事实是可以从不同视角加以评判的:从政治,从社会,从思想,从文化,从道德,从法律,从宗教,从艺术;从动机,从效果;从理想,从实践;等等。

当《鲁迅手稿全集》和《鲁迅年谱》的集体项目编好发排之后,已经到了筹备纪念鲁迅诞辰一百周年的时候了。我写点什么纪念鲁迅先生呢?我心里一直有一个疑问:都说鲁迅是伟大的思想家,可鲁迅有什么思想呢?主流的几乎是当时鲁迅研究界公认的对于鲁迅思想和世界观的分期,不过是否定他的前期,而只肯定他的后期的标尺罢了。这和我的读后感很不相同。难道所谓鲁迅思想就是他接受的马克思主义的思想?那显然很贫乏——鲁迅没有专门研究马克思主义,他坦言:"即如我自己,何尝懂什么经济学或看了什么宣传文字,《资本论》不但未尝寓目,连手碰也没有过。然而启示我的是事实,而且并非外国的事实,倒是中国的事实,中国的非'匪区'的事实,这有什么法子呢？"① 如果只有别人的思想，如早年有朋友说的他是"托尼思想，魏晋文章"那样，后期又是马克思主义的思想，那不就没有独立的属于鲁迅自己的思想了吗？更有人认为鲁迅根本没有系统的思想可言，鲁迅根本就不是什么思想家。我一直在思考这个问题，也似乎若有所得。现在是个盛大的纪念，是机会，我决定冒险，提出我的读鲁迅的心得。这就是鲁迅对于"人"的问题的探索和论述。我认为鲁迅思想就是"立人"的思想。我当然首先想到向李何林老师求教，但我不敢。我知道他会强调人的阶级性，人是阶级的人；同时不愿意我冒这个险，要保护我。他如果不同意，或只要表示犹豫，我就不好再违背他的指导，只得放弃这个我不愿意放弃的题目了。于是我把这个想法写信告诉王瑶先生，他是我心仪的导师。二十世纪六十年代初我就是报考他的研究生的，但"政治审查"不合格，作为泡影。其实，真批准我考也未必能够考取的。这种"政治审查"多么匪夷所思，徒结怨恨啊。我试探着只把一半意见告诉王先生。他回信指导我说：

　　您的研究计划（《关于鲁迅对"人"的探索》）

---

① 鲁迅：《19331115 致姚克》。

是一个新的领域,从一个有重大关系的角度来探索具有广泛思想内容的问题,值得深入钻研,我没有考虑和探索过这方面的问题,提不出具体的意见,但认为这个选题很有意义,值得花力气。只是在写作中必须在广阔的背景中展开,不能局限于《全集》所提供的资料。就是说虽然是研究鲁迅思想,但必须以近代中外思想潮流为背景。背景当然不必罗列许多,但勾勒和概括须有所依据,故写起来颇费功力,但我相信您是胜任的,只是工程艰巨,并不省力而已。今距"纪念"之期尚有两年,我想是可以用来献给这一"纪念"的。

(《19790823致王德厚》,《王瑶全集》第八卷第291—292页,河北教育出版社,2000年。)

我受到很大的鼓舞,下定决心写出鲁迅的"立人"思想来。而且只写"立人"的一半;关于"立人"的"道术"——"若其道术,乃必尊个性而张精神"①——暂时回避。因为"人"已经是"抽象"的了,已经和当时的"阶级论"纠缠得很厉害,很可能要受到批判。如果再加

---

① 鲁迅:《文化偏至论》,收入《坟》。

上"尊个性而张精神",那资产阶级的"个人主义""人性论"和"唯心主义"的帽子必定扣上了,也死定了。鲁迅在《文化偏至论》中提出"立人"和"人国"的思想,理论上是受到十九世纪末思潮的引发。他着重引述了尼佉(今通译尼采)、勖宾霍尔(今通译叔本华)、斯契纳尔(今通译克尔凯郭尔)、显理伊勃生(今通译亨利克·易卜生)等人的有关观点,他们在当时统统属于资产阶级,我是不能再"正面""勾勒和概括"的。何况我的学力极其单薄,我的知识极其贫乏,我的思想还很幼稚。他们的作品我都没有通读,更没有研究,我必须也只能回避,而竭尽全力编排鲁迅与"立人"有关的观点,使要批判的人去批判鲁迅,而对我只能是宣扬了鲁迅的什么什么吧?我还给它取了一个冠冕堂皇的题目:《致力于改造中国人及其社会的伟大思想家》。我只是把"人"放在"社会"的前面,暗示我的重点。我不直接标举"立人思想",是避免刺激我们中国的"阶级论者"。这心思的来源有两处。一是鲁迅的《论"费厄泼赖"应该缓行》中所说:"但题目上不直书'打落水狗'者,乃为回避触目起见,即并不一定要在头上强装'义角'之意。"二是《达尔文自传》。达尔文在自传中说他在写《物种起源》的时候已经认识到人的起源是同一原理,但认为当人们对"物种起源"还有重大疑义的时候,发表这个观点是不明智的,所以只在书中点出一句,不再多谈。等待人们接受了"物种起源"的原理,再来发表人类的起源。王瑶先生看过初稿,给予了肯定,也指出了不足。一九八〇年夏天在大连的全国纪念鲁迅诞辰一百周年组稿会北片会上,我老老实实谈了它的立意。

一九八一年初春纪念鲁迅诞辰一百周年筹备会的学术组开始工作,五月一日过完劳动节进驻国谊宾馆,我承乏忝列其中。学术组的任务是阅读全国各省市自治区经过筛选送来的论文,再做一次选择并确定它的作者为参加全国纪念大会和学术讨论会的代表。唐弢、王瑶和陈涌三位先生由学术组安排住处,请他们专心写作论文。我的这篇东西,在这之前,中国鲁迅研究学会《鲁迅研究》编辑部已经决定接受刊发。学术组的同志也顺利接受了这篇论文。这是我非常感激,也一直纪念的。有了他们的认可,不管遭遇怎样,我的这一点心得是可以出世了。

我在别处说过:我固然自信我对鲁迅能够有所发现,有所领悟,但我自知我不能读得很好,达到满意的程度。鲁迅是个作家,可我没有艺术感觉。鲁迅是个思想家,可我没有理论思维。鲁迅是个翻译家,我是外文文盲。鲁迅"几乎读过十三经",我不懂文言文。鲁迅是个革命家,我只能逆来顺受,"苟全性命",心有改革之志,手无缚鸡之力。这样一个我,怎么能够研究好鲁迅,懂得鲁迅呢!我不过确实是非常喜欢鲁迅罢了。而马齿徒增,学问不长,原本计划就"立人"写一本专门的小册子,至今是个愿望,这是我一生最惭愧的。

唯一可以对得起读者朋友,和可以问心无愧的,是收录在这里的东西,没有无病呻吟,没有人云亦云,该入本当不写之列。这是王先生嘱咐我的:文章可以分为三类。一是人云亦云的,不必写,也不要去写。二是自圆其说的,一般能够做到也就可以。三是得到同行公认,成为定论的,这罕见,非常难,是我们应该追求的境界。俗话说:"活到老,学到老。"鲁迅晚年在愤然中表示:"倘能生存,我当然仍要学习。"[①] 人是要发愤的。是的,倘若天假我以年,又得新的机遇,我还能够做一点有益于鲁迅研究、有益于现在、有益于我生于斯长于斯的难舍难分的中国的。如果,那么,朋友,来日方长,请多保重。如果您认同鲁迅对于我们中国改革之难的观察:"可惜中国太难改变了,即使搬动一张桌子,改装一个火炉,几乎也要

---

① 鲁迅:《答徐懋庸并关于抗日统一战线问题》,收入《且介亭杂文末编》。

血；而且即使有了血，也未必一定能搬动，能改装。不是很大的鞭子打在背上，中国自己是不肯动弹的。"① 如果您觉得鲁迅对人生之苦的体认"苦痛是总与人生联带的，但也有离开的时候，就是当熟睡之际"有道理，② 那么，请您想想鲁迅的建议吧："人固然应该生存，但为的是进化；也不妨受苦，但为的是解除将来的一切苦；更应该战斗，但为的是改革。"③ 还有："一要生存，二要温饱，三要发展。有敢来阻碍这三事者，无论是谁，我们都反抗他，扑灭他！可是还得附加几句话以免误解，就是：我之所谓生存，并不是苟活；所谓温饱，并不是奢侈；所谓发展，也不是放纵。"④ 这些话总是有益我们求生的，别相信那些"鲁迅是二十世纪的，胡适是二十一世纪的"的高谈阔论，它和你我老百姓无关。

我一直铭记着鲁迅的两段自白。一、是他晚年对于自己的评估："平生所作事，决不能如来示之誉，但自问数十年来，于自己保存之外，也时时想到中国，想到将来，

---

① 鲁迅：《娜拉走后怎样》，收入《坟》。
② 鲁迅：《19250311 致许广平》。
③ 鲁迅：《论秦理斋夫人事》，收入《花边文学》。
④ 鲁迅：《北京通信》，收入《华盖集》。

愿为大家出一点微力,却可以自白的。"① "于自己保存之外"多么坦诚,多么实在啊!二、是他逝世前一个多月,重病向愈,在《"这也是生活"……》中倾诉他的情愫:"有了转机之后四五天的夜里,我醒来了,喊醒了广平。'给我喝一点水。并且去开开电灯,给我看来看去的看一下。''为什么?……'她的声音有些惊慌,大约是以为我在讲昏话。'因为我要过活。你懂得么?这也是生活呀。我要看来看去的看一下。''哦……'她走起来,给我喝了几口茶,徘徊了一下,又轻轻的躺下了,不去开电灯。我知道她没有懂得我的话。街灯的光穿窗而入,屋子里显出微明,我大略一看,熟识的墙壁,壁端的棱线,熟识的书堆,堆边的未订的画集,外面的进行着的夜,无穷的远方,无数的人们,都和我有关。我存在着,我在生活,我将生活下去,我开始觉得自己更切实了,我有动作的欲望——但不久我又坠入了睡眠。"人们广泛地记得鲁迅逝世前一个月说的:"我的怨敌可谓多矣,倘有新式的人问起我来,怎么回答呢?我想了一想,决定的是:让他们怨恨去,我也一个都不宽恕。"② 而很少注意上面那段话,其

---

① 鲁迅:《19340522 致杨霁云》。
② 鲁迅:《死》,收入《且介亭杂文末编·附集》。

实，两者结合，才是完整的鲁迅。才不会因为"隔膜"讽刺鲁迅所说的:"在现在这'可怜'的时代,能杀才能生,能憎才能爱,能生与爱,才能文。"① 鲁迅是棵大树。

多谢,多谢。

公元二〇〇六年一月二十八日星期六<br>夏历除夕前一天,即鸡飞狗跳之时

---

① 鲁迅:《七论"文人相轻"》,收入《且介亭杂文二集》。

# 负荆请罪也枉然

整整五十年了,终于找到了这本书:《首都高等学校反右斗争的巨大胜利》。

谷兴云学兄千里迢迢自费从阜阳来到北京,住在母校的地下室招待所,为搜集当年我们中文系乙班(四、五班)帮助党整风成立的"苦药社"的资料,要为新中国的历史保留一页逼近真实的史料。有一天他告诉我在国家图书馆看到了这本书。后来我又在别的单位的图书馆借到了这本书,了却了一桩心事。

五十年前,我在青海西宁新华书店看到过这本书,翻了翻,看到由我执笔的一篇东西——题为《从落后到政治上反动的小集团——"苦药社"》,署名"北京师范大学中四"（四五班）——收录在里面。那是我毕业不久，初出茅庐，热衷于写东西，喜欢看到自己的文字印成东西的岁月，但当我看到这本书的时候，竟然有一股异样的冲动涌上心头。我没有买它，也从不对人提起它。我那时候并没有觉悟，但不知道为什么，竟然并不觉得是什么正确光荣伟大的事，值得炫耀。也许是物伤其类的本能吧。这本书就这样压在我的心头。随着岁月增长，那异样的感觉变成了内疚。当母校百年华诞的时候，在一片尽情虚夸荣耀的气氛中，我着意写下校史中那刻意隐瞒的一页，也写出多年咬啮我的心的负罪感。我知道：含冤的同窗，死的死了，忍辱挣扎苦苦熬过来的学长肉体和内心的苦痛无法弥补了，我的负荆请罪有什么用呢？什么用也没有。但我还是写了。我必须"代表我自己"祭奠死去的冤魂，和向大难不死的学长公开道歉。我不能不负应负的责任，哪怕它像我的生命卑微得像一粒尘埃。这就是《纪念册》（原刊《随笔》2003年第1期，收入拙作《垂死挣扎集》，中国文联出版社2006年9月出版）。下面是相关的话：

面对"纪念册"，我凝视着他们的照片，那红色封面上的六个烫金大字："青春""友情""人生"，我不知道说什么好。"青春"吗？这是怎样的"青春"？"友情"

吗？我们眼睁睁看着他们沉入无底的深渊，没有伸出援助的手……特别是呕心沥血教过我们的老师也一夜之间化为仇雠。后来，当我读鲁迅，读到他所表示的："古之师道，实在也太尊，我对此颇有反感。我以为师如荒谬，不妨叛之，但师如非罪而遭冤，却不可乘机下石，以图快敌人之意而自救。太炎先生曾教我小学，后来因为我主张白话，不敢再去见他了，后来他主张投壶，心窃非之，但当国民党要没收他的几间破屋，我实不能向当局作媚笑。以后如相见，仍当执礼甚恭（而太炎先生对于弟子，向来也绝无傲态，和蔼若朋友然），自以为师弟之道，如此已可矣。"心里实在痛苦。那时我对于老师和同学的"非罪而遭冤"，竟被麻醉得毫无感觉。我们在小会大会上批判过他们。我们"义正词严""声色俱厉"地批判过他们。我记得，最后，我参加了整理他们材料的"工作"。我记得，我奉命写了一篇控诉他们"罪行"的报道，收集在一个集子里。书名记不全了，书名中有"首都高校"的字样，有"反右"的字样。我曾经在一个图书馆或是书店的书架上看到过。那是在我们已经分配之后，"夹着尾巴"各奔东西之后，我在祖国的边疆青海西宁。要说像"文化大革命"给我戴的帽子我是"反动文人"，我这篇东西才名副其实是"反动"的。这是我的不可洗涤干净的罪过——尽管没有署我的名字……但我知道：一个人是这样，一个单位，乃至一个民族都是这样，倘若只记取"过五关，斩六将"，而不铭记"走麦城"，甚至禁止人们提醒、论述"走麦城"，妄想将史实从历史中驱逐，那么，无论他多么声嘶力竭，无论他多么一厢情愿千百遍呼叫"还我头来"，他将永远得不到他的头脑，而沉入地狱的深渊，而万劫不复。

记忆是这样欺骗着我，使我虽然知道有罪过，却不记得是这样卑污这样难堪的文字。那题目就是一个时代的罪孽的缩影：《从落后到政治上反动的小集团——"苦药社"》。所谓"落后"是污言秽语无所不用其极：对于年纪轻轻的在读大学生，竟至于使用"好吃懒做""荒淫无耻""肮脏""龌龊""流氓""无耻之徒"这样污秽的字眼；没有"材料"（所有材料都是未经核实，也不去核实就用来批判、斗争，乃至定性；直到运动后期才来所谓复查；虽是纠错，却说是宽大，迫使人感激涕零），就用"朦胧"手法，如"够了，以上揭露的只是他们腐朽生活微小的一部分，还有很多是难以启齿的"；"够了，这些只是一小部分"云云，让读者真以为"新中国"的大学，有的学生在校四年过着这样的生活。至于所谓"政治上的反动"，列举的"事例"都是对于"个别"党员、"个别"团员、

"个别"积极分子的批评。

我不知道为什么挑选我出来整理这样的东西。

我说过"也许是我的本质不好,也许是中文系出身的学生就有病"的话。现在反省起来,这病很复杂,很严重的了。

我的故乡在井冈山东麓脚下,这是革命的圣地,也是反革命的地盘。我们村子一个姓氏二三十户人家,在三十年间经过两次大革命。父亲出身黄埔军校四期,从广东北伐到龙潭,而最终走向反革命,真是死心塌地,死而后已;我的出身也就复杂而反动。但我从记事就不喜欢我的家。它阴沉而恐怖。当故乡解放,父亲被从井冈山捕获,我单身远离家庭到南昌复学的时候,一位南下干部的一堂"社会发展史"的报告,就把我解放出来,使我从此坚定地背叛了我出身的"反动家庭——反动阶级"。这一点我从未动摇,至今不悔。而也是这一点,竟至于使我不仅相信了"阶级斗争",也相信了对"反动阶级"的"毫不留情"的斗争;遇到疑惑即检讨自己的"觉悟不高""阶级烙印"太深,自觉"改造"自己。在"镇压反革命""三反五反""反胡适""反胡风""肃反""反右"一个接一个政治运动中,当党指出谁是敌人的时候,我既已"六亲不认",何况同学同窗!我整理的这篇文字,之所以这么

"刻毒",正是我当时这样的"阶级意识"的必然投射,是我所受教化的成果,也正是我思想改造的一份答卷。

从一九五〇年我回到南昌复读以后,我就没有了家庭的经济来源。中国共产党的"出身不由己,道路可选择"的阶级路线,当时不仅是这样说得好听,而是实际也这样执行的,没有要我申请就一直给我"人民助学金"维持我读书,直到高中毕业,这增加了我的信服并且崇拜。我一九五一年一月就加入了中国新民主主义青年团;而前几个月我父亲刚刚在镇压反革命运动中被枪决,这是我"经受住考验""跟党走"的证明。这种信服、崇拜和追随,直到"大跃进"带来大饥荒的日子,当我和学生打野菜吃野菜七十天,而得知有些领导天天喝酒吃肉的时候才开始怀疑。后来更听到了吃空了囤积大量粮食、食用油的传言,不禁暗自耻笑不已。但即使这样,在"文化大革命"中,我在绝望中,在为逃避军宣队队长勒令我揭发某位同事以赎罪的卖友行径而自杀的时候,在《遗书》中我仍然坦白表示我是愿意改造的,我仍然引用毛主席《在延安文艺座谈会上的讲话》的"最高指示"——"知识分子要和群众结合,要为群众服务,需要一个互相认识的过程。这个过程可能而且一定会发生许多痛苦,许多磨擦,但是只要大家有决心,这些要求是能够达到的"——表白忠心;坦白交代：我觉得这种痛苦实在忍受不了，我只有一死了之了。

我的这种信服、崇拜和追随使我接受党的一切教化。我承认我有"出身"的"原罪"；我也认同世界观和人生观的巨大作用；生活作风是阶级性的表现。因此生活作风导致政治反动是必然的逻辑。

我也尽力培养自己的组织性和纪律性。"理解的要执行，不理解的也要执行"，早就是行动的指南。

我自信我是一个"五分加绵羊"式的学生。毫无疑义，我有许多缺点。我有幸没有当上"右派"，也没有受到处分，这使有的人惊讶地笑问过我，我无言以对。但我知道自己，我信仰"大道之行，天下为公"的"大同之世"和信仰共产主义一样痴迷。

元白①师年过八十，有诗曰："莫名其妙从前事，聊胜于无现在身。"如今我也年逾古稀了，真切感到这句诗的精妙。我唯一鲜明的记忆是一九五七年五一劳动节在天安门广场等候开庆祝会的时候，突然有谁拿来了《人民日报》，头版头条通栏标题：《中共中央关于整风运动的指示》。大家抢着阅读，有人要求朗读。回到学校就是向党

---

① 元白，启功先生字。赵园注。

员询问并表示要请求参加整风运动，因为对于党外的人是自愿参加的。心里的感觉是：参加"整风"是一种光荣。真是一阵"莫名其妙"的兴奋。一些零星却清晰的记忆是毛主席在全国最高国务会议上的讲话和全国宣传会议上讲话录音，其中提出反对宗派主义要"挖墙"，即挖掉阻碍党群关系的高墙；要"填沟"，即填平隔断党群关系的深沟。而这正是后来大批特批的"右派言论"，心里大惑不解。还有一些零星而模糊的记忆是看大字报，看由同学主持的辩论会。

六月八日《人民日报》发表《这是为什么?》的社论，引得议论纷纷；随后是《工人说话了》的社论，学校气氛开始变化，逐渐紧张起来。特别是我们乙班一位同学在吃饭时因争论被打的事发生以后，由众说纷纭到定性为"阶级斗争"以后。

不记得是谁通知我参加整理材料，也不记得我们班还有谁参加，只记得不是我一个。那是在物理楼二楼一间大教室里，原来的课桌拼成一排一排的，不同的人组成一个一个小组。并不仅仅是我们班的，即使全中文系的也不能挤满整个教室。桌上堆着一摞一摞材料。所谓"材料"就是大哄大嗡出来的"检举信""大字报""批判会的发言稿"，根本没有调查，没有核实，并不能说就是"事实"；

可就是要用这样的"材料"来定性。后来是看破了,这就是政治运动的公式:不择手段运动群众——上纲上线批判"内定对象"——定性做出组织处理——若干时日以后"复查甄别"。那些"材料"先是传阅,然后讨论。记得"材料"是不准带出教室的,工作情况是不准外传的。白天黑夜"连续作战"了好几天,直到我交卷。这份答卷今天才看到《师大教学》刊登过;那时我第一次看到,是远在青海了,内心也有了一点"莫名其妙从前事"的变迁。

那一年取消了毕业考试。说是"反右"是最好的考试。记得分配前填过表,做过动员,强调面向基层,面向边疆,似乎还有一个"面向",忘记了。分配结果是在一个阶梯教室当众宣布的。不记得是分配前,还是分配后,有一天傍晚,突然高音喇叭通知应届毕业生集合,坐了校车,送到劳动人民文化宫,在广场上席地而坐,黑压压挤满了全场,据说全市的高校毕业生都来了。是周恩来总理做报告。周总理没有来之前,是团中央书记胡耀邦讲话,周总理很晚才来。一进大门,我们就拼命鼓掌。总理一上台,胡就结束讲话,请总理做报告。我清楚记得的有三点:一、号召大家努力思想改造,要"活到老,改造到老"。并用自己出身不好,影响到他南昌起义后只知道城市,不能像毛主席那样正确地走向农村,用农村包围城市取得革命成功的故事，教育大家。二、强调服从分配。也讲到要照顾已经确定恋爱关系的同学。讲到历届有不服从分配的情况，宣布几天内将公布"劳动教养"条例，不服从分配的可以送去"劳教"。三、记得一个细节，他的讲话很长，有一个多两个小时吧，没有讲稿，中间只看了一眼放在讲桌上的纸条，念出历届毕业生数字。这令我惊讶和佩服得不得了。

终生不能忘记的一个印象，是离开学校的时候，看到同年级一位戴了"帽子"、受处分留校等待分配的同学，传说他是"极右"，孤零零地在楼旁劳动。没有一个同学向他打招呼、告别，真是形影相吊，分外凄凉。

今年是一九五七届毕业的五十周年。整整五十年过去了。我受难的同窗，死的死了，罚的罚了，一切难以诉说的苦都熬过了。"道歉"有什么用呢！元白师曾痛感"泪收能尽定成河"，即使泪枯血干，能唤回谁的性命？能补偿谁的青春？就是我自己，即使说了道歉的话——公开道歉，也丝毫不能减轻我的内疚，消除我内心难以诉说的思绪。然而，我还是要道歉，想道歉。不是为将来在地下能够坦然面对冤死的学兄学姐，我不相信人有灵魂，人死成鬼，人间之外有地狱。也不图今天在人间能够坦然面对大难不死的"小集团"——"苦药社"的学兄学姐，请求原谅，宽恕我的发昏，得到宽恕的安慰。不是的。

我知道：个人的道歉是微不足道的。然而，当教育者只知道背诵"前事不忘，后事之师"的古训，而以为自己能"立地成佛"毫无歉意毫不罪己的时候，哪怕有一个学生知道道歉，实行道歉，不过像萤火虫吧，毕竟是一点亮光。

我知道，我不是罪魁祸首。但我更知道，绝不是"错误人人有份"。将近一百年前，鲁迅就指出过："青年又何能一概而论？有醒着的，有睡着的，有昏着的，有躺着的，有玩着的，此外还多。但是，自然也有要前进的。""苦药社"就是"要前进的"一群。帮助苦药社的，哪怕只在内心深处，有；同情苦药社的也有。我毕竟是一个"执笔者"啊。

人间，在太阳底下，事情真是复杂而微妙。我在那篇东西的结尾处，竟然记录了在批判中被批判者一句这样的话："总有一天他们要向我们道歉。"今天听来，多么自信，多么自豪，敬佩之情，油然而生，并令我内心生出苦涩的微笑。今天，我这个执笔者，代表我自己，实践你们的预言：再次向你们道歉了。

我的道歉，是对自己的警告：不二过。

我的道歉，是我明白我这一生终于懂得：轻信——理想——迷信的关系。轻信是可以原谅的；理想是需要的；但是，一旦迷信，哪怕是人类最美的理想，就会发昏；就有堕落成为"万劫不复的理想的奴才"的可能性。我必须警惕。

二〇〇七年二月二十四日星期六

# 纪念鲁迅诞生一百周年学术讨论会记忆残片

## 一、自白与渴望

我的记忆力极差。读史，不记得庙号、年号、换算成的公元纪年，更不要说老祖宗留下来的甲子乙丑；读诗词，不记得创作年份、诗题、词牌，自然还有也是数字的作者生卒年。对于往事，不能说脑子里一盆糨糊，关节是记得的，而事实之真不可或缺的什么人？什么时候？什么地点？什么事？大多模模糊糊，时有时无，似有似无。至于"为什么"，则我平生不喜欢问人家的事，告诉我，我听着,也不求证,不外传——除非受本人委托转告某人,而我又愿意承担这一份友情。往往是不知所以,或不知其详。

然而,历史本来都是个人的历史;以群体名义的宏大叙事,除谁也难以说清的宏大名词,不过是"英雄传"而已矣,都抹杀了个人,特别是普通的个人,所谓"匹夫匹妇"。"一将功成万骨枯"!史书上多的是"将军传",而罕见的是"枯骨传"。何况历史本身就不过是胜利者的涂鸦,有几分真实,谁也说不清道不明。鲁迅说:"在历史上的记载和论断有时也是极靠不住的,不能相信的地方很多,因为通常我们晓得,某朝的年代长一点,其中必定好人多;某朝的年代短一点,其中差不多没有好人。为什么呢?因为年代长了,做史的是本朝人,当然恭维本朝的人物,年代短了,做史的是别朝人,便很自由地贬斥其异朝的人物,所以在秦朝,差不多在史的记载上半个好人也没有。"(《魏晋风度及文章与药及酒之关系》)启功元白师也揭露说:"后世秉笔记帝王事迹之书,号曰'实录',观其命名,已堪失笑。夫人每日饮食,未闻言吃真饭,喝真水,以其无待申明,而人所共知其非伪者。史书自名实录,盖以其先恐人疑其不实矣。又实录开卷之始,首书帝王之徽号,昏庸者亦曰'神圣',童骏者亦曰'文武',是自第一行即已示人以不实矣。"(《启功口述历史》)即使是自己的事,关乎身家性命的大事,老师也曾吟叹:"莫名其妙从前事,聊胜于无现在身。"这种无奈,幸呢,还是不幸呢?

然而,个人亲历,倘写下来,也就是传统的"野史"。"野史"是比"正史"更可能多一点"真实"的历史叙述;哪怕是一鳞半爪。去年,在鲁迅诞生一百三十周年的日子,忽然想起三十年前参与筹备纪念鲁迅诞生一百周年学术讨论会的同仁,先我而去的不止一个了。即如学术活动组的五六个同仁,竟然有两个驾鹤西归,就是蔡清富和鲍霁两位先生。幸好健在的还至少有三分之二。加上社会科学院文学研究所鲁迅研究室参与的朋友就更多了。何妨动动笔,留下自己的记忆,以备"后来贤"(钟敬文老师《拟百岁自省一律》诗句:"学艺世功都未了,发挥知有后来贤")聊作参考或谈助呢。那样盛会,尽管我相信鲁迅将长久铭刻在难以计数的我同胞和异胞心里,恐怕百分之九十九是空前而绝后了。三生之幸,雪泥鸿爪,何乐而不为?

我已经声明,我的记忆力是极差的。下面记下的,虽然自知是"残片",也自知难以说就是"真"。那为什么还要写呢?我忽然产生一点希望,唯一的!唯一的希望,是当年还健在的朋友看了,加以指正;并写下您宝贵的记忆。南片的组稿会这里就不能写出一个字,因为我没有参加,很遗憾的。当年南北撰稿会,与会的学友数以百计,倘也能记下当年的亲历,为鲁迅研究历史留下一点感受及见闻,绝不是"说了也白说"的,我相信。

## 二、长河落日圆

一九七五年十月二十八日,周海婴先生致信毛泽东主席,说:"近年来,我常想到鲁迅书信的处置和出版,鲁迅著作的注释,鲁迅研究工作的进行等方面有一些急待解决的问题,也向有关负责同志提过多次建议,始终没有解决,感到实在不能再拖下去,只好向您反映,请求您的帮助。"周海婴在《我与鲁迅七十年》中概述说:"我在信中报告了现存父亲书信出版的情况和母亲的死,诉说对其余书信未予出版的不满。我写道:'如果有人认为鲁迅书信的受信人有的后来成了坏人不能出,我想这不应成为一个障碍,因为马恩著作中,就有许多马恩写给拉萨尔、伯恩斯坦、考茨基的信,并未因此不出。'在信中,我还对'文革'中出的一九三八年版《鲁迅全集》不完整和对父亲的研究工作谈了自己的看法和建议。我写信的时间是十月二十八日，未加封口，仍去南长街面交胡乔木同志。没想到前后仅仅三天，即十一月一日，毛主席就有了批示：'我赞成周海婴同志的意见，请将周信印发政治局，并讨论一次，作出决定，立即实行'。"

记得信中提出了三个方面的问题。"一、关于书信的处置和出版"。如上述概括，但还有建议："我们迫切希望在您的支持下，一部收入现存全部书信，认真按手稿校订过的新的鲁迅书信集，能够早日出版。""二、关于鲁迅著作的注释"。提出"解放后出版的注释本鲁迅全集，注释中有严重错误。所以现在急需编辑出版一部比较完善的新的鲁迅全集（包括书信和日记）"。"三、关于鲁迅研究"。建议："将一九五八年下放北京市文化局的鲁迅博物馆重新划归文物局领导，在该馆增设鲁迅研究室，调集对鲁迅研究有相当基础的必要人员，并请一些对鲁迅生平了解的老同志作顾问，除和出版局共同负责鲁迅全集的注释外，专门负责鲁迅传记和年谱的编写工作，争取在一九八一年鲁迅诞生一百周年的时候把上述几种书（即全集注释本、年谱、传记）以及全部鲁迅手稿影印本出齐。"

由于有毛主席的批示，文物局和出版局根据政治局讨论的结果，雷厉风行展开了工作，提交落实的措施，得到批准，迅即调南开大学中文系主任李何林教授任鲁迅博物馆馆长兼鲁迅研究室主任,并聘请八大顾问:常惠、曹靖华、孙用、杨霁云、戈宝权、唐弢、林辰及周海婴。次年二月李何林到任,二十七日宣布鲁迅研究室成立。三月中旬借调的研究人员陆续报到。(第一批研究人员都是借调;工作一年后,征求本人意见,并根据工作情况或正式调入,或回原单位。)

同时,充实了人民文学出版社的鲁迅著作编辑室。一九七六年四月下旬到五月初,出版局先在济南,五一劳动节后移到北京开了全国鲁迅著作注释会议。到会的是分别承担各个单行本注释任务的重点大学中文系老中青专家及工人、军队代表组成的"注释组"。这就是"红皮本"的单行本,也是工作本,未公开发行。它从一九八一年版的底本。每本只印二百本吧,如今成为绝版的宝贝了。

随着时代的巨大变化及发展,先成立了全国的鲁迅研究学会,又在中国社会科学院文学所成立了鲁迅研究室。编辑出版了《鲁迅研究》。这时候,北京流行"三鲁"的说法。即"东鲁"社科院文学研究所鲁迅研究室;"中鲁"即人民文学出版社鲁迅著作编辑室;"西鲁"即北京鲁迅博物馆鲁迅研究室。海外媒体则有"三足鼎立""东鲁"分权的议论。领导层的确有这种思想分歧与心结。鲁迅博物馆鲁迅研究室主任李何林先生在中国作家协会第三次代表大会，或会议中成立鲁迅研究学会的大会上，就公开质疑过沙汀先生担任文学所鲁迅研究室主任的资格。指名道姓，言辞尖锐。但各室研究人员之间，了无裂痕，保持比较良好的交流与合作。

正是在这次作协第三次代表大会末期成立了中国鲁迅研究学会。宋庆龄任会长。

由鲁迅研究室编辑、文物出版社出版的影印本《鲁迅手稿全集》（文稿、书信及日记各两函），由鲁迅研究室编纂、人民文学出版社出版的《鲁迅年谱》（四卷本）于一九八一年面世。

自一九七九年"理论务虚会"开始，"解放思想"运动兴起，"把颠倒的历史'再'颠倒过来"的论争风起云涌。鲁迅研究也随之"拨乱反正"，生气勃勃。茅盾先生率先提出的鲁迅研究中的"两个凡是"及"神话鲁迅"，成为一时焦点。上海青年大学生斥责"跪着研究鲁迅"的历史现象。

一九八〇年春末或夏初，筹备纪念鲁迅诞生一百周年大会及学术讨论会的工作公开进行。学术讨论会由中国社会科学院、中国文学艺术界联合会和中国鲁迅研究学会联合主办。成立了鲁迅诞生一百周年纪念委员会学术活动组，由文学所鲁迅研究室承办，林非先生负责领导。

我记得的主要"活动"是这样的。

1. 工体会议

这是我参加的第一个讨论筹备工作的会议，是文学所鲁迅研究室出面召开的。正式名称不记得了。是在朝阳区朝阳门外工人体育馆开的，私下称"工体会议"。到会的人颇多，好像全国许多省市都来了人。我记得清清楚楚的是东北来的王观泉先生。记不清楚原因了，当时我就敬重他，所以特别去他住的房间拜访过他。这是第一次认识。我进屋的时候，他斜躺在床上看书。外地的住在工人体育馆，本市的则"走会"。代表住的房间，排列在环形的通道，很特别。会议具体内容也不记得了。记得的是宣告鲁迅诞生一百周年要开纪念大会，筹备大会的委员会主席是国家副主席宋庆龄先生。纪念大会活动之一就是"学术讨论会"。这个会就是研究怎么开好讨论会的。还记得的是胡乔木同志在会议快结束前的一天或当天上午，来讲了话。当时他兼任社科院院长。他讲了很多，讲了几句当时的政治、思想形势；大多是关于鲁迅研究的。我记得的是他的指示：要把鲁迅讲过的每一句话的出处研究清楚。我很惊诧：心想"出处"有那么重要吗？所以记住了。现在写下这句话的时候，我却怀疑当时听错了，中共中央的

"第一支笔"不会说这样简单的话吧?也许是说要把每一句话研究清楚吧?还有一个花絮,也许又记错了:胡乔木同志细声细语地讲完以后,发觉没有照相的,表示了一点遗憾似的。我当时"思想一闪念":大人物也喜欢照这种相呀?!

2. 日坛宾馆会议

这年冬天,我记得是初冬吧,因为会后不久,学术组就入住别的固定地方了。在离社科院文学所不远的日坛宾馆开了第二次会议。自然还是文学所鲁迅研究室召开的。这次我对林非先生有印象了。

还在"工体会议"后吧,天还没有大热的时候,忽然一天上午,是星期天,林非先生枉驾我在甘家口的寒舍,邀我参加"学术讨论会"的筹备工作即"学术组"。

我说:这得请示李何林先生,由李先生决定。

他说:征求过李何林同志的意见了,他同意了,要我直接和您联系。

我自然非常高兴地答应了。

不久,我完成了想写的论文。送请昭琛①师审阅。转

---

① 昭琛,王瑶先生字。赵园注。

年一月投给《鲁迅研究》编辑部。林非先生写来一封很给鼓励的信，我常感念他这一点。在"心有余悸"的当年，直觉颇出格的议论，既自信又胆怯。论文初稿我都不敢请李先生审阅。不但怕他否定，更怕他提出关键的修改意见，那，我就不知如何措手了。

"学术组"由林非先生领导，成员还有北京大学中文系袁良骏先生、北京师范大学中文系蔡清富先生、北京师范学院中文系鲍霁先生。我现在清楚记得姓名的只有这几位，但奇怪的是脑子里抹不去是"六个人"的数字。那一位是谁呢？

日坛宾馆会议学术组都出席了。人很多，记得这次来了各省市负责宣传的同志和部分鲁迅研究者。印象最深的是天津人民出版社的资深编辑李福田先生和老诗人——江苏徐州学院的教授吴奔星先生，因为期间我们三个人之间一次有趣的谈话。这次会议决定参加学术讨论会的代表，都得有论文。论文由各省市自治区组织并初选，推荐给学术组，再由学术组选定。中央单位由有关机构选送。选定的论文的作者就是参加学术讨论会的代表。

3. 学术组入住国务院第一招待所

一九八一年春节前后，学术组就入住国务院第一招待所（现在的国谊宾馆）。每个人住一间房。一天三餐也在招待所。林非先生好像偶尔来住一住，经常入住的是王骏骥先生。他是文学所鲁迅研究室成员，《鲁迅研究》编辑。思想开明，颇有个性，非常能干，还有魄力。一九七九年他们编辑部到上海调查研究，和复旦大学中文系的同学座谈，写了一份重要的报告。"不要跪着研究鲁迅"就是这次报告中的爆炸性批评，反应强烈。自然肯定的、否定的都有。后来上海《文汇报》刊出了一篇同样命意的文章。题目改成不这么刺眼的了，作者不记得了。重要的回应，是中央党校的《理论动态》发表了《要科学研究鲁迅》。酝酿写这篇评论之前，有关同志曾到鲁迅博物馆鲁迅研究室来找个别研究人员征求意见，希望有人写。没人答应，据说就由来访的编辑自己动手写了。在这里我和王、袁、蔡、鲍诸位开始熟悉起来了。

在林非先生领导下，（其间曾朴同志也来领导过，正式开会前夕，林非先生从美国参加纪念鲁迅诞生一百周年的学术会归来，曾朴同志就不再来了。）学术组同仁热闹、融洽、忙碌地开展筹备工作；也与闻了一些筹备纪念大会及学术讨论会的情况。

如宋庆龄逝世后，由邓颖超接任大会筹备委员会主任。

刘再复先生主笔的大会主题报告没有得到政治局同意,决定请人重写。一天傍晚,林非先生来,告诉我,要请严家炎先生来写主题报告,要我给严家炎老师打电话,但先不要告诉他具体事情,就说有紧急重要任务请他立即回北京。当时严老师在北戴河(或许是大连)休假,当晚接到长途电话,立即回来了。可是严老师坚决婉辞。于是又请安徽大学中文系一位老师,那位老师立即到了北京,在专门为他安排的西郊宾馆闭门写作。结果他的被废,又启用刘再复先生的稿子。其间还有两个大人物为此通电话摔电话机的传闻。一个花絮,很令我惊叹:据说,刘再复先生的稿子,没有采纳后,还是通知有关印刷厂不要撤稿,留在排印机上云云。我心想:这是一种力量,一种较劲,所以记住了。

现在,刘再复先生的回忆文出版了,有关情况据说是这样:

> 这一报告初稿写成的时候,周扬很高兴,他作了修改后便印发送给中央的领导人和文艺界的领导人征询意见。没过几天,胡愈之、傅钟等的意见纷纷下来,他们都很满意。当我正在松口气的时候,周扬让陈荒煤通知我和张琢立即到北京医院参加紧急会议。

这次会留给我极深的印象。当时周扬在北京医院，所以由王任重召开的此次讨论报告初稿会议只能在医院开。那天会议除了王任重以中宣部部长支持外，参加的还有周扬、贺敬之、林默涵、陈荒煤，他们都是中宣部和文化部的副部长，此外，还有李何林、王士菁、我与张琢。……王任重没想到我们敢于当面顶撞他，一时不知如何是好，最后他口气放缓和了一些，说这个稿子作为学术论文还是不错的，你们可以用个人名义在《人民日报》上发表，但不能作为党的报告。于是，王任重便委托林默涵组织一个班子另写一篇。那时距离开会只有十几天，三位临时上阵的起草者日夜奋斗，而我则赌气真的要把初稿拿到《人民日报》上发表。周扬得知我要这样做时，急了起来，说："等等，情况可能还会有变化。"果然，过了几天，作为此次纪念活动筹备委员会主任的邓颖超通知周扬和陈荒煤，说她已读完报告初稿，并说：报告写得很好，我没有什么意见，只有一条意见，就是凡是提到作家的地方，前面应加上"革命"二字，作家应当成为革命作家嘛。王震也在报告上作了"批示"：周扬同志，报告写得很好，凡是精彩的地方，我都用红笔画上了。周扬让我看看王震画红线的地方，一段一段，几乎画上了三分之二。陈荒煤听到邓颖超的意见后很高兴。他告诉我，可能还得用原来起草的报告，你可以在文字上再作些推敲。邓颖超、王震的意见果然起了作用，王任重又在中宣部召开紧急会议，那时距离开会的时间只有两天了。此次参加会议的人很多，除了王任重之外，周扬、朱穆之、贺敬之、林默涵和中宣部的一些干部都参加了。王任重显然受到邓颖超意见的影响而有了改变，他说：现在形成两个报告初稿，今天都读给大家听听，大家作决定。林默涵立即表示，后来起草的报告不行，又乱又浅又臭，还是读读原来起草的报告吧。于是我就当着大家读了一遍报告。读完后王任重首先发言，说这个报告稿这几天修改得不错嘛（其实我并没有修改），再加上一段反对自由化的内容就可以了。

（刘再复：《师友纪事》第33—35页。生活·读书·新知三联书店，2011年1月）

大会当天，中共中央总书记胡耀邦讲话，周扬同志做主题报告。大会堂大厅座无虚席，庄严中流淌着敬重与热烈的气氛。人们打招呼的声气都紧紧的，不是我汉族同胞聚会高声喧哗的场景。

第二天,周扬同志到国务院第一招待所来(当时与会代表都住在这里),召开专家座谈会,听取意见。结果反应最强烈的是总书记讲话中"绳之以法"的严厉措辞。王瑶师在座谈会上很激动地发表质疑。座谈会后,老师还对我谈过这次座谈会的情形。这有一个背景,即两三年前邓小平同志在全国作家代表大会上讲话,有过对于文艺创作"不要横加干涉"的指示。怎么又要"绳之以法"呢?好像就在这时,出来一种说辞,是只说"不要横加干涉",没有说不可以"'直'加干涉"呀。我很惊叹我的同胞,我们汉语的超强超奇的表达艺术。

我记得参加大会的贵宾李欧梵先生发表了一篇文章抨击这次大会,特别是讲话。我读到过这篇大作。听说,李先生是会后在返程的飞机上写的。不吐不快,迫不及待吧?

学术讨论会是否邀请国外专家的问题。国外鲁迅及中国现代文学研究者非常重视这次学术讨论会,非常关注是否邀请国外专家与会,参与讨论及学术交流,希望自己能够得到邀请。唐弢先生专门写信给我垂询这件事,告诉我有日本专家有这个愿望,希望唐先生能帮上忙。因为纪念大会是决定邀请国外专家的。学术讨论会是不是也邀请呢?这件事,上头朝令夕改,三翻四覆。一会儿通知邀请，没几天又否定，否定了又说还是邀请，最后决定是不邀请了。不邀请省事，如果邀请就有一大堆事情要急着办。如商讨名单，发出信函，安排旅程与食宿与交通等等，所以学术组单单为这些技术性问题就着急得很，万一来不及，就是莫大的遗憾。那次会经费丰裕，邀请外宾的费用是不愁的。大会的筹备情况我不知道，光是学术组五六个人在国务院第一招待所包房包餐十个月，所费可想而知。还有九十多位各省市自治区的代表的一切费用，会务工作同仁，都是会议承担。最后还有结余，给每一位代表赠送了一个公文包。但会议中没有安排如今不可或缺的旅游。似乎有晚会，不记得了。

中央直属单位的代表，特邀了几位老专家撰写论文，有四位同意了。为保证他们摆脱日常事务的干扰，专门安排了宾馆包房。唐弢先生是社科院文学所直接安排的，我不知其详。王瑶先生安排在平安里组织部招待所，即今日的金台宾馆；为了照顾他的写作与生活，还安排了他的助手钱理群先生和他同住在招待所，自然同吃。钟敬文先生安排在他熟悉的昌平干部疗养所。陈涌先生是他所在单位中央政策研究室安排的，也住在平安里组织部招待所，我去拜访过他，感受到他极朴素而思想严谨的风格。我向他请教怎样学习马克思文艺理论，承他不弃，特别指点了几个书目。最后他们都写出了自己满意的论文,并成为学术讨论会大会的报告。

  为了掌握各个省市自治区撰写论文的情况,了解有什么困难,需要什么帮助,组织了"北片"即北方各省市自治区和"南片"即南方各省市自治区的"组稿会"。时间似乎在五六月,北片组稿会在大连开。我参加的是北片组稿会。会议开得很热烈。每个与会者都讲了自己的论文选题、主旨、进度或准备情况,有什么问题,并展开议论,交流看法。结果是大家兴致勃勃地来,高高兴兴地走。会议期间组织参观了旅顺口炮台。最难忘的是特别组织参观了不对外开放的棒棰岛,岛上的"一号楼"。此楼不住也空着,随时待命的楼也。特别是卫生间,不仅高大宽阔,尤其是卫生设备,不仅见所未见,也闻所未闻。周围还有常委的专用楼,一人一栋。高大的森林掩映着群楼,颇给人神秘感。设想四周林立及游走其间的警卫,何等了得。"一号楼"前就是大海。自然是可以畅游的圣地。次年五月末到六月初,陪李何林先生赴海南海口开中国现代文学研究会第二届年会,住在已经开放的也有"一号楼"及常委楼的"禁地",也是一座森林公园似的。那里那时盛开的白兰花,那淡淡的甜香,很勾起我童年的喜好,有如一开花香飘好几里地的桂花,不过桂花的香气非常浓烈。

组稿会后，对于学术讨论会的质量心里有底了。各个省、市、自治区的论文也陆续送到学术组来了。都是按统一规格印刷的单篇。读稿工作也随之紧张展开。总共收到论文一百七十三篇，代表人数是确定的，不得超过一百人，淘汰的数量高达三分之一强，选稿的任务也就艰难了。哪怕一篇论文选择不当，既损害了学术讨论的质量，也伤害了学术组的信誉，并造成对作者的不公平待遇。因此大家兢兢业业，不敢懈怠。每篇论文都是分工负责，逐篇签注个人意见，个人把握不准的私下交换意见，然后定期召开小组会讨论、研究，反复推敲，最后集体决定。大家都畅所欲言，难免争议，但和衷共济，尽心尽力为这次盛会做筹备。

最令我感念的是王信发现王富仁。王信是社会科学院文学所《文学评论》的资深编辑。他大概不仅和文学所的同仁熟悉，和高校来的学术组成员都熟悉，我是第一次接触。他大概很像子夏说的"望之俨然，即之也温，听其言也厉"式的"君子"式人物。他常来学术组，看有什么好论文。本来，论文没有最后确定前是保密的，但大家都不回避他，把论文给他看，有时也征求他的意见。那些年学界思想特别活跃，对于文艺与政治、"三十年代"的论争、鲁迅研究、历史研究等都争论不休。休息时学术组也是议论纷纷,谈笑风生。王信总是静静地听,最后来上一句,使问题豁然而又戛然了结。由此鲍霁给他取了个外号,叫"三句半"。大家称绝。每每听到"三句半",满室哈哈大笑一阵。王信的敬业精神,养成了酷爱读稿子的习性,也养成了熟悉研究状况并鉴别稿子优劣的出众眼力。到学术组行将结束选稿的时候,一天王信拿来一篇投给《文学评论》的稿子,说:王富仁这篇稿子不错。大家看题目是《鲁迅前期小说与俄罗斯文学》,这类题目在送来的论文中少见。大家轮流看过,都认为好。王富仁当时是西北大学中文系的硕士研究生。听说他早年在山东读本科的时候读的是俄语系,所以熟悉俄罗斯文学,论文资料丰富,判断准确,论述精深,非依据中译本所能比拟。在省里大概没有参加初选,一个研究生嘛,可以理解,所以不是省里推荐来的,只是给《文学评论》的投稿。怎么办呢?经过研究,最后决定"破格"。于是乎王富仁这篇论文,得到三个"唯一":"唯一"一篇不是选送而入选的论文;"唯一"一篇有论文而作者不是代表、未能莅会的人;"唯一"一篇没有参加学术讨论会而入选"纪念鲁迅诞生一百周年学术讨论会文选"的论文。王富仁先生后来的杰出成就,更增加了我对这次参与学术组的荣幸感。

## 三、学术讨论会

学术讨论会九月十七日开幕,至二十五日结束,历时九天。三十年过去,今天回想,无论参加人数之多,涵盖全国二十九个省、市、自治区(只缺台湾)之广,特别是有西藏、新疆少数民族的代表,讨论时间之长,在一个学术会中论文质量之高,突破"禁区"的及创新观点之多,至今还是没有被更新的纪录。

大会分两种形式。一是大会报告,二是小组讨论。

大会共有八个报告。

1. 梅益的《纪念鲁迅诞生一百周年学术讨论会开幕词》。

2. 李何林的《伟大的文学家、思想家和革命家鲁迅》。

3. 陈涌的《鲁迅的现实主义和浪漫主义问题》。

4. 王瑶的《鲁迅〈故事新编〉散论》。

5. 钟敬文的《作为民间文艺学者的鲁迅》。

6. 唐弢的《论鲁迅小说的现实主义》。

7. 曾华鹏、李关元的《论〈野草〉的象征手法》。

8. 林非的《近年来鲁迅研究工作的收获以及我们所面临的任务》。

研究推选这八个报告,也很费斟酌。既要考虑论文质量,又要考虑论题类别,还要考虑"老中青"三代研究者及地区的分布。最费神的是两个问题。最棘手的一个是对于当时思想斗争形势的考量,不得不慎之又慎,谨守"雷池"。孙玉石先生的《〈野草〉与中国现代散文诗》,提出"《野草》是新文学初期一部象征主义的作品"的结论。论证精细,见解鲜明,是一篇优秀的论文。但它违反了社会主义文学只有革命现实主义、革命浪漫主义及其"两结合"的文学;其他创作方法如自然主义、象征主义都是资产阶级文学的权威指示与主流意识形态。怎么办?反复研究的结果,只好忍痛割爱,而选择比较适应当时的习惯思维及语言的《论〈野草〉的象征手法》。二是学术组成员的可资入选的论文是否选做报告。最后还是"内举不避亲",敦劝林非先生接受提议。但在《纪念鲁迅诞生一百周年学术讨论会文选》的"编选说明"中,林非先生定稿时还是把"报告"的数目,改成七个,而把自己的报告排除在外,看作一般论文。

小组讨论分七个主题。

1. 鲁迅思想及其发展。
2. "国民性"改造问题。
3. 美学思想和文艺思想。

4. 小说研究。

5. 杂文、散文和诗歌研究。

6. 比较研究。

7. 生平史实和佚文。

与会代表热情很高，兴致很高，没有提前退会，也没有中途退席的，发言热烈，时有争议；许多新鲜的见解尤其引起关注与讨论。对个别不合当时时宜的命意似乎是一种默契，保持着沉默。

## 四、《纪念鲁迅诞生一百周年学术讨论会论文选》

讨论会一开完，湖南代表团代表朱正先生找到林非先生，提议学术组编选一本这样的"文选"，由湖南人民出版社出版。朱正先生当时是这个出版社的编辑，曾以《鲁迅回忆录正误》享誉鲁迅研究界。这是一个极具文化含量的保存鲁迅研究历史文献的提议。

一九八三年二月，《纪念鲁迅诞生一百周年学术讨论会论文选》由湖南人民出版社出版了。从九十多篇大会论文中，选入三十篇：又是一个三分之一。附录《新华社关于鲁迅诞生一百周年学术讨论会的报道》。论文除上述八个报告外，是：

9.《鲁迅思想及其内在发展——鲁迅改造"国民性"思想初探》(陈早春)

10.《致力于改造中国人及其社会的伟大思想家》(王得后)

11.《鲁迅美学思想在我国近代美学史上的位置及其发展轮廓》(刘再复)

12.《鲁迅小说的几个美学特点》(鲍昌)

13.《鲁迅对中国美术文化的贡献——从史的角度研究鲁迅与美术的关系》(王观泉)

14.《鲁迅论鸳鸯蝴蝶派》(范伯群)

15.《鲁迅小说的历史地位》(严家炎)

16.《蕊珠如火一时开——试论鲁迅杂文的渊源及与中国现代杂文运动的关系》(胡从经)

17.《鲁迅杂文的艺术技巧》(袁良骏)

18.《论〈野草〉》(吴小美)

19.《〈野草〉与中国现代散文诗》(孙玉石)

20.《论鲁迅与尼采》(陆耀东、唐达晖)

21.《鲁迅与日本文学》(孙席珍)

22.《试论鲁迅与周作人的思想发展道路》(钱理群)

23.《鲁迅前期小说与俄罗斯文学》(王富仁)

24.《〈呐喊〉〈彷徨〉和"五四"时期小说创作之比

较研究》(田本相)

25.《鲁迅的〈狂人日记〉与果戈理的同名小说》(彭定安)

26.《阿Q与堂·吉诃德形象的比较研究》(秦家琪、陆协新)

27.《中西诗歌多彩交辉的旅程——读鲁迅〈摩罗诗力说〉的一些随想》(赵瑞蕻)

28.《从文献学的角度看鲁迅研究中的资料问题》(朱正)

29.《鲁迅辑录古籍的成就及其对创作的影响》(俞元桂)

30.《关于近年来新发现的鲁迅佚文》(陈漱渝)

编辑过程中,出现一个令人非常尴尬的问题。出版社要求论文题目有英文译名,于是特别请到社科院外文所一位专家来翻译。译文拿回来一看,傻了!当时为了不上孙玉石先生的报告,就因为"象征主义"这个词吓人。可英文题目赫然出现了"Symbolization"!还是"主义"呀!只好请译者修改。他说,"象征手法",英文没有这个词,就是那个"Symbolization"同一个词啊。于是硬着头皮说明忌讳,劝以利害,他苦笑着,改成"The Use of Symbolization in the Wild Grass",说,外国人看了要笑话的。我心里想：原来人生有"自欺"而不能"欺人"的事呀。"自欺欺人"有时不过掩耳盗铃而已矣！

## 五、结束

　　学术讨论会结束，学术组解散。各人回原单位前，林非先生通知大家，鉴于近一年的紧张工作，有时礼拜天也没有休息，领导决定：可以到浙江雁荡山休息几天。学术组留守的几个人，从雁荡山回来就移住东华门翠明山庄，也是组织部招待所。那里包租了两三间房。我没有去雁荡山。记不清在翠明山庄住过没有，但确定地记得去过几次，办什么事也忘记了。什么时候全部离开翠明山庄的，我毫无印象。一场盛会，在我个人，也可谓"不知所终"了。

二〇一二年二月八日星期三

# 我点过的灯

我这六十多年，计算起来，点过七八种灯。其中大概该说是原始的三种，不知现在，在我曾经生活的地方，是不是还有人在点着？

我一九三四年出生在湖北汉口。听说，是辗转经湖南临澧等地回到本籍的永新县，有孤立的印象在县城上过幼稚园，如今是叫幼儿园了。但点什么灯，了无印象，回到故乡澧田镇的时候，已经上小学，确切地记得点的是洋油灯，如今口头上不兴冠以"洋"字来称呼进口货了。这样油灯也即煤油灯。那时连火柴也叫"洋火"的。

煤油灯现在是进了博物馆了，虽然中国现在似乎还没有灯具博物馆，但北京鲁迅博物馆的鲁迅故居，放在"老虎尾巴"东壁下写字台上的,就是我儿时普遍用的一种煤油灯,玻璃底座,葫芦形肚子是装煤油的,从一个小铜嘴里伸出一条灯芯,有三个爪卡住一个玻璃灯罩。这使我知道,二十年代我故乡是颇开化的,点的灯居然和首善之区又是"五四"新文化运动的发祥地的一样。

煤油灯的好处是亮,在我那个年纪,除了唱戏或喜庆日子点的汽灯,数它最亮了,而且还有一个好处是防风。不但屋里一般的有点风吹不灭,真要吹灭它睡觉时,对着灯罩口吹还不容易吹灭,非得提起灯罩从底下吹,还得憋足气,大口一吹。有时我抢着吹,少有一气呵成的。

点煤油灯是很麻烦的,因为一点着,灯罩上就有煤油,黑乎乎的,不擦,就暗影幢幢,亮也不亮了。擦起来还挺费劲。灯口小,还有个葫芦肚,又有筷子那么长,两头擦,光用手也够不全,得用筷子什么的卷着布,还得不断哈气。黄昏前该点灯的时候,就是擦亮罩的时刻了。据说,擦灯罩的手还得干净,特别是不能沾鱼腥,一沾,灯罩就会在点着灯时炸了。

和煤油灯近似的,有两种,一是马灯,洋铁皮也即白口铁皮做的,玻璃灯罩也用铁丝护着,上面有一个铁皮盖,走夜路的时候用它。小小的风雨奈何它不得。现在想来,之所以叫马灯,也许真是夜里骑马走路用的。就像有一种马枪一样，其实就是步枪，但比步枪短一截，骑在马上好使，但南方少马，所以不骑马走夜路也用它。比起传统的灯笼来，马灯又小又轻，又亮又结实。但灯笼上往往写着姓氏，一看就知道哪位老爷、阔人来了，似乎比马灯排场。但穷人是用不起马灯的，马灯来了，也就是老爷、阔人来也。

另一种就是汽灯了。也是洋铁皮做的，比马灯大，它的特点是点着前要打气，灯芯不是一条带子似的东西，而是一个纱罩套，点起呼呼作响，而且贼亮贼亮，现在一百瓦的电灯泡都不如它。唱起戏来，戏台前两边一挂，可了不得。家里要点那么一盏，地上掉一枚针，找起来绝对不费劲。

不过当父母把我扔在外婆家，回到乡下的时候，点的可就是青油灯了。这青油，是农家常用食用油，也即植物油的统称，如豆油、花生油、棉花油、菜籽油之类。那底座多用锡做，上面顶着的盛油的半圆形小碟，记得多是铁打的，因为锡的燃点太低，又太不禁摔打。灯盏里装油，油里放灯芯草，白色，像纳鞋的线那么粗细，极易断，极吸油，一沾灯盏，通体是油。如果我猜得不错，这可是古人诗里常见的玩意儿。韦应物"坐使青灯晓，还伤夏天薄"，陆游"幽人听尽芭蕉雨，独与青灯话此心"，大概就是。

这灯还高，很不亮，古人所说"青灯如豆"，我觉得妙极。不但形似，像豆那样一点点，而且泛黄，也颇神似。尤其是平常用一根灯芯的时候。

要亮，就得多用灯草。那时我在读私塾，几个兄弟夜课的时候，就多用灯草，两根、三根地用。功课一完，是必须把灯草减掉，只准用一根的。当我长大，看到文艺批评，指严监生寿终正寝前，伸出两个指头不断气，众人猜不着，原来为的是灯盏里点着两茎灯草，不放心，恐费了油，挑掉一茎，也就断气了，也是讽刺他吝啬。要在老农看来，恐怕未必吧。要说作为一介监生，还是困苦吧？

青油灯历史悠久，很富诗意，尤其又可传达出许多预兆，为人们津津乐道，就是燃着的灯草结出的灯花，形状不一，指向不一。倘若出现某种形状的灯花而又指着一位可字待聘或已聘的姐姐，就可以听到我似懂不懂的打趣，随即发出一阵阵欢笑。倘若大人有什么心事，往往也会对着灯花出神，发蒙，叹息。这时是谁也屏声静气，不敢吱声的。

到现在，我总觉得，青油灯最富魅力。

一九四九年我已经读到初中二年级下学期，四月底南昌一中发给我一纸"应变"证书，父母即带我辗转回到故乡，然后干脆深入罗霄山段的井冈山过着东躲西藏的生活了。这使我点过两种堪称原始的灯。

井冈山山高林密，层峦叠峰，一定是有着不堪诉说的血泪缘由吧。荒无人烟的山沟沟里，偶尔有一户人家，孤零零地生存着。走出山去换一点油盐，得起早贪黑跋涉十四五个小时。山外人是不会到来的，也就名副其实地叫"绝迹"。

非常时期，非常原因，我由一个表哥一个别人带到这样一个人家，记得只有一位老人独守一座有三两间居室的瓦房。我至今记得他的茁壮，浓眉、方脸、长发，叼着一支两尺来长的山烟杆不离嘴，沉默着几乎不说话。我至今记得他说是客家。我至今记得在那样的灯下他给我算的命，命中注定有那样奇特的人生。

那灯，是什么呢？就是松明。松树上带松油的枝条。固然，那火比青油灯大，也就更亮，因为随便掰下一片来，也比两三根灯草粗大，而且立即散发松香的气味。只是深烟升腾，不一刻空气似乎也像泼墨画上的云烟了。是的，老中国墨的原料之一，就是松烟呵。也许因为这，也许山间虽不乏松树，但带松油的枝条并不多见，据说只有病枝才流出油来的；所以非有必要，是不怎么点松明的。"日入而息"，也是艰苦的条件所致吧。现在，我是知道"围炉夜话"的诗意表达，和据说是"诗意地生存"一类话语了。那时候，入夜后睡不着，倒是围炉坐着，间或拨动烧饭的余烬，可见点点萤火，半沉默半絮叨地聊天，了无诗意。就这样偶尔点点松明，那屋顶，那家徒四壁的墙，都是乌黑乌黑的。记忆中似乎连外墙壁，连屋瓦，统统是乌黑乌黑的。唯有林间的一线天透着光亮，还有屋旁溪水，泛出丝丝银光。

又一次走到也是这样的独门独户的人家。家主人却是一位孤老太，大概和我祖母年纪相仿吧，身体还算健康。这里点的却是篾片。两指宽，四五尺长，点着了呼呼作响，烧得特快。这样的一条篾片，大约也就点一袋山烟的工夫。亮是比松明还亮，也不生松烟，也没有松香，但燃得太快了，也就很舍不得点它。

何况，制作这样的"竹灯"，是旷日持久的。要把砍下的竹子劈成一片片的，再用石头压在溪水中漂过，直到把竹油漂尽，拿上来晒干，再劈成两指宽的篾片，才点得着，才能当"灯"使。

老太太是出奇地厚道、慈祥。来这一家之前，听了介绍，据说，有一天清晨老太太起床开开门，见门前溪边的石头上，卧着一只黄牛犊，老太太用扫帚一边赶一边念叨，哪家牛犊跑丢了，跑到这儿来了。待牛犊伸个懒腰爬起来走，才看清是只老虎。老虎也不吃她，是见她人好呵！从那时起，我一直牢记住老太太的慈祥。后来，待我老大，知道动物也该保护，又惦着老虎，不知井冈山里还有没有老虎？我在故乡的时候，是看见过抓到的活老虎，也看见过刚刚打死的死老虎的。那是五十年前，半个世纪了。

我这六十年，点过的灯，还有一种洋蜡，即白色的蜡烛，有别于敬神拜佛办红白喜事点的蜡烛。蜡烛现在城里也还有，而且许多人家，比如我家就还珍藏着几支，以备断电时救急。

最后，现在点的，自然是电灯了。我第一次见电灯是十四岁，一九四八年，在江西省会的南昌市。快三十岁的时候，在青海省会的西宁市郊区，干部下放放羊，还点过自制的土煤油灯，就是用一个墨水瓶之类的瓶子装煤油，瓶盖上打一个小眼。四十多岁到乡下，已经不是青海，而是河北省、天津市的乡下支农，也就是人拉耧播种或用镰刀割麦、用手掰棒子什么的时候，也点过这样的土煤油灯。如今我已年过耳顺，退休在家，不知家门外的天下怎样了。只是从报上看到，间或说什么地方通电了，什么村子全点上电灯了，那么，可见也还有什么地方没有电，也就没有电灯。是点煤油灯呢，还是点青油灯？在那深山老林，还有独户人家吗？在我亲爱的祖国，不再有人点松明或篾片了吧？

# 写在《垂死挣扎集》的前面

用"垂死挣扎"做这本小册子的名字,一是怀念王瑶先生,二是此时此地实写我的心境。没有丝毫故作惊人之语的意思,也没有丝毫模仿古人的"知我者谓我心忧,不知我者谓我何求"的雅兴。鲁迅揭示作文的秘诀,是"有真意,去粉饰,少做作,勿卖弄而已"十二个字。我惭愧我没能完全学到,但"虽不能至,心向往之"却的确是可以扪心自问的。

王瑶先生苦苦挣扎于一九八九年的风波,垂死念念不忘回到北京大学的镜春园"竟日居",求个"寿终正寝"。遗恨的是,连这一点小小的最后的心愿,也不可得,竟至于客死上海。一种挣扎的心境,至少在他七十岁后就滋生了的。二十世纪七十年代中期，我意外得以在他的指导下从事专业的鲁迅研究，略微弥补了二十世纪六十年代初报考他的研究生而政审不合格的遗憾。当他离开鲁迅研究室回到北京大学，我可以常常奔往镜春园七十六号他的"竟日居"看望他，向他请教，聆听他"乡音未改，出语多谐"的谈吐。我常常劝他多写文章。他说：现在青年总说"文革"耽误了他十年；生命是一样的，我也耽误了十年呀。他常常慨叹，工作效率比以前大大降低了，一天忙忙碌碌，写不出几个字。他几次谈道：现在写文章是垂死挣扎，让朋友看了，知道这个人还活着；不写文章是坐以待毙。他说的时候，并不垂头丧气，不但微笑，有时还发出喀喀的笑声，连握着的烟斗也震动起来。此时此刻掐指算来，他那时刚过七十华诞。他整七十的那年，我们几个学生给他做寿来着，还许愿要给他更热闹地做八十大寿。谁知道"谋事在我，成事在人"，"人"不给我们这个卑微的机缘！那时王先生很有点"从心所欲，不逾矩"的气度了。每年"两会"回来，谈起会上的"花絮"，真是"谈言微中，亦可以解纷"。有一年他刚从"两会"回到"竟日居"这个家，晚上我去看望他。进门，问好，鞠躬，应命落座，他就笑着指指茶几上的报纸，告诉我头版一篇报道是暗暗批他的。他在小组会上说：现在开会是"不说白不说，说了也白说，白说还得说"。他说："说了不白说。"——喀喀，哈哈，哈……

王先生含恨谢世十七年了。我也已经马齿徒增，年逾七十，体会到工作效率奇低的困苦，我没有见过王先生用放大镜的印象，但我开始感觉查字典需要放大镜的麻烦了。退休十年，自问未尝偷懒，我不过年，不过节，不过生日，双休日也照样读读写写，可检点写下的文字，实在少得出乎自己的意料，没想到连"垂死挣扎"都挣扎得这么惨然。

一九六六年夏，在撤销"工作组"，批判"资产阶级反动路线"的时候，我获得"解放"；可是，当"支左"的"军宣队"进驻学校，红卫兵在大打派仗，得势的一派使用暴力逼迫我检举另一派，军宣队领导要我揭发指定的别人来减免我的"罪责"的时候，我愤然而又坦然走向"自绝于人民"的子牙河。是天无绝人之路呢，还是生命是这样脆弱又是这么坚韧？从河中到河岸，从傍晚到第二天黑夜，在严寒中一个裹着从里到外湿透了的棉衣棉裤的肉体，左手腕有流血的切口的肉体，竟然被发现，竟然还没有断气，而且被送到一个乱哄哄的医院急救成功。是天不绝我，还是命不当死？我不知道。我记得的是添加了"反对文化大革命，猖狂反攻倒算"的"罪名"，一如我所料的，进行了照例的"做戏的虚无党"的大声讨大批判。

经过"学习班"的劳动改造,我终于以"敌我矛盾按人民内部矛盾处理"的另类之身重新混入"革命群众队伍"之中。那时候,我暗暗产生了一个愿望:我希望我能活到"文革"结束;我希望我能活到后毛泽东时代,看看我的中国是什么样子。

我从小并不迷信;虽然常常对于冥冥中的莫名其妙的东西心怀恐惧,比如害怕自然水域中有什么吃我的怪兽之类。但我生命中的偶然——奇迹,使我印证了"大难不死,必有后福"的民谚。还在"文革"当中,在我再次"解放"下放车间当热处理工的时候,我遇见了我的救星:李何林教授。他竭尽全力要把我从事实上的劳动改造中解放出来,恢复我"知识分子"的工作。他身为中文系的领导,未能推荐我进他所在的系工作。他不相信我的劝告,又带我去见领导另一个学院的中文系的他的学生,推荐给她,理所当然,不了了之。他还要推荐我去将要恢复的一个学报当编辑,可想而知,依然无效。"溥天之下,莫非王土"啊。然而,他终于如愿了。一九七五年底要成立一个鲁迅研究室。他被任命担任鲁迅研究室的主任兼鲁迅博物馆的馆长,要在全国借调研究人员。他以年逾七十的高龄之身独自一人衔命赴任,把我带到北京,完全改变了我后半生的命运。

我终于从喜欢鲁迅,业余自修鲁迅,成为专业鲁迅研究者了。这段路走了二十年,在职专业研究也恰恰二十年,退而不休到今天是十年。我没有什么研究成果,但我有幸得到几位前辈的教诲和扶持,更有幸认识许多鲁迅研究专家,国内的和国外的,还有幸结识我敬佩的卓有贡献的学者和教授,如朱正的坚实,理群的坚韧,富仁的恣肆,汪晖的渊博,贤治的彻底,孙郁的宽宏,远东的精审。学术是公器。进入新的世纪,时髦的学者和英俊的青年断然认定:鲁迅是属于二十世纪的,胡适是属于二十一世纪的。还有以周作人为旗帜的。总之,鲁迅是已经过时了。不过,这也只是一家之言罢了。我是相信鲁迅将依然活在二十一世纪的人们心里的,甚至更长。我对我汉族想得愈深,我愈觉得鲁迅的生命愈长久。鲁迅的文字都收集在他的"全集"里了。鲁迅没有假面。没有假面的人是永远不会倒掉的。鲁迅是不会倒掉的。他早说过:"凡是倒掉的,绝不是因为骂,却只为揭穿了假面。揭穿假面,就是指出了实际来,这不能混谓之骂。"[①] 而名副其实的"骂",从"猩猩"到"鸟(diao,上声)",不过"骂"而已矣。除了"骂"还剩下什么呢?

---

① 鲁迅:《"招贴即扯"》,收入《且介亭杂文二集》。

赵园反复问我：如果有来世，你愿意生在哪个国家？我说：中国。

她还反复问我：如果有来世，你愿意做什么工作？我说：研究鲁迅。

我知道没有来世。我不是因为没有来世，故意说"漂亮"话，故意说"空话"的。这是我的心里话。我生在旧中国，人们叫我"少爷"，我有莫名的厌恶和恐怖。十五岁后我在新中国度过我的青春、中年和壮年，以迄于今的垂暮。我背叛了我的父亲，我不愿意回去看看我的故乡。那里有我祖居，有我家的祠堂，有我朝夕相对的狮子山，有我夏日戏水的红石滩，有我捕捉小鱼的碧绿的稻田。我不愿意看到它，但我还是甘愿生长在拥有它的中国。我没有仇恨，只有憎恶与轻蔑。我感到无所不在的恐怖，不愿倾诉的苦痛，人心叵测的可怕。我不会"少小离家老大回"，但我不愿意离开这个故园，哪怕它是这样的。我大学毕业后开始喜欢鲁迅，自修鲁迅。我固然自信我对鲁迅能够有所发现，有所领悟，但我自知我不能读得很好，达到满意的程度。鲁迅是个作家，可我没有艺术感。鲁迅是个思想家，可我没有理论思维。鲁迅是个翻译家，我是外文文盲。鲁迅"几乎读过十三经"，我不懂文言文。鲁迅是个革命家，我只能"逆来顺受""苟全性命"。自然，腹诽是有的，无花的蔷薇也有，否则，岂不成为鲁迅深恶痛绝的"理想奴才""万劫不复的奴才"了。然而心有改革之志，手无缚鸡之力。哀莫大于心不死。这样一个我，怎么能够懂得鲁迅呢！我不过是喜欢鲁迅罢了。当我苦恼、郁闷的时候，翻开任何一篇鲁迅作品，在他的犀利的抨击中我得到满足；在他的大爱的言说中我得到安抚，我只是怀着感动的心倾听他的心声。现在我才警醒于他的这一自白："我的爱护中华民国，焦唇敝舌，恐其衰微，大半正为了使我们得有剪辫的自由，假使当初为了保存古迹，留辫不剪，我大约是决不会这样爱它的。张勋来也好，段祺瑞来也好，我真自愧远不及有些士君子的大度。"[1] 还有鲁迅论讽刺，说"讽刺作者虽然大抵为被讽刺者所憎恨，但他却常常是善意的，他的讽刺，在希望他们改善，并非要捺这一群到水底里。然而待到同群中有讽刺作者出现的时候，这一群却已是不可收拾，更非笔墨所能救了，所以这努力大抵是徒劳的，而且还适得其反，实际上不过表现了这一群的缺点以至恶德，而对于敌对的别一群，倒反成为有益。"[2] 这是真的：我对于汉民族的特质很悲观。我们有

---

[1] 鲁迅：《因太炎先生想到的二三事》，收入《且介亭杂文末编》。
[2] 鲁迅：《什么是"讽刺"？》，收入《且介亭杂文二集》。

极高的生存智慧，但为了一己的生存是什么也不管不顾的，男盗女娼不过是小菜一碟。"窃钩者诛，窃国者侯"的隐秘，庄子在两千多年前就揭露了，我们不是去改掉它，而是奉行它，沿着"成则为王，败则为寇"的老路，走到哪里，祸祸那里的一切。我坚信鲁迅的对于我汉民族历史和现实的考察做出的结论："中国国民性的堕落，我觉得并不是因为顾家，他们也未尝为'家'设想。最大的病根，是眼光不远，加以'卑怯'与'贪婪'，但这是历久养成的，一时不容易去掉。"① 但它总有一天会去掉的。一个养育了鲁迅的中国，它一定会愈来愈多地认识鲁迅，信服鲁迅，接受鲁迅，必将像鲁迅那样屹立于世界各民族之林。到那时，它会实行鲁迅提出的"自他两利"人我之间的规范，在"我们自己想活，也希望别人都活"② 和平和睦的原则下，建设一个"人国"的地球。

怀着这样的想法，我感念我的师友，断断续续写了一点自己，写下一点无足轻重的念头。因为写在这样的垂死之年，所以有这样的"挣扎"之说。

二〇〇六年一月十七日星期二

① 鲁迅：《19250408 两地书·十》。
② 分别见鲁迅《我之节烈观》（收入《坟》）、《随感录·三十八》（收入《热风》）。

# 写在《垂死挣扎集》后面

这是我的第三本杂文的选集。这里说的杂文,是取广义的意思,是杂感或短评的混杂,不是分类的文体。

我写分类意义的杂文,即杂感或曰短评,是纪念鲁迅诞生一百周年产生的念头,觉得一个对鲁迅思想有兴趣,乃至研究鲁迅思想的人,如果要有一点写这类文字的体验,尤其是要走出研究室,站到十字街头去,做一个鲁迅所说的"观察者"和"思索者",实际检验自己对于鲁迅思想的领会,理应写写杂感或曰短评。有幸的是,当时《瞭望》月刊有个叫《珍珠滩》的专栏,素不相识的编辑顾卫临女士来约稿,我就开始试笔了。又有幸的是,这种幼稚的习作,被编辑部录用了;还承蒙不弃,接连来约。

于是就接连写下去。

我的经历告诉我，写杂感或曰短评，有编辑要，有刊物发表，才会有兴致写。否则是不会写的；至少我不会写。由《瞭望》的《珍珠滩》，而扩展到其他几个报刊，写的也就多起来。所以，我至今深深铭感着顾卫临女士，现在有十多年没有再看见她了，我依然怀念她，感激她。而由她，使我得识她那时的上司，《珍珠滩》的负责人陈四益先生。文章得以发表，当然要得到四益先生的审定、签发，他也是我深深铭感和感激的人。何况，后来是他把我带到他的《珍珠滩》上，认识了许多位我崇敬和佩服的杂文家和漫画家。

写了这些杂感或曰短评，我才对鲁迅思想有切己的痛感：他的眼光是那样犀利，他的思想是那样深刻，我们这个汉民族是这样难以改进。自然也才对这种文体有了一些实感。人的天性是不喜欢别人对他指手画脚的。依据鲁迅所说："人必有所缺，这才想起他所需。穷教员养不活老婆了，于是觉到女子自食其力说之合理，并且附带地向男女平权论点头；富翁胖到要发哮喘病了，才去打高而富球，从此主张运动的紧要。我们平时，是决不记得自己有一个头，或一个肚子，应该加以优待的，然而一旦头痛肚泻，这才记起了他们，并且大有休息要紧，饮食小心的议论。倘有谁听了这些议论之后,便贸贸然决定这议论者为卫生家,可就失之十丈,差以亿里了。倒相反,他是不卫生家,议论卫生,正是他向来的不卫生的结果的表现。孔子曰:'不得中行而与之,必也狂狷乎,狂者进取,狷者有所不为也!'以孔子交游之广,事实上没法子只好寻狂狷相与,这便是他在理想上之所以哼着'中庸,中庸'的原因。"① 提倡"批评和自我批评",自然也是这样。杂感或曰短评之所以讨人嫌,讨人憎恶,讨人打压,是宿命。为了减少惹人嫌弃,减少憎恶,不遭严厉的打压,我只得委婉,隐晦,乃至也"自己先抽去了几根骨头"——如果读者读了觉得我还有骨头的话。这是很不幸的事。彼此隔膜,真乃人生大没趣的事。恰如鲁迅说的:"做人的趣味在和许多朋友有趣的谈天,热烈的讨论。做了皇帝,口出一声,臣民都下跪,只有不绝声的 Yes,Yes,那有什么趣味?但是还有人做皇帝,因为他和外界隔绝,不知外面还有世界!"② 我生在废除文言提倡白话的年代,可是我已经启蒙读到小学三年级了,由于世道混乱又不得已在家塾读书。家大人决定我不读文言,用了一种半文言半白话的尺

---

① 鲁迅:《由中国女人的脚,推定中国人之非中庸,又由此推定孔夫子有胃病("学匪"派考古学之一)》,收入《南腔北调集》。
② 鲁迅:《关于知识阶级》,收入《集外集拾遗补编》。

牍课本；而家塾里其他堂兄弟就没有这种限制了。于是我有了一些对于从"三百千"《幼学琼林故事》《增广昔时贤文》到《论语》《孟子》的片段的"耳学"。心里时时痛苦地想起，在新社会了，还是"画虎画皮难画骨，知人知面难知心"，"逢人只说三分话，不可全抛一片心"呀！"新"在哪里呢？

当我体验到杂感或曰短评的根本特性是话里有话，意在言外的以后，我自以为更能读懂鲁迅的杂文了。

我要特别感激和感谢的一个人，是林贤治先生。他是唯一鼓励我写散文，不时催促我写散文的人。好意可感，盛情难却，我勉为其难写了几篇。这就是这本选集里的那组《残生碎片》和《感念师友》中的一些文字。鼓励人就说他的好话，也是人之常情。我知道他对我的虚美和溢美之词。我实在不能创作。——鲁迅是不把他的杂文算在"创作"之列的。写人，写事，写景，似乎是散文创作的常规素材。可我不愿意写人。写人，不但提炼他的精神难，"知心"就更难。"画虎不成反类犬"，反而损伤了既有的情谊；如果亲属兴师问罪，那就两败俱伤，呜呼哀哉了。写自己，我实在太平凡了。写事，说到底，还是写人。写景，虽然我生在多山的地区，我不乐山；虽然我生在水乡，我不乐水。没什么好写的。但贤治兄经常在长途电话里劝我，勉励我。开导我的声音和好意，是时时在我心里回荡的。

还有一个我很感激和感谢的人，是我的师姐薛燕平女士。是她来组稿，才出了我的第一本杂文集。我那时虽然很想出本集子，但实在没有自信，也没有编辑。她来了，就把一堆已经发表的文章的剪报，一股脑儿捧给她，想请她挑选一下。没想到她竟然一股脑儿都编辑在一起。结果是厚得可怕。散文和杂文的集子，我觉得最好是薄薄的，像《朝花夕拾》，像《呐喊》。便于随手翻翻，不必正襟危坐阅读。一熟悉，知道了她也是北师大的，是我的师姐了。于是此后偶有所作，差不多都用电邮发给她，请她指教。她是资深编辑，又是小说作家，工作和创作都很忙。还是不厌其烦，诲我不倦。每有批评都中肯，到位。用句成语"受益匪浅"，在这里绝不是套话。尤其她的女公子刘冰，出语尖锐，见解独到，从初中到高中，是我了解鲁迅在中学生心目中的地位和影响的小朋友之一。今年，我已经年逾古稀了，主动找到她，希望她能帮我出版这本杂文集，她慨然俯允，几经努力，终于有成。语云"君子成人之美"，我怎能不感激和感谢呢？

我是一个生在旧社会，长在红旗下的人。在旧社会生活了十五年，在红旗下度过了少年、青年、壮年和老年。

"天翻地覆慨而慷"。我诉说过：我已经死过三次。爱恨情仇，恩恩怨怨，愈到晚年，愈萦绕于胸，不能自已。我不是战士，没有战斗过，只是在社会的激流中，随波漂流，老而不死。我铭感的人多矣。我知道他们都不求我微不足道的报答。心照不宣，别有一股暖流在心间。多谢了，我难以忘怀的人！

二〇〇六年三月三十日星期四

# 第二辑 感念师友

# 一个人的学问、信仰和作为

## ——埋在我心中的李何林先生

一九八八年十一月二十二日上午,在北京八宝山革命公墓大礼堂举行的向李何林同志遗体告别仪式礼成之后,先生的长公子李豫、二公子李云以及张杰和我,护送先生遗体到火化堂。我最后一次这样亲近他,抬着他移放在火化车上。着意看看他的脸,看看他穿的中国式的新布鞋,以注目礼送他进入火化炉。下午三点,我们把先生的骨灰安放在八宝山革命公墓骨灰堂东七室。骨灰盒上覆盖着中国共产党党旗,盒前是周耘精心布置的花圈。

先生终于在这里安息了。

直到先生谢世,我才懂得,在中国,在现在,办丧事有那么多学问,那么多世故。要看那么一些人审核级别的眼光,要听那么一些人质询级别的电话,末了告诉你以什么名义送一个花圈,或者什么也不告诉你。我这时才感到惭愧,感到辜负了先生连花圈也不要的遗愿;也惭愧未能领会师母王振华先生的嘱咐。鲁迅的"赶快收敛,埋掉,拉倒"的遗嘱,又一次啮噬着我的心,而"不要做什么关于纪念的事情"的遗嘱,照例也还是做不到。

先生是埋在还活着的我的心里了。我可以不制挽联,不介入这传统的斗法场,可我不能不说到他,我不知道先生可曾想过,可愿意在他身后我来说他?虽然我们一直瞒着先生已经确诊他患的是转移性骶骨癌,他心里大概早已猜出来了。一九八七年七月,是先生自己要求再次住院的。而且入院不几天,就提出要自己写讣告,他怕别人不理解他,他怕别人写下过誉溢美之词。这,我是熟悉的,鲁迅说过:"文人的遭殃,不在生前的被攻击和被冷落,一瞑之后,言行两亡,于是无聊之徒,谬托知己,是非蜂起,既以自衒,又以卖钱,连死尸也成了他们的沽名获利之具,这倒是值得悲哀的。"(《忆韦素园君》)我还说什么呢?

他没有见过鲁迅。

他从来没有说过，他是鲁迅的朋友的好朋友。

当鲁迅被"围剿"的时候，他编了一本《鲁迅论》。这是我国研究鲁迅的第三本专书。

书一出版，鲁迅就注意到了。并且"舒愤懑"，给川岛写了这样一封信："现状是各种报上的用笔的攻击，而对于不佞独多，搜集起来，已可以成一小本。但一方面，则实于不佞无伤，北新正以'画影图形'的广告，在卖《鲁迅论》。十年以来，不佞无论如何，总于人们有益，岂不悲哉。"① 三年后，姚克翻译鲁迅的评传，问及一些资料的时候，他还记得这本书，回答说这书中恐怕会有一点。

但是鲁迅别有他的眼光，他的视角，他并不满意于这本书，认为"都是峨冠博带的礼堂上的阳面的大文，并不足以窥见全体"。他想"另外搜集也是'杂感'一流的作品，编成一本，谓之《围剿集》。如果和我的这一本（《三闲集》）对比起来，不但可以增加读者的趣味，也更能明白别一面的，即阴面的战法的五花八门。"② 鲁迅没有编成这本书。后人曾经编过，可删而又删，终于等于未编。今日八十年代的青年，已确如鲁迅所预言，"到底莫名其妙"

---

① 鲁迅：《19300524 致章廷谦》。
② 鲁迅：《三闲集·序言》。

了。我知道，李先生对此曾感到暮年的寂寞，以至于在纪念鲁迅逝世五十周年的学术研讨会上，面对青年，保持沉默。这在他是罕见的。我也知道，在他沉疴不起，声音已失而神智尚清的日子里，每有同志、朋友、学生探视，必亢奋而泪流满颊，那是他的身体已容不下他的充实而胀痛的心了。

他只给鲁迅写过一封信，没有要求答复；说是可以回信告诉他的朋友曹靖华。鲁迅说这是一篇"文章"。在给曹靖华的信里说："有人寄提议汇印我的作品的文章到作家社来，谓回信可和兄说。一切书店，纵使口甜如蜜，但无不惟利是图。此事我本想自办，但目前又在不决，大约是未必印的，那篇文章也不发表，请转告。"① 这是一九三六年五月间的事。所说"本想自办"，早在这一年二月致曹靖华信中谈过："回忆《坟》的第一篇，是一九〇七年作，到今年足足三十年了，除翻译不算外，写作共有二百万字，颇想集中一部（约十本），印它几百部，以作记念，且于欲得原版的人，也有便当之处。不过此事经费浩大，

---

① 鲁迅：《19360514 致曹靖华》。

大约不过空想而已。"① 事实证明，这确不过一个空想，虽然鲁迅自己手订了两种目录，每种确实是十本，有一种还拟了三个耐人寻味的题目："人海杂言""荆天丛笔""说林偶得"。

"心有灵犀一点通"。迄今有案可稽的，当时的中国，只有这么一个青年和鲁迅做着同一个梦。他想到，这是应该纪念的三十年。这是必然的。学问成了信仰。自从编辑《鲁迅论》以后，鲁迅已然是他生命的一部分了。只要让他教书，他就讲鲁迅。他一讲鲁迅，就得罪当局，就遭到解聘。他只好到焦作工学院，到太原国民师范，到太原师范，到济南高中，到北平中法大学，到处奔走到处流徙。可是一旦受聘，明知有饿饭的危险，他依然讲他的鲁迅，夫子之道，一以贯之。中国知识分子罕见的特操，就是这样的。他写这信或这文章的时候，正在济南高中。那时的一位学生，后来是中共安徽省顾问委员会副主任的兰干亭同志，一九八七年春得到李先生已患转移性骶骨癌的消息之后："又惊又急，心绪难安！"四月初专程来北京探视。五日在北京肿瘤医院畅谈了近一个小时。辞别时一再躬身握手，劝李先生安心治疗，还说要再来探视。谁能想到，

---

① 鲁迅：《19360210 致曹靖华》。

第二天却突发脑溢血，抢救无效，溘然长辞，先老师而去。他在动身来京前的信里说："德厚同志，我自称李老的学生，一则，由于何林同志是我青年时候（十七至十八岁时）在中学念书，听过他两年的'国文'课，他是引导我开始接受马克思主义思想的真正启蒙老师，也是我参加'一二·九'学生运动的精神上的鼓舞者；我听他'讲课'时间不足两年，但我那时受到的文学的和社会科学的启发、影响，决定了我以后选择的革命道路，我当他学生时甚至同李师在课堂以外没有什么接触、交往，然而他给我留下了终生不忘的师德。"——李先生在他亲自写的讣告中说："六十多年来，为党为祖国培养了一大批中国现代文学和鲁迅研究人才。"事实是，何止限于做学问的小圈子呢？当一个人把自己研究的学问化作改造中国的信仰，并且身体力行的时候，无论大小，他也就像鲁迅心中的太炎先生那样："并非因为他是学者，却为了他是有学问的革命家，所以直到现在，先生的音容笑貌，还在目前，而所讲的《说文解字》，却一句也不记得了。"①

鲁迅逝世以后，他活了整整五十年，半个世纪。他晚

---

① 鲁迅：《关于太炎先生二三事》，收入《且介亭杂文末编》。

年在鲁迅研究室的会上抨击一些腐败现象时，不止一次冲口而出：有什么可怕的！我死都不怕，活够本了！

这是的确的。他一生保持着无所畏惧的作风和性格。事关鲁迅，与人论辩，旗帜鲜明，不顾个人利害，挺身而出，所指虽大报、教授、名公巨卿、顶头上司、几十年的老朋友，毫不宽假，而对于青年却几乎从不指名道姓地形诸文字。

请随便翻翻《鲁迅先生纪念集》。当鲁迅逝世，举国震悼，回忆、痛惜、赞誉的文字纷纷扬扬的时候，他却犀角烛怪，接连发出两篇反击论敌，为鲁迅辩护的文章，一是《叶公超教授对鲁迅的谩骂》，一是《为〈悼鲁迅先生〉——对〈大公报〉"短评"记者及其侪辈的愤言》。这在全国，在当时，大约不是绝无仅有，却也是十分罕见的吧？

在《叶公超教授对鲁迅的谩骂》中，有一个重要的观念，是他尤其不能容忍"专一攻击"不能还手的"对象"，是他不能容忍对于死者的谩骂和污蔑！

在李先生，辩护鲁迅，就是辩护自己的信仰；捍卫鲁迅，就是捍卫自己行为的准则。鲁迅活着，有他自己如投枪如匕首的金不换，鲁迅死了，不能还手了，他自觉地、义不容辞地担起了这一分道义。而且五十年如一日，毫不懈怠。他晚年八十多岁高龄，一目失明，一目仅存 0.1 的视力，读完一部六百四十二页的长篇大作，依然一笔不苟、方方正正地写出《为鲁迅冯雪峰答辩》的万言书。

鲁迅曾经叹息"中国一向就少有失败的英雄，少有韧性的反抗，少有敢单身鏖战的武人，少有敢抚哭叛徒的吊客；见胜兆则纷纷聚集，见败兆则纷纷逃亡。"① 李先生可以说是这样的少数中的一个。最可宝贵而启发后人的是，无论他自觉还是不自觉，有意识还是无意识，他是在事实上在某种范围某种程度上冲击了在国共两党斗争的框架中认识鲁迅、评价鲁迅的一个老人。国民党统治时期，大报和教授攻击鲁迅，他起而辩护；共产党执政以后，有人误解鲁迅，他依然起而辩护。他并不以某些人的"组织观念"统率他关于鲁迅的学问和信仰。他更遵循"共产党是为民族、为人民谋利益的政党，它本身决无私利可图"的准则。

曾经有过红头文件，禁止在报刊上发表有关鲁迅的几次论争的文章。这通知还特别送到了鲁迅研究室，送给了李何林同志。不知怎么一回事，一个闻名全国的大学，在这文件之后，在它的学报上发表有关文章了。李先生就在

---

① 鲁迅：《这个与那个》，收入《华盖集》。

一次会议上问一位主管的副部长，他们发了文章了，我们也可以发吧？于是他也发他的了。李先生的一位几十年的前辈老朋友，在"浩劫"时期逢八十大寿，悄悄地办一次祝寿宴会，只一桌人，李先生是从天津到北京来祝寿的一个。粉碎"四人帮"以后，大概既有时代的预感，又有积久的气闷的抒发，又因高龄而有些事情记不清爽等诸多因素的综合，这位前辈老朋友又是发表答问，又是发表文章，一面谈研究鲁迅的原则，一面要"澄清"一些事实，颇为热闹。事有凑巧，正值《鲁迅研究资料》第四辑校样来了，照例要有几则"补白"。李先生竟然写了一则《鲁迅研究中也有"两个凡是"吗？》，并署上青年人多半不知道而老朋友一看就明白的在旧社会用过的"昨非"这名字。记得研究室的人见了还窃笑：李先生也写"补白"还用"笔名"！这在李先生是很认真的。后来编自己的《选集》，就把这则"补白"也选了进去。而许多做学问的长文倒割爱了。

最后就是那篇《为鲁迅冯雪峰答辩》了。五十年的开头是这样的答辩，五十年的结束还是这样的答辩。加上鲁迅在世的十年，一共六十年，恰好一个花甲。他告别这个人世时说："驳斥了鲁迅生前和死后一些人对鲁迅的歪曲和污蔑，保卫了鲁迅思想。"的确是这样过了一辈子。他的心地是坦诚的。他一生的作为表明他是一个勇者,一个鲁迅所赞颂所期望于中国的"勇者愤怒,抽刃向更强者"的勇者。[①] 他不随风使舵,不看人眼色,不怕说出人不乐闻的逆耳之言,不怕做出人为他安全利害担忧的行动。一九七六年春,他刚调任北京鲁迅博物馆馆长兼鲁迅研究室主任,就带我去北京师范大学看望还未平反的黄药眠、钟敬文教授;不久又带我去北医三院探视尚未解禁的胡风。他逝世了,诗人吕剑在唁函中附来一首作于一九七六年春的诗《故人(寄何林)》,说:"当有人以睥睨的目光/投向我们的时候,/只有你;/当有人恨不得越远越好地/避开我们的时候,/只有你;/当有人为了邀功而对我们/落井下石的时候,/只有你;/当我们真正尝到了所谓/'世态炎凉'的时候,/只有你;/是的,只有你,/来叩我们的门,/走进我们窄而霉的屋子,/坐到我们的床沿上,/把温暖的手递给我们,/亲近我们幼小的一代,/并且饮上我们一杯开水。/是出于怜悯吗?/当然不是;/你也知道,若是怜悯,/我们也决不会接受。/而且,我们也并非不明白,/这要冒着各种多大的风险——/我们曾经是'罪人'。/中伤的流言,株连的恶运,/会兜头罩落你一身,/

---

① 鲁迅:《杂感》,收入《华盖集》。

但你却竟不放在心上。／人的感情，／有时眼泪也是无法表达的。／最大的信任才是爱，／却又用不着多费言辞。／不错，我读到了／你的正直和坦荡，／你的境界和情操。"平常我不喜欢个人的作品打着"我们"的旗号，读这首诗，我却感到这"我们"用得有多好。南开大学中文系的同志和李先生一道度过"文革"浩劫，唁电中说他"非常时期不改常态"。只有活在这风风雨雨的时代，守着虽覆能复的人们的人，才能估量李先生这心性的价值。只有看到李先生辩护鲁迅的文章，看到他对待非罪而遭冤的人们的态度，才了解他的"保卫鲁迅思想"的含义。

李先生一生"保卫鲁迅思想"，尤其晚年，独立不倚，力抗潮流，人多以为他固执，甚至僵化。其实，他的思想始终是活泼的。在学术领域，他从不把自己的观点强加给人。对于青年学生的不同意于他的见解，不仅包涵，而且多予鼓励。他答复青年求教的信，他做学术报告，他串讲鲁迅作品，用得最多的一句话是：这是我的理解，不一定对，仅供参考。这不是做谦虚状，他是真心诚意。他以主编身份审定我们执笔的草稿，还要说明"草草看完，随手改了一些，不一定对；不对的可以再改回去，莫介意"。他的博士生王富仁同志的博士论文所突破的过去研究《呐喊》《彷徨》的框架，无疑也包括李先生所熟悉和主张的在内，但是他全力支持通过这篇论文，并给予了高度评价。他并非如善意嘲谑那样，是因已经高龄八十多岁而糊涂了，被王富仁糊弄过去了；他正是看出了王富仁"不只是从社会政治意义上来评价"《呐喊》《彷徨》，才"在鲁迅研究界开辟了一片新天地，是颇有创见的"。在"评语"最后，他还要特地声明"这是主要由于作者多年独立钻研业务和学习马列主义毛泽东思想的结果，导师的作用是很小的；这是实情，不是谦虚"。这样支持和鼓励引起巨大争议的博士论文的创见，能够出自一个固执的老人吗？

没有想到，一九八三年三月李先生把一位作者写给他的信换了一个抬头发表在《鲁迅研究动态》第四期上，竟闯了一个不大不小的祸，和另一篇文章一起在"清除精神污染"的大潮突然袭来的时候，险些受到清除。问题闹到将刊物呈报上级审查判断不了了之而后止。这大概是因为正直的人都心里明白，李先生同精神污染是扯不到一起的。

这封作者来信之所以惹恼人，是批评了"有些人'靠'研究鲁迅成名成家，写文章，拿稿费，追名逐利，而实际为人，却与鲁迅走相反的路，无'人'气，无

'骨'气"的所谓"'吃'鲁迅"的现象。

事发之后,我百思不得其解,这恼恨从何而来?李先生从一九二九年开始,以《鲁迅论》《中国文艺论战》"成名成家",他读到这封信不仅不恼,而且拿来公开发表,可见他的潜意识里连一丝一毫"'吃'鲁迅"的念头都没有。

其实,提出"'吃'鲁迅"的问题并不算辱没了鲁迅研究者。我曾暗想,假如出一个题目,要我们搞鲁迅研究的人都写一篇关于鲁迅的《吃教》的文章,大概不会有人写驳论的吧?一定是这样的。鲁迅说:"耶稣教传入中国,教徒自以为信教,而教外的小百姓却都叫他们是'吃教'的。这两个字,真是提出了教徒的'精神',也可以包括大多数的儒释道教之流的信者,也可以移用于许多'吃革命饭'的老英雄。"① 我们都会认为鲁迅写得正确,深刻,犀利而精辟吧?来点杂文的美感,还会觉得"不亦快哉"呢!

鲁迅研究者是不信教的,耶稣教、儒释道教和我们不相干。"吃革命饭"相当普泛,盖自革命胜利以后,有几个人不自以为革命的?缩小一点范围,联系鲁迅在《对于

---

① 鲁迅:《吃教》,收入《准风月谈》。

左翼作家联盟的意见》中对于文学工作者"不要像前清做八股文的'敲门砖'似的办法"的劝告，就逼近于我们自身了。倘再直白一点，问一个"有没有'"吃"鲁迅'"的人的问题，我们谁敢写一个保证说"没有"？

事实上，"有"是正常的。这才是人间。一个"没有"，反倒出奇得令人不能相信。鲁迅后来对于五四时期《新青年》的战友多有尖锐的批评，多次提出"敲门砖"的劝勉，不正因为他身历其境，感慨良多吗？中国的知识分子常把自身看得太高，把庸众的力量看得太轻，把官僚看得太坏。其实，中国历史上官的出身不都是"士"吗？今日的官也大多是昨天的知识分子。而庸众的言行不仅影响及于知识分子，不仅令许多知识分子追逐效法，并且有甘心情愿做他们的代言人的呵。鲁迅研究者正是知识分子中的一小部分。大河不干净，小河干净得了吗？自然，小河都干净了，大河也终将干净。世事并非一无可为。

李先生一生幸逢"五四"新文化革命，真诚地接受了洗礼。第一次国内革命战争兴起，投笔从戎，参加北伐战争，参加八一南昌起义，参加霍邱暴动；失利而后，转战文学战线，以研究鲁迅开始，以研究鲁迅终结。六十年间，两次险遭暗杀，奔波海峡两岸，南北东西几无宁日，但以鲁迅的是非为是非，以鲁迅的爱憎为爱憎；融学问与信仰于一身，夙兴夜寐，力行不衰。诚然，他心中的鲁迅形象，带着他个人的主观色彩，其中包括时代和社会潮流通过他所产生的折光。难免白圭之玷，出现失误和偏执。但这是每一个鲁迅研究者所难免的，也是一切历史科学人文科学的研究所难免的。可贵的倒是：一个人能把自己的生命投入有益于人我的工作，一个知识分子坚信自己的学问，化为信仰，用以待人接物，随手做点有益于社会的改革，不做"做戏的虚无党"。那么他无论大小，我以为都是伟大的。

一九八八年十二月十六日于安贞里

# 李何林先生二三事

李何林先生离开我们十四年了。可我好像还生活在他的身边，看到有些人有些事，好像还听到他的教导和嘱咐，有时是态度和蔼但严厉的评语。特别是有时候不得不去鲁迅博物馆，不得不走进那座号称"研究楼"的二层小楼，常常仿佛看见李先生白发苍苍夹在我们中间清场地、搬砖头的情景。那是一九七九年，李先生七十六岁，博物馆扩建，盖南楼、小展厅和研究楼。又仿佛一九八〇年研究室迁入新的博物馆新的研究楼以后，看见他从南楼走来，挨个儿到我们的办公室来看我们的工作情形，问有什么问题，退回他审阅的稿件，要我们斟酌修改的种种事情。他很少叫我们到他在南楼的"馆长兼鲁迅研究室主任"的办公室去。如果偶尔路过西黄城根,鲁迅研究室成立时借用的人大常委会的楼房,对于李先生的回忆,更是心思如波涛,像快放的影片,闪过心头。虽然现在西皇城根的人大常委会的大楼,已经彻底重盖,大门就像小人大会堂,威风凛凛,但在我心里还是那红砖红瓦一座三层、一座四层,曲尺形的朴素的楼房,来得亲切、温暖、紧张,多少风风雨雨啊,包括唐山大地震的惊恐的记忆。那惊醒时以为并非地震的驶过窗下的隆隆声。

李先生一九七六年春惜别南开大学到北京就任新成立的鲁迅研究室主任兼鲁迅博物馆馆长,由于他的力保,我被批准为第一批借调的研究人员,把我带到鲁迅研究室。这改变了我的人生道路,也塑造了我的后半生。开始没有宿舍,四位行政人员三个家在北京,早来晚走。只有李先生和我还有资料室管理员张秉正同志住在空荡荡的楼里,办公室也就是宿舍。我挑了一间和李先生隔壁的房间。李先生身子骨结实,精神健旺,早起晚睡,每天工作十几个小时。怎样劝他早睡一点,多休息一点,他都不肯。总说工作太多,做不完。几乎天天急着催国家文物局调人;天天嘱咐我要来一个人就做一个人的事,不要等,不能耽搁。他早起自己打水倒水洗脸刷牙,晚上自己打水倒水洗脚。一日三餐自己上下楼到食堂去和大家一起打饭打菜,生活起居拒绝任何帮助。一个这样高龄的老学者，那个时候，经毛主席亲笔批示、亲自审定调来当主任兼馆长的，是这样的平民化，就叫大家打心眼里敬重了。尽管政治气候凝重、高压、复杂——当时深得民心的周总理两个月前才逝世，由于不准按正常正规方式悼念，北京处在"四五运动"前夕，鲁迅研究室固然也处在高压的气旋里，却安稳平和。一次，"上面"通知"追查谣言"，李先生召集全室开会，传达完电话通知，说大家好好追查，我有一件急事要办，追查完，王琨（研究室的秘书）来跟我说说。李先生一走，大家你看看我，我看看他，人都是新从各个单位调来的，那时大概才七八个人，无话可说。突然，总务刘恩湘同志说：什么是谣言，不明白，举个例子来看看，也好有个样板，照样追呀。会计安树椿同志慢条斯理地附和，于是一阵会心的暗笑掠过，又没词了。闷坐了一会儿，王琨说，大家没听到过，以后留心点。就散了。

李先生为人，和他那笔欧体楷书一样，方方正正，结构严谨，一丝不苟，质朴而简练。平日里好像不苟言笑，但待人诚恳、慈爱、周到。有许多事，几乎成为"经典"在室里传来传去。

鲁迅研究室成立不久，时有恒先生来信要捐出他的藏书，帮助研究室建好资料室。大家很兴奋，特别是知道他老先生还健在。鲁迅的《答有恒先生》太重要了，太有名了。有一种意见是把它作为鲁迅世界观转变的实证来看的。李先生立即派张杰和陈鸣树两位同志去徐州时老家商谈。把书运来后，又把时先生请来。时先生来了，和研究室众人见面，座谈。除派人陪他参观北京外，李先生特别要在家里请时先生吃饭。我有幸作陪。那天李先生很高兴。亲自下厨做他那个拿手的、传统的、家里"经典的"甜肉。令我大吃一惊的是，大家就座后，李先生从他的卧室兼书房拎出一瓶酒来，郑重立在时先生面前，说：您喜欢喝酒，这是给您专门准备的。您能喝多少喝多少，别喝醉了；喝不完，带回研究室去，下一顿喝。时先生站起来躬身作谢，我立马想到李先生平日对于喝酒的大不赞成大皱眉头的样子了。谁说李先生"古板"呢！

李先生不主张喝酒是有名的，谁要是天天喝，吃饭喝，饭后也喝，白天喝，晚上还喝，不管你年纪资历，他会不断劝你，还会批评你耽误工作。

李先生反对抽烟，非常坚决，大会小会都说，到了锲而不舍的地步。也奇怪，研究室从五六个省市借调来十几个研究人员，抽烟的很少。开会时，李先生一进会议室，看没有人抽烟，相安无事；一有人抽烟就说，就叫开窗，哪怕数九寒冬也要开窗。最具石破天惊似的效果的，是纪念冯雪峰的学术讨论会上，请李先生发言，他一走到台前，刚坐下，就叫大家别抽烟；说抽烟有害健康；空气不好，叫开窗。会场先是一惊，接着是一阵细语浅笑。也有嘀咕的。但这就是心性，这就是性格，这就是风格。

李先生讲过一件事，恐怕不止一次，恐怕不只对我一个人，仿佛在研究室的会上也说过。他是全国人大代表，开会和侯宝林大师碰到一起了。一次闲谈，大师对李先生说：你不抽烟，不喝酒，活着有什么乐趣！白活一辈子！李先生说：我就反驳他，我乐趣多的是。你又抽烟，又喝酒，是慢性自杀！

李先生自律极严。鲁迅研究室一成立，配备了三辆小轿车。李先生只是上下班、开会坐车，私事不坐；不得已，一定照规定付钱。退居二线后，就坐公交车；自己有事来馆里，也坐公交来。每次我都劝李先生打个电话来，我们派车去接他，他都不要。有一天快下班的时候，大家正在馆门口准备回家，开来一辆车，下来了几个人，怯怯地要找"李何林同志"。我们问：什么事？说是来道歉和听取批评的。原来李先生一次坐公共汽车外出，到站了，他要下车，车不停；人又挤。他喊要下车，车还不停，错过了站。李先生回到家就给市长写了封信提出批评。来的人是车队里的书记、队长，那位司机和售票员，还一位什么人。售票员是一个小伙子,挺紧张地低头躲在一边。大家听完就乐了,七嘴八舌地数落:你们的服务态度也忒差了,知道李何林是谁吗?我们的老馆长,参加八一南昌起义的老革命、老学者,人家有小车不坐,坐你们的大公共,八十多的老人,你们也敢耍态度,摔坏了怎么办!书记、队长直点头认错,说市里把信批下来,我们就开会学习了,批评他俩了。现在特意带他俩来道歉,接受教育。大家一听又乐了,这不是套子吗!就说,回去吧。别找了,他住得老远的,我们转告吧。来了就好,李先生会原谅的。你们是得好好改改。来的人才走。

李先生就是这样:一身正气,爱憎分明,嫉恶如仇。看见不合理的事,就挺身而出。向来好发言,开会必到,到必发言;好写信,发现不对的事,就给有关方面写信提意见。小到服务态度,大到相识和不相识的人的冤假错案。这一类事多得很。为胡风的事,他敢给陈云同志写信。是的,他就是这样。他是一个鲁迅所希望于中国的愈多愈好的"好事之徒"。

二〇〇二年十二月八日星期日

# 记李何林先生

无论打电话还是接电话,李先生的第一句常常是"我——何林啦"。有时候,大概是对方没听清楚吧,接着会说"我是李何林啦"。而我们研究室的业务人员从第一次见面就都叫他"李先生",行政人员记忆里都是"李主任、李主任"地叫着。——那可还是"文革"后期的一九七六年三月和以后的几个月。国家文物局的人来了,就叫"何林同志"了。李先生离开我,今年是十六年,比我跟随他的年头还多六年,这些声音依然温暖地盘旋在我的心里。

李先生的大名我自然早就知道:我是学中国文学语言的嘛。他一九二九年出版的《中国文艺论战》,署名就是李何林。以后的著作也是。我一直以为他就叫李何林。待到一九七九年下半年，荣太之兄编辑《鲁迅研究资料》第四期的稿子，李先生给他一篇"补白"：《鲁迅研究也有"两个凡是"吗？》，署名"昨非"，我们着实吃了一惊。一是李先生也写"补白"；二是李先生也用"化名"。自然，这是"可以理解的"。因为李先生这一则"补白"，质问的是他的前辈朋友茅盾先生。茅盾先生此前在《人民日报》发表文章反对所谓"神化鲁迅"，把当时政治上反对"两个凡是"扩大到鲁迅研究，提出"比如说有人认为凡是鲁迅骂过的人就一定糟糕，凡是鲁迅赏识的就好到底。我看并非如此。这类事情要实事求是"。李先生不干了。他质问道：

> 在"鲁迅研究中"已发表的文章里面有这"两个凡是"吗？
>
> 鲁迅一生在杂文和书信中确实批评过不少人，也肯定过一些人；对那些批评和肯定都有具体内容，是针对当时他们的具体言行的，并没有对他们下终生的全面的结论。他们以后的变好变坏是以后的事。
> ……
> 借反对"神化鲁迅"之名来贬低鲁迅，或在鲁迅

这个光辉的名字上抹黑，是徒劳的！

后来才知道，我们以为是"化名"的"昨非"，其实是李先生一九二六年从南京国立东南大学农学院生物系"投笔从戎"，参加国民革命军改用的名字；而报考中央军事政治学校武汉分校的口试中，口试官正是沈雁冰同志，也即茅盾先生。原来这是他俩彼此心照的名字——如果茅盾先生还记得的话。我辈后生小子则蒙在鼓里了也。仔细想来，这颇有一点别样的人情味。别看李先生永远的"不苟言笑"的样子。

不记得哪一年了，仿佛是春节还是什么纪念日，中央电视台来约李先生发表对台湾的讲话，李先生用的名字是"竹年"。我问李先生，他告诉我，他在台湾编译馆工作的时候，用这个名字。现在是为方便引起台湾朋友的记忆。李先生是一九四六年到台湾去的。他一九四〇年由老舍先生介绍到云南。一九四二年到昆明，"业余"从事文艺运动，任文协云南分会总务主任，主编文艺副刊。一九四四年由闻一多先生介绍加入中国民主同盟，任民盟云南省执行委员会文艺工作委员会主任委员。李公朴、闻一多被国民党暗杀后，他积极参与料理后事，并处在危险之中，因之离开昆明。辗转到南京，未能进入解放区，去了台湾。

为了安全，隐去"何林"，起用"竹年"这个旧名。人间事往往别具意味。李先生参加北伐——八一南昌起义失败后，回到故乡安徽霍邱；一九二八年为配合阜阳武装起义，在霍邱搞"文字暴动"，也即贴标语，发传单，暴露了身份，不得不出逃到北平，改名"竹年"避居于未名社，从此又放下枪杆，拿起笔杆，一辈子献身于鲁迅研究和鲁迅的文学战斗事业。既以李何林之名闻于世矣，又再来一次，以竹年之名"避居"于台湾。

待到一九八八年李先生因病不治，编辑《李何林先生纪念集》的时候，读到大嫂朱红执笔撰写的年谱，我才又知道李先生十一岁入私塾时学名是延寿。而二十一岁考大学时尚未毕业，是借用同学的毕业证书考取的，只好就用别人的名字"振发"了。人生事就是这样：别说了解一个人，单是弄清楚名字，也绝非易事；我自己不就"有三个名字，一个名字有四种写法"吗？就是老熟人，有时也写得颠三倒四呢。生在旧社会的人，人生是这么复杂，其实，实在是艰难。

由于李先生的力保，我这个既"出身不好"，又"按人民内部矛盾处理"而"解放"的"可教育好的子女"，终于被批准"借调"到刚成立的鲁迅研究室了。遵照李先生来信的嘱咐，接到他的信后，我绝对低调，对谁也没透露。等一接到调令就办手续，尽快赶到北京报到。但我没有按李先生说的先打个电话，让派车来接站。当我扛着一个铺盖卷爬上西黄城根二号鲁迅研究室借用的二楼的时候，那是中午一点来钟，两位女同志正在休息闲谈，听我报了姓名，两位又惊又乐，道：李先生上午还说等电话去接你啦，怎么自己来了？我说：就一个铺盖卷，用不着接。于是让我自己挑一间房间，是工作室又是卧室的。整座楼空荡荡的，我就要了和李先生隔壁的一间。楼是南北楼，我在李先生南边，东晒。这时候的研究室，除李先生外，只有五个行政人员，四个家在北京。到了晚上，就李先生和我、还有老张三个人住在这座四层大楼里了。午休起来，李先生见我来了，问了路上的情况，说怕我不好找到这地方；带我见室秘书王琨、打字员汪媛，就是我最早见到的两位，总务老刘、会计老安、资料员老张各位同志。我办了手续，领了生活用品和纸、笔、墨水。李先生交代：事情很多，不能等，来一个人做一份事；情况复杂，不要随便说话，专心工作，别乱跑。——从这一天起，我和李先生真是所谓"比邻而居""朝夕相处"了，直到跟着他选择好指定给他的住宅，我领着国家文物局的一辆卡车，把他全家从天津搬到史家胡同的五月。我报到的这一天,是三月十八日;李先生搬家在五月,足足两个月的光阴。

李先生这一年已经年逾古稀,七十三岁了。研究室所借人大常委会的房子,原是办公楼,一间一间的都是办公室。厕所在北头,对于一位高龄的老人是颇老远的。我想在生活上略尽弟子之礼,"有事服其劳"嘛;李先生一概拒绝。一天三餐,自己下楼到食堂排队打饭买菜,吃完自己洗碗。特别是晚上,老人都要起夜的,他也要自己走来走去,实在叫人不放心。在京的王琨和汪媛,住在一个家属大楼里,看到李先生星期天吃饭难,平常也是吃食堂,执意请李先生去她们家吃顿饭,说了几次才答应。那天晚上,不知道怎么一来,李先生跑肚子。我听见他一会儿起来去厕所,一会儿起来去厕所,很紧张,起来照顾他他不要,问要不要去医院,也不要。幸亏第二天早上就好起来了。唯有每个礼拜六晚上,李先生要去西四浴池沐浴,一定叫上我同去。我劝他要单间,他也不要,只嘱咐我洗淋浴;这时候,我可以帮帮忙,和照应衣物。李先生对浴池的服务员是非常客气的。他自己带浴巾,不喝浴池的茶,但从不对服务员流露什么。回到研究室,也要坚持自己洗换下来的衣服。

我到研究室的最初几个礼拜天,李先生有时带我去拜访他的朋友。如黄药眠先生、钟敬文先生。他们都曾经戴着"资产阶级右派"帽子，在"伟大的无产阶级文化大革命"中再一次回炉，遭到"横扫"，当时政治、工作、生活各式待遇都还没有恢复正常；居室的逼促陋劣，不是亲见实在难以想象。李先生和我进屋几至不能容身，腾挪了半天才勉强落座。李先生的造访，大出两位先生的意外，明显感到他们的高兴和激动。黄先生甚至和李先生开玩笑：你要不去南开，让我来师大接你的差，也不至于落得这样的下场啦。互相问候之外，他们都祝贺李先生出任新职；李先生则征询他们对于开展研究室工作的意见。最令我吃惊的是，一个太阳灼人的礼拜天下午，李先生午睡起来，叫我，你跟我去看一个人。车子开到北京医学院三院，下车后，他才告诉我，是去看望胡风先生。说他在这里住院，是机密，还没有"平反"，千万不要对别人说这件事。病房很大，空荡荡的；进门，梅志先生起身迎接，胡风先生半躺在病床上。李先生急走几步，向前拦住胡风先生，不让他起床，就坐在床前和他交谈。李先生关心胡风先生的病情，对于胡风先生的平反表示乐观；胡风先生关心李先生的工作，说担子很重，很有意义，特别提醒李先生：会有人注意你，要小心，不能轻信！告辞出来，李先生显得放心了许多，说他头脑还很清醒，看来病不重，能养好。他再一次嘱咐我不能对人说起这件事。在李先生身边的日子,特别能感受到他对有所谓有"问题"的人,和在基层的普通中学教员,格外关切。他谢世的时候,赢得诗人吕剑的《故人(寄何林)》的赞颂,不仅实至名归,也是意味深长的。诗人写道:

当有人以睥睨的目光
投向我们的时候,
只有你;
当有人恨不得越远越好地
避开我们的时候,
只有你;
当有人为了邀功而对我们
落井下石的时候,
只有你;
当我们真正尝到了所谓
"世态炎凉"的时候,
只有你;

是的,只有你,
来叩我们的门,

走进我们窄而霉的屋子,
坐到我们的床沿上,
把温暖的手递给我们,
亲近我们幼小的一代,
并且饮上我们一杯开水。

是出于怜悯吗?
当然不是;
你也知道,若是怜悯,
我们也决不会接受。

而且,我们也并非不明白,
这要冒着各种多大的风险——
我们曾经是"罪人"。
中伤的流言,株连的恶运,
会兜头罩落你一身,
但你却竟不放在心上。

人的感情,
有时眼泪也是无法表达的。
最大的信任才是爱,

却又用不着多费言辞。

不错，我读到了
你的正直和坦荡，
你的境界和情操。

当我感念李先生，常常想起这首诗。有谁经历过地震、洪水、战火、屠戮，经历过"反右""文革"吗？有谁能够设身处地，将心比心，感受人间世的他人的苦难吗？那么，你当可以体味这样的"诗"是从血管里流出而又用生命换来的。

四月下旬的头一两天吧，吃完晚饭，李先生突然对我说：走，我给你去买套衣服。我说：我的衣服够穿的。他不由分说，就下楼往外走，我只好揣上钱跟着。走上马路才对我说：过几天要去开个会，你这身衣服太旧了。衣着要干净，也得整齐。这次是个大会。你第一次参加这样的会，注意点好。他领着我到西四，又到西单，买了一套蓝布制服。其实那年我已经四十出头了，又是在北京上的大学，他都知道，还是把我当孩子似的，不放心。

这是出版局召开的全国《鲁迅全集》注释工作会议，由人民文学出版社承办的。五一节前几天在济南开，五一节后在北京开,住在国务院第二招待所。那时全国各地的"注释组"都是"掺沙子"的"三结合":由各地大学中文系的老师、工人师傅、解放军指战员三部分人组成。到会的人真是济济一堂,"群贤毕至,少长咸集",足足有一百多二百人吧。但"苍颜白发"的老专家老教授,都神情压抑。鲁迅研究室成立,中央任命了八个顾问,大多去了的;但我只记得戈宝权先生散步时碰到,轻轻地对我说过话。曹靖华先生因为执意要登泰山,坚持了原先的计划,成全了留在济南的年轻人的愿望,记住了。鲁迅研究室因为刚成立,又因为是毛主席批示周海婴的信而成立的,自然而然格外备受关注。但最活跃最引人侧目的是上海注释组,是一位女将带队。第一次大会发言就咄咄逼人……

往事如烟。有些事却经久难忘,甚至愈久愈清晰。上文所写,或许可以作为谈助的吧。

二〇〇四年

# 王瑶先生

王瑶先生被无常夺走四个月了。第一个清明也已经过去。"清明时节雨纷纷,路上行人欲断魂。借问酒家何处有,牧童遥指杏花村。"那几天常常想起这首小诗;想起王先生是山西人,不善饮,却喜欢喝一点,而且常常是杏花村的汾酒。但我们,还在这人生旅途"辛苦辗转"的蕴如师母、超冰、晓村、理群、福辉、平原、赵园和我,都无心赶热闹去八宝山凭吊王先生的孤魂,却又都期待五月七日王先生诞辰的日子,再去拜访他,问候他。我们曾相约庆贺王先生的八十大寿。去年的这一天,我们就都到了镜春园七十六号。谁能想到王先生竟不能度过二十世纪九十年代第一春的他的生日,遑论八十?而且连想死在"正寝"也不可得!

"死去元知万事空"!倘若人没有灵魂,这诗句说的就是真实。它那么动人心魄,固然在于诗人对民族、对国家命运的伟大关怀,然而对个体生命的"无可奈何花落去"的眷恋,也是内心深处的情愫吧?依据王先生的研究,在中国,是魏晋人开始了对于人类个体生命的自觉的。他写道:"我们念魏晋人的诗,感到最普遍、最深刻,能激动人心的,便是那在诗中充满了时光飘忽和人生短促的思想与情感;阮籍这样,陶渊明也是这样,每个大家,无不如此。生死问题本来是人生中很大的事情,感觉到这个问题的严重和亲切,自然是表示文化的提高,是值得重视的……原始人感不到死的悲哀,而且简直意识不到死的存在,这是人类学者已经证明了的;因此,自然也就不觉得死的可怕,和时光的无常。中国诗,我们在三百篇里找不到这种情绪,像《唐风·蟋蟀》中的'今我不乐,日月其除''今我不乐,日月其迈',虽然有点近似,但较之魏晋诗人,情绪平淡多了。《楚辞》里,我们看到了对社会现实的烦闷不满,但并没有生命消灭的悲哀。……我们看到了这种思想在文学里的大量浮出,是汉末的古诗。像'人生天地间,忽如远行客''人生寄一世,奄忽若飙尘''所遇无故物,焉得不速老''人生非金石,岂能长寿考''四时更变化，岁暮一何速''人生忽如寄，寿无金石固'（以上皆《古诗十九首》中句）这一类句子，表现了多么强烈的生命的留恋，和对于不可避免的自然命运来临的憎恨。"（《中古文学史论》，北京大学出版社，1986年，第132页）王先生而立之年得出了这样的学术结论，当亲历了"拔白旗"以及"史无前例的""无产阶级文化大革命"之后，年逾古稀，又专攻鲁迅研究四十年，以鲁迅思想作自己学术研究的指南，待人处事的良知，他对自己的"生命的留恋，和对于不可避免的自然命运来临的憎恨"是怎样的啊？王先生是现实感极强的人，对自己的地位与活力与处境清醒到近乎严酷的人。他大病住在上海华东医院，已经做了切开喉管的紧急抢救手术，看到我赶到他病榻之侧，微微点一下头，轻轻碰碰我的手，要求写字，写道："惊师动众，又可能还未到弥留之际，极不安，谢谢。"我还看到他写过一句话，说这么多人去看他，倘若不死，岂不成笑话！他是这样承受不了人间的温情。我死也不会忘记，有一次他同我谈到招几个博士研究生的事。报考的人多，大家也希望他再一次多招几个。他对我说，不得已，最多只能招三个。以我在北大的地位和影响，三个我还能保证他们通过，也可以找到合适的工作，四个就无能为力了。他就是这样估量着人间世，估量着自己。他有许许多多期待，他有许许多多希望。但他没有看见，也看不见了，甚至听也听不到。"死去元知万事空"，人人都是这样子的。倘若人没有灵魂，《示儿》之类，也不过活人生时的一点心愿，果真一瞑之后，言行两忘，祭与不祭又与他何干！王先生是少有的熟悉鲁迅思想的学者，当真正入于弥留的时候，在留恋、期望、憎恨之中，一定会想起鲁迅的遗嘱："忘记我，管自己生活。——倘不，那就真是胡涂虫"的吧？① 这才是生者的第一要义。

这是真的。王先生很关心人，不是一般的入时的关心，而是入俗的关心。颇像鲁迅为青年入学担保，劝他们不要剪辫子，借钱给他们，为他们谋生计之类。

二十世纪八十年代，由于改革开放的机遇，各个学科的学会如雨后春笋，蓬蓬勃勃，几乎有要覆盖中国大地的架势。在北京的学人，对于入会，当理事，了不关心者大有人在；就是带点反感的，也不是绝无仅有。王先生并不这样。一九八二年在海南岛的年会上，一开始就嘱咐我找学会秘书要几张会员入会申请表，为他刚毕业的几位硕士生填上；闭会前又一再问及办理情况。他们入会是不会有问题的。并不是因为王先生是会长，而是他们自己已经脱

---

① 鲁迅：《死》，收入《且介亭杂文末编·附集》。

颖而出，锋芒初露了。关键在王先生的想法，他反复叮咛我说，入会其实也没有什么，只是他们年轻，入了会，将来参加学术活动方便一些，这于研究有益。还有王先生的做法。这种事他是绝对以导师自居，不去征求学生的同意的。他认为这是为师的权利。而且他是那样急不可待，好像回到北京就搭不上末班车似的。

对于青年人的职称评定，他更是念兹在兹。他一直在北大，一九七六年鲁迅研究室开创时期，曾兼任副主任，后来又兼到中国社会科学院文学研究所去了，因此对十几个单位的职称评定情况，都比较熟知，也时时谈起。他体谅年轻人的急切，多次为他们解释说，这是实际问题，关系到工资、住房、两地关系，评不上就解决不了，有什么办法？有的学科头头，大力组织集体研究，集体编著，难免影响研究个性，影响独异才能的发挥。他解释说，当头头也不易，他要照顾大家的职称，搞个集体项目，成绩大家有份，就好办一些了。一九八〇年鲁迅博物馆评职称的时候，我忝为学术委员，私心以为高级职称严一点好，因为社会上有比较，影响也大。王先生给我回信，告诉我："北大提级已完毕，现代文学方面为乐黛云与孙玉石二位，文学所材料也已送来，尚未开会，其中有吴子敏、刘再复、张炯等。可见你们单位并未放松标准。陈鸣树情况不详。有些事想得过多反而不好，似不必过于考虑人事关系，我行我素即可。"如果谁的职称由于单位领导耽误了，压得过低了，他比当事人还着急。他不劝人"清高"，自己也不装出"清高"模样。只要能说话，有说话的地方，他总要主动说说。而又"出语多谐"，有时候学给我听，听了都不能不开怀大笑。如果说不上话，他是很忧愁的。他不止一次同我叹息过远在上海的一位学生的境遇。

王先生关心学生辈虽不避俗事，更多的自然还是他们的研究成果。去看望王先生，常常可以听到他提起某某熟人发表了什么文章，有时会笑着补充："我是从报上的广告看到的，文章还没有见。"时间久了之后，我发现王先生看报是非常仔细的，有时一些很不起眼的刊物的广告，他也会提到。

有了重要的事、重要的文章，他就要发表议论，进行分析。一次《光明日报》在头版报道朱正兄艰辛的经历之后，香港报纸也争相报道。记得有一篇文章题目是《班房里的鲁迅通》。王先生特地拿出来给我看，几次说只能到此为止了，宣传只能到此为止了。并嘱咐我转告朱正兄。

其实，王先生远不只是看了广告。知道谁写了什么，他常常发表具体的看法。许多流行的术语、时兴的观念，他都思考过。大谈否定"文化大革命"的时候，有文章强调人人反省,甚至说到民族的忏悔意识云云。王先生反感透了。他说:"我不反省!人人反省,错误人人有份?!当人说话都不起作用,甚至不准说话的时候,他反省什么?我只有挨斗的份,我还要反省?我不反省。"二十世纪七十年代末,鲁迅又一次大走"华盖运"。青年骂鲁迅,中年骂鲁迅研究,老年悻悻地辩白与鲁迅的关系,免不了带点刺。一次谈到一位"左翼"老战士的文章,王先生说:"他都露出来,也不过如此而已,并未影响过去的看法,也无损于鲁迅。"又谈到一位复出而走红的作家在新的高度批评鲁迅的一个主张和鲁迅研究的罪过的文章,王先生说:"此为'时论',非研究性文章;如欲争鸣,则仍以杂文形式为宜。"王先生读报刊确实是细心的。一九八八年第七期《鲁迅研究动态》登了《"鲁迅与中国现代文化名人学术座谈会"资料专辑》,长文不少。而其中一篇短文《鲁迅与骂人——"鲁迅与中国现代文化名人"之我见》,王先生向我称赞了几次,连连说写得好。并几次问我作者王荆是谁。可惜我一向疏懒,忝为编委而不问实事,尤不打听作者。看到王先生那么高兴,那么兴奋,我答应问问,可后来似乎忘了。王先生去世后,心里时时晃悠着他那"华发满颠,齿转黄黑,颇符'颠倒黑白'之讥;而浓茗时啜,烟斗常衔,亦谙'水深火热'之味"的形象,许多忘却的往事也会突然苏醒。一天忽然想起这件事来,问同车回家的允经兄。他说,王荆就是王景山先生呀!有什么办法呢?王先生,还有多少事我要告诉您,您是知道的。

王先生是经过严格训练的学者,熟悉人文学科研究的具体操作程序。他对清华大学的感情,似乎比对北京大学还深,还好。清华的校庆,他是一定要去参加的,而且宁愿放弃别的活动,假如时间发生冲突的话。回忆起他的导师朱自清先生以及闻一多先生来,沉思,细语,好像走到一个遥远的亲切的世界去了。

王先生对于后学的指导,大概发扬着先贤的遗风:热心、诚恳、切实;循循诱导,多加鼓励。

一九七九年八月,王先生回信说:"您的研究计划('关于鲁迅对"人"的探索')是一个新的领域,从一个有重大关系的角度来探索具有广泛思想内容的问题,值得钻研。我没有考虑和探索过这方面的问题,提不出具体的意见,但认为这个选题很有意义,值得花力气,只是在写作中必须在广阔的背景中展开,不能局限于"全集"所提供的资料。就是说虽然是研究鲁迅思想,但必须以近代中外思想潮流为背景。背景当然不必罗列许多,但勾勒和概括总须有所依据,故写起来颇费功力。……只是工程艰巨，并不省力而已。今距'纪念'之期尚有两年，我想是可以用来献给这一'纪念'的。"

一个月后，王先生再次教导我："您定的题目本来很大，需要多花一点时间，但我相信是会写好的。这类文章有两种写法：（一）把鲁迅言论梳辫子，引出论点加以发挥；（二）融会贯通，以自己所要阐述之论点作为框架，只于论点展开时才引用鲁迅的话作证明。照您的题目看，似以后一种写法较好。姑妄言之，聊供参考。"

主要由于我的功力不足，加上我有"研究鲁迅思想首先要研究清楚鲁迅到底有哪些思想，然后才能进一步研究这些思想的性质，评论它的是非，衡量它的高低"（见拙著《〈两地书〉研究》，天津人民出版社，1982年，第247页）的想法，我走着"梳辫子"的路子。几年过去了。有一次又谈到研究方法，王先生边笑边比画着对我说："有一种人是把研究题目有关的资料全都收集起来，分析，比较，梳理，提出自己的看法，很有成就；有一种人就拿着一篇文章看，反复看，看来看去，也能看出别人没看到的东西。也是一法？"于是又谈到"六经注我"和"我注六经"的问题。对于几本鲁迅研究著作，做着实际的评估。

王先生看不起两种文章，一种是"大批判"，一种是人云亦云，认为这都不是学术研究。王先生逝世前躺在病床上给巴金写信，祝贺巴老八十五寿诞，说"最近十年，巴金学术研究收获颇大，其作者多为我的学生一辈，如陈丹晨、张慧珠等，观点虽深浅有别，但都是学术工作，不是大批判，这是迄今我引以为慰的"。足见他对"大批判"的厌恶，至死不渝。王先生又告诉我：做学问的最高成就，是得出定论，如鲁迅研究中国小说史，得出"谴责小说"的结论，一直为研究者所沿用，就是赞同，就是接受，就是定论。其次是自圆其说。不一定正确，不一定深刻，不一定人家同意，自己提出和人家不同的见解，说圆了，也不错。最没有用的是人云亦云，东拼西凑，没有自己的东西。这种文章写了等于没写，不应该写的。

王先生又曾对我说，搞研究和搞创作不一样。搞研究靠积累，要下死工夫读书。有一次，王先生指着一篇长论文对我说，一部新文学史上有名的书，作者都张冠李戴，搞不清楚，醉心于宏观看问题，这样研究是不行的。后来在武汉"全国鲁迅研究教学研讨会"上，王先生又用"见树不见林"和"见林不见树"来比喻微观研究和宏观研究，说"如果不从具体出发，见林不见树，黑压压一片，究竟是林还是树着了火也搞不清，那就不好"。作为这次谈话的一个话题，公开发表时只是隐去了具体例子，话也没有私下说得尖刻。

我认识王先生是一九七六年，王先生已经六十二岁了。那时鲁迅研究室刚刚成立。不久，粉碎了"四人帮"。又不久，否定"无产阶级文化大革命"。大家痛恨浪费了十年岁月。谈到这个话题，王先生也十分痛苦，甚至有点愤激。他说："我也是十年！不光你们年轻人耽误十年。老年人的十年更可怕，他更接近死亡了，更难补救了。"他还谈到他的同辈同学，说："看到谁发表文章，有一个好处，就是知道谁还健在。老人有几种，拼命写作的，是'垂死挣扎'；不能写，写不出文章来的，是'坐以待毙'。我就是'坐以待毙'啦！"

其实，王先生在最后的十三年，做了大量工作。修订重版了《中国新文学史稿》，修订重版了《中古文学史论》，其他几部著作也大都校阅重版了。结集了《鲁迅作品论集》并已出版；结集了《中国现代文学史论集》，所作《后记》，几乎就是王先生的绝笔。这本集子大约也会出版的吧？十三年间，王先生写了不少论文。为纪念鲁迅诞生百周年而作的《〈故事新编〉散论》，是全国学术讨论会七篇大会报告之一，实为杰作。两次出国讲学，一次赴中国香港讲学，在他个人的平生，也是"史无前例"的。培养了近十名中国现代文学硕士、博士研究生，他们新作迭出，苗而且秀。从二十世纪八十年代开始，长中国现代文学研究会整十年，主编《中国现代文学研究丛刊》整十年……

不过，王先生最后十三年的心境，却也是难以承受之轻。仅仅在给我一个人的信里，就常常发出这样的感喟：

"我近来甚么也未做，效率奇低，颇感焦虑。这大概也是衰老现象的表现罢。堆的事甚多，颇思奋勉，但效果并不理想。"

"我近来工作效率之低，并非耿耿于过去之挨批，确系精力衰退之故，每日应付日常琐事，即感到再无力做事，虽欲振作，颇有力不从心之感，殊觉苦恼。今后当努力写一点东西，藉答盛意。"

"我终日蛰居斗室，消息闭塞，又做不出事来，更无从谈质量。……事实上自58年被当作'白旗'以来，二十年间虽偶有所作，也是完成任务，已无要打算如何如何之意了。蹉跎岁月，垂垂老矣，虽欲振作，力不从心。此并非发牢骚，意在促您抓紧时间，多写东西，自高自大固然不好，妄自菲薄亦大可不必，应该有高度自信，刻苦努力，多作贡献。是非功过皆自有公论，外间反应不可不听，亦不可过听，不知然否？信口妄论，尚希谅之。"

这是真实的声音，自己的声音，觉悟的声音。倘若鲁迅的意见是对的,"盖惟声发自心,朕归于我,而人始自有己;人各有己,而群之大觉近矣"① 是对的,那么,王先生,恕我没有得到您的同意就发表了您的这些话,作为对您的纪念。

倘若天假我以年,我还会写文章纪念王先生的。倘若天不假我以年,也不幸早死,就不会再写文章了。那么,永别了,王瑶先生!我们的昭琛师。

一九九〇年四月二十六日于安贞里

---

① 鲁迅:《破恶声论》,收入《集外集拾遗补编》。

# 夕阳下的王瑶先生

听说，我没有亲见，王瑶先生中年的时候，还是西装革履，并且叼着烟斗的。这是真的。大概是一九八八年吧，有一天晚上我们去拜访先生。临告别，先生让蕴如师母拿出一套五张照片送给赵园和我，上面已经题好词。其中一九六一年的全身像，就是笔挺的西服，乌黑的头发，而且特浓密。那张头像的轮廓，长长的脸，稍尖的下巴，乍一看，像五十年代我们熟悉的一位苏联诗人。不过王先生的眼神是严厉深邃的。但并不看着你，也不像在沉思，挺怪的。先生弥留的时候，不能说话，写了许多要说的话，三言两语，断断续续的。有一段给大女儿超冰的，说："我苦于太清醒，分析了许多问题，自以为很深刻，但不必说,不如痴呆好!"我怀疑"不必说"其实是"不能说"。对了,先生那照片上的眼神,就是冷冷的清醒的专注的眼神,却又向内吸收自己的所见所思的样子。这些,自然是现在对着照片的遐想。那天晚上双手接过照片,略一翻检,心情是别样的沉静,而且奇怪:为什么现在送这一套照片呢,题好了词的?

我认识王先生的时候,他已是"华发满颠,齿转黄黑"了。那是一九七五年,"最高指示"创建"鲁迅研究室"的时期。李何林先生从天津南开大学调到北京,出任鲁迅博物馆馆长兼鲁迅研究室主任;又指定从全国几个省市借调十几二十个研究人员,而王先生内定为研究室副主任。莫名其妙的是,王先生就在北京,却迟迟未能报到。我从天津来,反而捷足先登,竟是第一个。于是经常盼,经常念叨:王先生怎么还不来呢?那时我们有政治局批准的八大研究课题,真所谓"极其"繁重而且紧迫呵。

世事就是这样,隔岸观火,好像一切都明明白白简简单单似的;身在漩涡之中,反而稀里糊涂,手足无措。分明有"红头文件",而且"圈阅"了的,可王先生就是调不来。一方"看来他们是不想'放',又不愿说'不放',因此拖拖拉拉,不解决问题"。一方则只有天晓得。王先生有点尴尬，有点焦急，有点寂寞。他在信里说："我个人只能'一切行动听指挥'。但'拖'得太久也不好。我希望文物局他们早点与北大商谈。估计北大现在是不会断然不放的。"又说："我的借调事据北大中文系总支说，已同意借调，但须对北大指导研究生工作有所兼顾，实际上目前并无研究生，何时招考也说不定。我想鲁研室方面可以同意。但究竟如何解决，则只有待领导安排而已。"一年多之后，王先生终于被"安排"到了鲁研室，算是"借调"。我们这先期"借调"的一批，有的去掉了"借"字，留下来；有的打道回府了。

于是每星期有那么几天，上午八九点钟左右，王先生从接他上班的轿车里出来，一手拿着或挟着深褐色的大皮包，叼着或拿着烟斗，一摇一摇上得二楼，走进他的办公室。下午五点钟，王先生又一手拿着或挟着深褐色的大皮包，叼着或拿着烟斗，一摇一摇快步走进送他的小轿车，绿色上海牌的小轿车，回到北大去。这五点钟，是准时的。这是李何林先生的脾气。要不是北大路远，接王先生的车开出得迟，早上也会八点上班的。王先生有个晚上读书、看报、写作到深夜而次日晚起的习惯，临到该上班的时候，可以想象他的辛苦。

王先生一进办公室就很少出来。不串门，不谈笑，也很少开会。要不开会的时候轮到他不上班,要不开的会只谈室里的行政事务,与他无关,他不来。只有中午吃饭的时候,能够见到王先生,拿着一副碗筷,和我们一道排队买饭。很快地吃完,涮涮碗,走了。

王先生的办公室是室里最简单的。因为我们的大都兼作寝室,内容丰富,也颇有气氛。王先生的却名副其实,只有一张办公桌,一把椅子,一对简易沙发和配套的简易茶几,一个书柜里面空空荡荡。王先生就在这样的办公室坐了两年:指导我们研究,回答提出的疑难问题,审阅集体编著的《鲁迅年谱》。

一九七九年十一月,第四次文代会期间,茅盾、周扬联合发起成立全国的鲁迅研究学会,境外的传媒沸沸扬扬,着实热闹了一番。接着中国社会科学院文学研究所成立鲁迅研究室,大家戏称为"东鲁"。因为原来的在西城,借住在西黄城根,是为"西鲁"。"东鲁"决定把王先生调过去。这回是雷厉风行,立竿见影。传媒沉默着,私下里还是有议论。甚至传说,"东""西"要合并。一九八〇年五月二十五日王先生来信说:"我离开那天恰好你们开会,我原拟找您聊天,未能如愿。"呜呼,一点记忆的影子都没有了:室里是不是开过"欢送会"?不过这种照例心存腹诽,口唱谀辞的会,王先生是讨厌的,而且也不合李先生的脾气。

我常常回味和王先生在一起的往事。可在鲁研室的两年只记得两件事。一次我去王先生办公室请教一个鲁迅所引古籍中的问题。敲过门，应命进去。王先生坐在满室烟雾中看东西。他抬起头听我问完，摘下秀郎架的老花眼镜，直白地告诉我不知道。我一下愣了，不知如何是好，鞠个躬退出来，比在室内闻着烟味还难受，也颇生气。一次吃中饭的时候，王先生在排队，我走过去告诉他大家正争论的一个热门话题：瞿秋白到底是不是叛徒？并问王先生的意见。王先生脱口就说：这是中组部的事情。我的心一震，真像醍醐灌顶似的，许多暧昧难解、三翻四覆的疙瘩全解开了。

不记得什么时候，也不记得为了什么，怎样走进王先生的家，到北大镜春园七十六号去拜访王先生的。但他给我碰的那个大钉子，每每想起都心颤，当时是气得决心不再踏进那个门的。

王先生住在一个独立的四合院里。门口有一对比我还高的石狮子，这种权势的象征颇不一般。后来才知道这里曾是黎元洪的别墅。进门一个大院子，有高大的柏树，有青翠的竹子，有蓬勃的杂草，因为没有人再来修葺了。东西房住了好几家，北房王先生也只住西边的小一半。后来落实政策又加了连接客厅东边的一小条，两米多一点宽的，横放一张床就差不多齐了。王先生用作书房，取了个名字叫"竟日居"，是把"镜春"两个字拆散来的。有人做过演义，头头是道。但王先生心里怎么想的呢？我没有听他说过。他自己很得意这个名字是感觉得到的，因为他平常几乎不写毛笔字，这回却用毛笔写下了这个名字，而且挂在案前；他又想用"竟日居文存"的书名编辑他的文章。——这是他得力而且得意的高足又是助手的理群兄告诉我的，可见很不一般。

王先生的客厅很大，很高，夏天阴凉，冬天很冷——直到一九八七年才接上暖气。不知是"殊遇"，还是落实政策。那部电话却确是落实政策才给装的，而且是王先生强烈要求的硕果。在装暖气的前一两年，北大要给知识分子落实政策了，决定给教授装电话，但必须是一级教授。王先生虽说在"文化大革命"时就被北大中文系定为"反动学术权威"，一九八一年被国务院学位委员会聘为文学学科评议组成员，但教授还不是"一级"。可王先生五十年代就装了电话的，这电话是"文革"革掉的。"落实政策"，名副其实。王先生通知我装上了电话，分机号很好记："三五九旅（3590）。"我立即跑去看他，他开怀大笑，告诉我这样的经过。

王先生的客厅摆着一套明式红木家具：大书案、八仙桌椅、书柜。有一套商务印书馆出版的箱装四部丛刊。西墙上挂着三帧条幅：靖节先生画像和《归去来兮辞》全文；鲁迅《自嘲》诗手迹的水印木刻；沈尹默先生书赠的墨宝。客厅中央按凹字形放着一组沙发，沙发前是茶几，茶几前是一台彩电。

王先生接待我们时，家里是非常非常安静的。王先生叫谁斟满一壶茶，茶来人即退下，王先生再往杯子里斟。偶尔有家人从外面进来，都是轻轻地侧身走过去。唯一的例外是先生的孙女王宜，两三岁吧，她敢于闯进来，敢于爬到王先生身上去，敢于打断王先生和客人的谈话。王先生也任她嬉戏，设法哄她。

我的钉子于是乎也就来了。

我喜欢小孩，无论师长的、朋友的、同事的。我喜欢教他们直喊我的姓名，常见的喜欢带一块巧克力什么的去送他。王振华先生就曾戏呼我为"巧克力伯伯"，冲着她的孙子。我既然知道了王宜，也就兴之所至，忘乎所以。那次当我告辞的时候，拿出一块巧克力来给王宜。先生立刻变脸，阴沉着，推开我的手，厉声说："别来这一套。"好难受呵。

后来师母告诉我，王先生连儿女亲家都不走动的。虽然，先生多次同我谈到过，他怎样操心女儿的婚事，怎样为她奔走。

后来王先生去昆明，去东北，去香港，总带给我一盒茶叶、一条领带什么的。一九八四年赴日本讲学回来，特地请师母拿出一只带回的皮包给我，并说，还有一只给钱理群。

一九八七年我去日本。行前问王先生需要带什么不，先生说清理烟斗的玩意儿折了，遇上带一只回来吧。在东京，我告诉王先生的日本研究生尾崎文昭君，他陪我去着意找了一家专卖店，我俩挑了又挑，挑了两种两件。先生见了，很高兴。

现在，清理烟斗的物件没用完，先生却已走了。那时怕一件不够用，先买两件，还想再要再买的。先生送我的皮包已经修补了两次。赵园说了几次该换，该换，换什么呢？不过，总有一天得换的吧。

王先生的心情愈来愈开朗，思想愈来愈活跃，社会活动愈来愈多，兴致也愈来愈高了。

新加坡一华文日报请先生题词，王先生用毛笔写了一首七律："叹老嗟卑非我事，桑榆映照亦成霞。十年浩劫眷虚掷，四化宏图景可夸。佳音频传前途好，险阻宁畏道路赊。所期黾勉竭庸驽，不作空头文学家。"先生拿给我看,说从来不作诗,也不写毛笔字,诗既不好,字也难看,怎么办。我说,您不是诗人,也不是书法家。人家求您,是想听见您的声音,看见您的手迹,这样就好。先生从我捧读着的手稿上抬头看我,凝视了一眼,不说话。我说,这一张给我吧。先生正了正身子,稳稳地坐在沙发里,拿起了烟斗。

《中国新文学史稿》要重版了。一次我一进门,先生招呼了一句,立即转身匆匆从卧室拿出一叠稿纸,说我写好了"重版后记",你看看。我一下紧张起来,像面临一场考试,站在书桌前读起来。先生就立在旁边吧嗒着他的烟斗。

我读了一遍,又快速复了一遍,对先生说,很好,结尾很动人。我建议先生考虑:是不是把被批判被迫作检查的事点一句?吐一口恶气!先生拿过稿子,走进卧室。很快,快得惊人,就出来了。指着加的一句问:怎么样?我看原来写着:"本书出版较早,自难免'始作俑者'之嫌,于是由此而来之'自我批判'以及'检查''交代'之类,也层出不穷。"于是先生用力吸着烟斗,快活地谈别的话题。

清华大学的校庆,王先生是非去不可的。有几次他推掉别的活动,有几次他事先提醒我。有时谈起他的导师们，不仅带着深情的怀恋，也有对清华教授优裕生活给人影响的清醒分析。偶尔涉及身居高位的同学，三言两语，谈锋明快，没有丝毫过眼云烟的感怀。《清华十级纪念刊（1934—1938—1988）》出版了，先生拿出来给我看。笑着告诉我，每个人非写一段自我介绍不可，二百字，你看。我埋头读了很久。我感觉到王先生稳稳地靠在沙发上，咬着烟斗看我。他一定猜得到，我心里多么赞赏、惊叹。终于我念出"迩来垂垂老矣，华发满颠，齿转黄黑，颇符'颠倒黑白'之讥；而浓茗时啜，烟斗常衔，亦谙'水深火热'之味"一段给先生听，并说"似犹未失故态"，写绝了，妙不可言。先生不说话，也不笑，端起茶杯，很响地咕噜咕噜喝干了。任我给他又续上一杯，只客气地伸过手来挡一挡。

在王先生家和王先生聊天，是一种享受，是一大乐趣，和听王先生讲演不一样。王先生有山西口音，讲演是愈讲愈快，愈讲愈快，几分钟后就憋住了，讲不出来，于是喀喀喀几声，自顾自啊哈哈哈哈放声大笑，听讲的多半没听懂，也就不跟着发笑。这并不影响王先生的情绪。他照样再来一次，再来一次，直到讲完为止。可王先生聊天，从容不迫，话并不难懂，说到痛快处，他笑，我们也笑，完全是"同声相应"。我曾琢磨过，王先生讲演为什么会那样？我想，王先生是善于思考，又富机智，日积月累，脑子里充满了见解，待到讲演，脑子运转快，口里吐字慢，他不但不自我调整，反而迫不及待，一发而不可收。像打机关枪，先是点发，接着连发，一连发就卡壳了。

王先生聊天，无所不谈，无所顾忌。他鄙夷的人、文，也毫不淡化自己的鄙夷。他每天看报到深夜，又看得特仔细，似乎对期刊的出版广告，尤其着意。因为他经常谈谁谁谁发表了什么文章，却又说明他没看，是广告上的目录。

王先生憎恶大批判式的文章。有一次谈到一个人说，他是靠大批判起家的，只会写大批判，别看他观点变来变去，还是大批判，这种东西是留不住的。王先生临终前，病到不能说话，写给巴金的祝寿词说："最近十年，巴金学术研究收获颇大，其作者多为我的学生一辈，如陈丹晨、张慧珠等，观点虽深浅有别，但都是学术工作，不是大批判，这是迄今我引以为慰的。"

一次王先生拿出刚收到的一份报纸，指着头版头条一篇大块文章说，你看，连《白话文学史》都不知道是胡适写的，张冠李戴，书大概也没看，就发议论，而且是宏观的。

大凡文学界争论的问题，王先生都很注意，也几乎都谈。他支持"重写文学史"，他支持重新研究过去被冷落的作家，他坚持文学史的分期是有历史发展的阶段性的质的标志的……许多见解，脱口而出，"出语多谐"。这时他自己先笑，我们也笑，他就笑得更响。我几次劝超冰多主动来听王先生聊天，记一记那些很难复述的语言。可惜我懒，她也懒，大家都"得意忘言"了。

王先生特别喜欢谈时事，谈人文景观，谈社会现象，谈改革。国际国内，海峡两岸，从红头文件到报纸电视到小道消息到流行民谣，无不津津乐道。他不是简单地重复，是谈字里行间或字面的意味，彼此的联系和微妙的差异，以及历史演变的轨迹。王先生是全国政协委员、民盟中央委员，偶尔也谈一点逸事。有一次王先生指给我看一家大报头版报道中的一句话"不说白不说，说了不白说"，告诉我这是批他的。说："我这次在政协小组会上说了'不说白不说，说了也白说'。他批是批了，可没有说清楚为什么说了不白说，还是说了也白说。"

王先生生命的最后一年，是一九八九年。他十二月十三日客死在上海，差一点就度过这一年了。

这一年我去北大看望王先生的次数特别多，可现在什么也想不起来。想了几天了，一切都还是模模糊糊。王先生原来好像没有什么胡子，可为什么老闪着他胡子拉碴的样子？有一阵他好像怕看电视，可我隐隐约约记得他对我说过他很想看电视的。夏天他住过病院，好像一直没有康复，可我仿佛看到他是一个人爬上虎丘山又去上海出席巴金学术讨论会的。王先生是很达观的，可我分明记得看到他流眼泪了，手里拿着包子吃不下去。想起来了，那是四月二十八日，在中国现代文学馆开的纪念"五四"七十周年的会上，中午吃饭的时候。在会上他如数家珍念了一串名字和他们的年龄："五四"的时候，陈独秀四十岁，鲁迅三十八岁，周作人三十四岁，李大钊三十岁，胡适二十八岁，郭沫若二十七岁，叶圣陶二十五岁，郁达夫二十三岁，冰心最小，十九岁。说新文学是一批青年人搞起来，当时大家非常惊讶：他的记性这样好，他的思想这样年轻。

可是，这样年轻的王瑶先生，竟没有度过这年。

# 在霁云师门外

把我领进鲁迅研究大门的,是杨霁云先生。可是从一九七六年鲁迅研究室正式工作我得以认识他,到一九九六年春节我照例给他拜年,后三天他就病逝于中日友好医院,整整二十年,我并没有进入他的精神世界的门槛,更无论登堂入室。这是我的幸和不幸。然而我深深地感念他。古人有所谓"刻骨铭心",我想大概就是这样的吧?我相信,恐怕也只能是这样。

没有人知道我对杨霁云先生的敬慕、亲近和感念。我在拙著《〈两地书〉研究》的《序言》中提到"我感谢培育、指导和帮助我的前辈",没有一个熟人猜到其中有杨先生,而在《几句说明》中表白"一位前辈"给了我剀切的指教，嘱咐我用功研究，实事求是地多写一点；更没有人想到他就是杨先生。

原因固然很多，而一个人的言行也的确很难获得别人全面、细致的了解。但我定期去拜访杨先生，和杨先生频繁寄到研究室给我的信，何尝有丝毫"地下工作"样？人们毫不注意，在我看来，还是杨先生太默默无闻了。哪怕他晚年获得殊荣，在毛泽东主席批示周海婴先生给他的信之后，经中共中央政治局讨论，"作出决定，立即实行"出任新成立的鲁迅研究室的八个顾问之一，和曹靖华、唐弢、戈宝权、周海婴、常惠、孙用、林辰诸位鲁迅生前友好、学者、子嗣并驾齐驱！

这是真的。杨先生晚年坐在他那局促的书房，我每次去拜访，当师母开开门后，看到他端坐读书的样子，实在是"老病有孤舟"的景况。他摔断了腿少有人知。一九九六年春节他卧病在医院，也少有人知。初几就去世了，还是少有人知。那冷冷的讣告，草草的告别，活活呈现出"亲戚或余悲，他人亦已歌"的人海苍茫。就是鲁迅研究室的老人新人，也没有来几个。而杨先生已经是他们尚存的四个顾问之一。是的，也许难怪，连鲁迅研究室本身，不亦已然凋零而又凋零吗？鲁迅哀范爱农诗以"风雨飘摇日，余怀范爱农"开头，以"故人云散尽，我亦等轻尘"

结尾。鲁迅为白莽《孩儿塔》作序,说:"一个人如果还有友情,那么,收存亡友的遗文真如捏着一团火,常要觉得寝食不安,给它企图流布的。"① "遗文"尚且如此,何况创作"遗文"的人!这就是鲁迅,这就是鲁迅研究者,这就是以研究编辑鲁迅作品而获盛名的鲁迅研究者。

杨先生是一个奇人。奇就奇在他和鲁迅有过那么一段美好的交往,有过那么多推心置腹的书信,从鲁迅逝世到他自己逝世,六十年间,无论一九四九年前还是一九四九年后,"文革"前还是"文革"后,竟不写一个字的鲁迅回忆录。这样的人,大概就是古人说的"寥若晨星""凤毛麟角"的吧?还不奇吗?不但不写鲁迅回忆录,大凡在公众的场合,比如鲁迅研究室请顾问开会,他是每会必到,到了,却一言不发。连成立会,客气话也不说。难道人间事,真像老子说的"信言不美,美言不信。知者不博,博者不知。善者不多,多者不善"吗?

鲁迅一生,至少写了五千二百多封信,现存一千四百多,收信人超过一百七。自然,有的信是问候,有的信是交际,有的信是应酬,有的信是答问,有的信是办事,有的信是"有趣的谈天"。总之,如鲁迅致萧军萧红信所说:

---

① 鲁迅:《白莽作〈孩儿塔〉序》,收入《且介亭杂文末编》。

"装假固然不好，处处坦白，也不成，这要看是什么时候。和朋友谈心，不必留心，但和敌人对面，却必须刻刻防备。"[①] 或者如鲁迅在《孔另境编〈当代文人尺牍钞〉序》上所说："一个人的言行，总有一部分愿意别人知道，或者不妨给别人知道，但有一部分却不然。"因此，信也要看写给什么人；从信的语气内容可以看出彼此关系的远近、深浅、亲疏和冷热，这才是真实的人生，这才是书信的本相。以为有了名人的信就咳唾成珠，身价不凡，得意于借光自照，其实和鲁迅笔下那以曾与八大人攀谈为荣，而八大人对他说了一句"滚开"罢了的人差不多。

鲁迅给杨先生的信可不一样，那样"有趣的谈天"的似乎不到现存收信人的十分之一。杨先生对鲁迅的信也不一般，全部三十四封信无一遗失，缺损，而且及时全部献出供许广平先生编辑出版《鲁迅书简》之用。岂止像爱护自己眼睛一样完好无损地保藏鲁迅书信，并及时献出，而且有更艰苦的劳作。请看许广平先生《鲁迅书简·编后记》：

在一九四四年秋间，承杨霁云先生指示，谓世变

---

① 鲁迅：《19350313 致萧军、萧红》。

瞬息，难以逆料。对鲁迅先生遗著，殷殷以未行付梓为念，屡被督促，且不惜亲自拨出奔走衣食的时间，助我把日记，书简复写抄存，除原稿外，又多三份，历时数月，大部分的复写，每一个字，要力透五层纸张，抄未及半，杨先生右手中指，已结成黄豆大的一粒硬茧了。然仍愿以力回天，不断继续，抄稿的大部分都是杨先生的劳绩，特此致谢。

这"致谢"的心意，何止是许先生一个人的？特别是一九五八年版《鲁迅全集》所收书信不及一九四九年前已出版的一半，不过三分之一强而已矣，是更令人对许先生和杨先生怀抱敬意与感念，并且一并"致谢"的。

鲁迅给杨先生的信，不但亲切，少有顾虑，颇多重要看法，如"看看明末的野史，觉得现今之围剿法，也并不更厉害，前几月的《汗血月刊》上有一篇文章，大骂明末士大夫之'矫激卑下'，加以亡国之罪，则手段之相像，他们自己也觉得的"。[①] 这"矫激卑下"，不也就是激进主义吗？又如"但是'作家'之变幻无穷，一面固觉得是文

---

① 鲁迅：《19340522 致杨霁云》。

坛之不幸，一面也使真相更分明，凡有狐狸，尾巴终必露出，而且新进者也在多起来，所以不必悲观的"。① 这"不必悲观"，不是很值得注意并且深思吗？真实，单是"平生所作事，决不能如来示之誉，但自问数十年来，于自己保存之外，也时时想到中国，想到将来，愿为大家出一点微力，却可以自白的"。② 一段话，就使他俩的通信，对于了解鲁迅、了解鲁迅思想和鲁迅的人格具有很高的价值。事实是，经过了几十年，鲁迅研究者才敢于正视鲁迅所说的"于自己保存之外"这一句话，才敢于宣传这一句话。——这，我在《六十年的杂感》中已然感慨过了——足见鲁迅的质朴、诚实和高尚，他的非凡寓于平凡之中。他决不自己不择手段活下来而号召别人去牺牲生命。

鲁迅给杨先生的信，真是披肝沥胆，推心置腹，讲了不少自己对中国社会、中国的世道人情的感受，比如他说：

> 汉奸头衔，是早有人送过我的，大约七八年前，爱罗先珂君从中国到德国，说了些中国的黑暗，北洋军阀的黑暗。那时上海报上就有一篇文章，说是他之

---

① 鲁迅：《19340531 致杨霁云》。
② 鲁迅：《19340522 致杨霁云》。

宣传，受之于我，而我则因为女人是日本人，所以给日本人出力云云。这些手段，千年之前，百年之前，十年之前，都是这一套。叭儿们何尝知道什么是民族主义，又何尝想到民族，只要一吠有骨头吃，便吠影吠声了。其实，假使我真做了汉奸，则它们的主子就要来握手，它们还敢开口吗？

集一部《围剿十年》，加以考证：一、作者的真姓名和变化；二、其文章的策略和用意……等，大约于后来的读者，也许不无益处。但恐怕也不多，因为自己或同时人，较知底细，所以容易了然，后人则未曾身历其境，即如隔靴搔痒。譬如小孩子，未曾被火所灼，你若告诉他火灼是怎样的感觉，他到底莫名其妙。我有时也和外国人谈起，在中国不久的，大约不相信天地间会有这等事，他们以为是在听《天方夜谭》。……①

这种人生常情的洞见，其效用真是惊人。近十几年来，对于"五四"新文化及鲁迅被围剿和反围剿的新生代研究，有许多不就是"天方夜谭"吗？又如：

---

① 鲁迅：《19340515 致杨霁云》。

> 叭儿之类，是不足惧的，最可怕的确是口是心非的所谓"战友"，因为防不胜防，例如绍伯之流，我至今还不明白他是什么意思。为了防后方，我就得横站，不能正对敌人，而且瞻前顾后，格外费力。①

这也是人生常情，凡有挺身而出站到社会的十字路口为改革而尽一份公民的责任的人，谁不感受着上下左右前后的压力而必须"横站"着？倘不"横站"，或稍有疏忽，立马"败则为寇"的人，"不计其数"，庶几近之。其实有什么呢，文化人之间不过笔墨官司，纸上谈兵，甚至于到了徒费口舌而已矣的惨地，也要赔上自己的性命，乃至株连而家破人亡。这种心里话是不能"交"出去的。因为它就可以成为罪证。鲁迅能对杨先生说，他是多么幸运的人啊！我钦敬他。

我钦敬杨先生，还由于他在鲁迅生前就和鲁迅商量编辑出版了《集外集》。这个创意，这份辛劳，编辑中引发鲁迅的回忆、自述、议论，对国民党当局检查、删除的抨击和讥评，以及嗣后续编《集外集拾遗》等，都是不可忽

---

① 鲁迅：《19341218 致杨霁云》。

视的鲁迅的创作活动。

这是一定的,有人认为《集外集》不值得这样出版,应该选一选。人间事就是这样有意味。现在,当"全"集满天飞的时候,却又出现了"全"集不"全"的文化景观。许多创作等身的名人不愿"全",不肯"全",不敢"全"。或自己,或帮手,在编"全"集的时候反复斟酌,反复掂量加以筛选,也即加以掩饰,把含血的文章摒于集外,以为留得清白在人间。其实呢,倘无一手遮天和指鹿为马的权力,将历史上有关刊物全部查抄,禁毁,曾有过的白纸黑字,不过稍稍泛黄一点罢了。它们不但为研究者所重视,也很能引起有心的读者的新的兴趣。去年一年就出版了两三本鲁迅和他的论敌的文章汇编,《恩怨录》呀,《一个也不宽恕》呀,而且畅销,而且上了排名榜,就是证明。还有"汇校",那本是中国学人做学问的传统本领,谁料到竟又有官司好打呢?

这使我想起鲁迅揭露的中国人做古文和做好人的秘诀:"要做古文,做好人,必须做了一通,仍旧等于一张的白纸。"[①] 那办法,自然就是筛选,也就是隐瞒。

这又使我想,当纪念鲁迅诞生一百周年的时候,海

---

① 鲁迅:《做古文和做好人的秘诀》,收入《二心集》。

外、境外颇有人大不以为然。但有一句话令我迄今不忘，是说大陆作家的"全"集都是经过筛选、删改的，唯独鲁迅除外。而鲁迅，把他扔在字纸篓里的东西都找出来印行了，丝毫不改鲁迅之为鲁迅的本色，这是令人惊叹而不得不佩服的。

这更使我钦敬杨先生，感念杨先生。

我一直没有想到会见到杨先生，更没有想到他会是我的——我们鲁迅研究室的顾问，能够在他的指导下研究鲁迅。

第一次见杨先生是鲁迅研究室的第一次顾问会议；一九七六年的夏天，并不热的时候。唐弢先生刚刚出院，拄着拐棍来的，发言时头上不断沁着汗珠，用手帕擦着，给我留下了永在的印象。八个顾问到了七个，一个个都是用特别拨给研究室接送他们的两辆上海牌小轿车接来的。在当时这对于"臭老九"无疑是殊荣。后来何林师告诉我，曹靖华先生是和他斗气故意不来的。老人有时挺有童趣。

杨先生是一个瘦瘦的老人，长方形的小脸，但脸色红润，一看就知道保养得很好。中等身材，一身蓝色干部服，戴一顶毫无特色却有中国特色的颜旧的黑色干部帽。摘下帽子却露出一头直竖硬挺的花白头发，很醒目。一上午都静静地端坐着。会前研究人员兴奋不已地穿梭向顾问问好，致意，自我介绍，他也不动声色，斯文地点点头。会上也不动色，只听别人发言。最后，当顾问们逐个发表了热情洋溢、充满希望的讲话，连颇像一位老塾师的年龄最大的常惠先生都讲了话之后，请他讲话，好像他还是斯斯文文谢绝了。我现在还记得很清楚，还依旧黯然。会后有人对我说：他是说不出什么意见的。

其实，杨先生一肚子意见：学问和见解，和对鲁迅深沉的怀念。

我们在注释《鲁迅日记》（上）的时候，在一九一二年十二月十八日遇到"函夏考文苑议一小册（十二）"一条，不知道是什么书，什么内容，去北京图书馆也没查到，问了几位顾问也不知道，写信问杨先生，随即回信告诉我："那个书名，第一次铅行本用一个书名号'《》'，本来是对的，因为这是一本书。但这个书名不好懂。第二次用两个'《》'号，这样变成两本书了，似乎不大好。这是一本两篇论文合印在一起的小册子，标作《函夏考·文苑议》，似较妥些。""'文苑议'是讨论学制问题的建议。当时翰林院取消了，知识分子在关心这个机构，很有些这类的文章在报刊上发表。这本小册子在从前上海的徐家汇土山湾图书馆是有的，现在在《章氏丛书》中，大致还可以找到一些痕迹。"

当陈鸣树学长调回上海,由我续写《鲁迅年谱》一九三六年部分,在系统地查阅完上海《社会日报》之后,我向杨先生请教关于《社会日报》、曹聚仁与《社会日报》以及鲁迅一九三六年一月十八日致茅盾信中涉及该报的诸问题,他回了两封信。杨先生晚年在公共场合既不落言筌,也不着笔墨。这里谨特发表其中那封长信,既能够更真实更细致地了解他的思想,品味他的情怀,也是一个最适宜的纪念。

是的,谁说杨先生说不出什么意见呢?


德厚同志:

18日来信,所述种种,回忆一下,引起思索。四十余年来,总以为鲁迅所说的小报,大概与《社会日报》无关。因为曹的介入《社会日报》,该报主人胡雄飞及主编陈灵犀的情况,是有些清楚的:就是该报不会恶意攻击鲁迅。但现在看了1936年1月8日给茅盾的信,才悟到所指小报,《社会日报》是在其内,甚至是专指该报的。鲁迅除曾因曹之介入,才阅看《社会日报》,此外大约不看别的小报。

但"未曾发见过对于周扬之流的一句坏话,大约总有社会关系的"的"大约",那是可能有些误会了。小报的对象是小市民,小市民所喜欢看的是社会上有名人物、歌星舞女等生活杂事,如胡蝶林雪怀婚变,黄陆主仆恋爱,以及叶仲方富春楼老六等艺人腻事之类低级趣味的东西。小报是靠发行量多来谋利,商店也要看报纸销路多才去登广告,内容要投合小市民之爱好。关于新文艺作家消息,因小市民不熟悉,基本不刊登。约在1933年后,鲁迅茅盾的名气渐大,又有曹聚仁开始为小报写稿,才稍稍有些记述。周起应因为没有名,因此不登载他的事情,并没有什么所谓社会关系的。

小报的撰稿者,多是礼拜六派一流的人,他们对文艺界,素来隔膜,全不了解,所以写到新文学作者方面的事,都是出于道听途说,附会凑合,有的且是编造,目的为是谋些稿酬,恶意的动机好像倒是没有的。但被写到的人,看到记叙不符真实,总以为有意歪曲,心存反感。

给我信中所说"近日上海小报之类,此种效验,已极昭然",就因鲁文发表后,小报纷纷投机争载鲁徐的消息的事。郭老上联,即指此种情况。

我前信所说曹的介入《社会日报》,结果不合理想，还是客气的说法，其实是彻底失败的。后来《社会日报》社受曹的怂恿，创刊社会月刊，出了几期，就因蚀本而停刊。小报终究是小报，与新文艺是两回事。

历史载记，撰述者非当事人，对于故事发生过程，曲折隐微之处，不易详悉，故与真实，颇多差距。而身历其事的人，又不愿执笔，坐令真相湮灭，古今如一。郭老下联故事，今沈周二公均健存，请他们自己写些史料吧，现尚非索隐的时候。如您多看些当时报刊，就能知道。

草草写了一些，供您参考，如有错误，容后更正。现今老的老，小的小，不独自然科学落后，社会科学亦落后得很，许多责任，都要靠您这样中年人去负担，望努力胜利。祝近好！

杨霁云

9月22日


和杨先生单独面对面地坐在一起，向他请教，又是别一番景象。

斯文还是斯文，客气还是客气，但不再是一言不发，却也不是滔滔不竭，话匣子一打开就如江河奔流。而是轻声细语,"大叩则大鸣,小叩则小鸣"。也不是仅谈故事,而是古今中外、现实情状一起谈。他专门订了一份《新民晚报》,读过还一张一张叠好保存着。所以对于国家大事,社会潮流了解很熟。评论时事,出语惊人,一九七六年是怎样的年份啊!总理逝世、天安门事件、唐山地震、毛主席逝世、"四人帮"垮台,随后的岁月,也完全是"天翻地覆慨而慷"的岁月。那时候杨先生的精神状态比我年轻得多。

许多我一二十年解不开的疙瘩,他三言两语就给我启蒙了。比如杨先生的《集外集》"序",鲁迅说"我看是好的,我改了一个错字,但结末处似乎太激烈些,最好是改得隐藏一点,因为我觉得以文字结怨于小人,是不值得的。"[1] 同样的意思,鲁迅也劝过许广平先生。我问:鲁迅自己那样"斗",怎么这样劝青年呢?他说鲁迅有地位,有影响,敌人迫害他也有顾虑。青年人太稚嫩,死了也无声无息。我这才懂得《记念刘和珍君》,懂得"壕堑战",懂得"生命第一"的含义。

我问过杨先生和鲁迅谈天的情况,这是最迷人的了。杨先生说,他那时候年轻,不知天高地厚,什么都问,红

---

[1] 鲁迅:《19341223 致杨霁云》。

军打胜了中国会怎样也问。

只有我敦请杨先生写回忆鲁迅,他紧闭着嘴唇。我还天真地劝杨先生,写好封存,多少多少年后才发表,他依旧岿然不动。

杨先生书房不挂鲁迅写给他的字。

杨先生至死也没有把鲁迅写给他的字捐献给鲁迅博物馆什么的。其中有集《离骚》句"望崦嵫而勿迫,恐鹈鴂之先鸣"。那是鲁迅请乔大壮先生写了挂在自己老虎尾巴的句子。多有意思啊。

和杨先生接触多了,我老恍恍惚惚觉得他有点像庄子一样。在平和如水的风貌下,内心其实揣着一团火。

他向我吐露:"改造中国人,改造中国社会,确是鲁迅终生致力的信念。但社会势力坚于原子核,至今收效如何,有目共睹。再继续战斗,到诞辰四百年的时候,倘能稍有成效乎。"

他又向我吐露:"立人,目的是改造人及其社会,不是在短时期所能见效,读读《热风》第一篇就知道了,要代代战斗下去。""真正革命者,必不否定黑暗;因有黑暗,故需革命。况有许多黑暗,是历史遗留下来的,不必全由执政者负责。回忆三十年代,国民党就是喜欢包庇一切黑暗,不许人批评它,可笑得很。"

他还向我吐露："研究鲁迅，似亦可分为'务虚''务实'两类。既'首在立人'，则当前之急，应为'务实'。'文人的铁，就是文章'，但这文章是在'制艺''策论'以外的。尤须注意，此'铁'往往与'镣''牢'相连。"

是的，庄子"顺乎自然""完身养生"，可内心不亦怀抱"彼窃钩者诛，窃国者为诸侯；诸侯之门而仁义存焉，则是非窃仁义圣知邪"的愤懑吗？

杨先生虽未尽享天年、无疾而终，毕竟高享米寿。他生于"五四"运动前九年，逝于一九九七年，这是多么战火频仍，天灾人祸，动荡不安的八十八年呵！

我至今遗憾，我未能进入霁云师的大门。

我稍感安适的是，在他逝世前三天，去到中日友好医院他的病榻前给他拜了年，并且唯一一次献给他一束康乃馨，他伸出了温暖的手。

# 《寻找鲁迅》编后记

这本书是这样编辑起来的。

每当我去看望钟敬文老师的时候,常常谈起鲁迅。一次我说,老师关于鲁迅的著作和翻译可以出一本合集,那资料和见解都是别人不可代替的,也是一种纪念。

不料敬文师要我来编。对于旧作,他只平淡地谈了几句,虽然带着感情,带着自信,带着深远的回忆;毕竟七十多年了,他在大革命"策源地"的广州,寻找过鲁迅先生。然而,对于增田涉的《鲁迅的印象》,他却反复称赞,说写得朴素,写得真切,留下了别人没有写和未能写出的鲁迅的神情;书是可以传下去的,值得再版。并多次表示惋惜,这本书未能及时重印,他催问过出版社的。我说朱正兄不在位了,没有他,也不会想到将北师大中文系的内部印本拿去公开出版的。

敬文师要我编,我不但深感"却之不恭,受之有愧",在心底实在觉着获得一次意外的荣幸。

孔子说"仁者寿";敬文师今年九十有九了。现在,他是见过鲁迅先生,见过鲁迅而硕果仅存的健者,而且头脑清醒,思维敏捷,谈锋锐利,仍在亲授博士生的导师。有一时,或有人往往用当年年轻、才二十几岁,不认识鲁迅,来解释曾经实行打压的原因;从而要重新认识鲁迅。一九二七年,在国共两党名为合作实则紧张斗争的广州,当鲁迅甫入中山大学,敬文师就热情奔走,寻找鲁迅先生。"——为什么要找他?一方面,想对他这位思想界的先驱者、时代的战士表示诚意的欢迎(我觉得他之所以值得我们特别佩服,比起他在文艺上的成绩来,尤其在于他那激进的思想和不屈的态度上);另一方面,是借此瞻瞻风采,以释数年来倾仰的私怀。"那年,他,敬文师二十五岁。单是这几行字,就足以成为不朽的文献。它不但令我活生生地感受到鲁迅在那段历史现实中的生命力,鲁迅在大时代青年心中的形象,同时仰慕敬文师的卓识。虽然今天的青年鄙弃"激进的思想和不屈的态度",我懂得,世易时移,他们大概别有与时代的会心,倘是这样就好了。但在"枪杆子里面出政权"的过去了的时代,在两军对垒、生灵涂炭、血肉横飞的历史关头,在"火与剑"是社会改革最快最后决定力量的时候,在民族生死存亡之秋,设身处地,反躬自问,试练一下自己的选择吧!

敬文师终生珍惜对鲁迅的"倾仰的私怀",近九十岁时曾歌吟"吾生步履多蹉跌,不废胸头一像高"来缅怀鲁迅,因为"清劳接处感熏陶"。虽然在我心里敬文师的"蹉跌",包括鲁迅对他所编《鲁迅在广东》的拒绝。一九五三年我入北师大中文系求学,就因此对敬文师多有腹诽,直到"文革"以后才醒悟过来,顿生格外的景仰。——鲁迅死后,还有几个人没有写文章解释鲁迅对他的"误会"的?而敬文师在《关于开设"北新分局"的事情》和《对〈读书与革命〉的处理问题》两封答问信里,是诚恳地说明事实与反省。当时有这样的问答,显然是为了新版《鲁迅全集》的注释的。

与敬文师有关的对鲁迅生平的考辨是这样,无关的就更是可以看到文章的品格。

敬文师的专攻在民间文艺学和民俗学。他在青年时期就有散文创作,其成就已入于新文学散文家十几名之列。敬文师的旧体诗,连"人间一鬼才"(敬文师语)的聂绀弩先生自序作诗经过的时候,都说"我有两个值得一提的老师，陈迩冬和钟敬闻。"（谨按："敬闻"是敬文师一九五七年夏天"非罪而遭冤"后，"平反冤假错案"之前，使用的谐音字。）可见其造诣之深。因之，敬文师对于鲁迅"作为民间文艺学者"以及鲁迅散文诗创作和旧体诗诸学艺的论说，在鲁迅研究中的贡献，是不言而喻的，是可想而知的，无须我再赘说。

我们的祖先向来强调道德文章，无疑这是一点优秀的传统。可惜在大唱弘扬传统文化的近十年，却遭到冷落，甚至忘乎所以了。这是我编完这个集子的时候，想补充的一句话。尤其在鲁迅研究界。

将增田涉先生著、敬文师译、陈秋帆师校的《鲁迅的印象》编在一起，是求敬文师关于鲁迅的著译，在二十世纪里的，全部收齐；同时也别有一种纪念，即陈先生就是钟师母，也是我的老师，教过我们《中国现代文选》，于今魂归道山已经十多年了。

生命科学家已一再预言，这一个世纪人类将活到一百二十岁，还可以自己系鞋带。我敬祝敬文师率先达到这一境界，并在新世纪更有新作。

最后，感谢《关于鲁迅的论考与回想》的编者和出版者，是他们一九八二年的成就，减少了我今天许多搜寻的工夫。编者，敬文师告诉我，是杨占升老师们，出版者是陕西人民出版社。多谢,多谢!

二〇〇一年十月十七日

【附记】 这篇《编后记》原作于一九九九年,连同"齐、清、定"的书稿一起交给出版社。计划于二〇〇〇年出版。是作为新中国五十年来敬文师研究鲁迅的一个纪念,也是作为二十世纪敬文师研究鲁迅的一个小结。不料那年出版社发生了一件不应该发生的事,责编无可奈何地将书稿压下来了。敬文师和我,不但谅解责编,对此表示愤懑,对她十二万分地同情。又不料,这一压就是两年。二〇〇一年春节,我照例么的敬文师和老师拜年。在敬文师狭窄而又堆满了图书刊物的所谓书房里,他又和我谈起鲁迅,我又谈起这部书稿。敬文师问:能不能换一个出版社出?我想到,来年就是敬文师百岁华诞;作为他百岁的礼品也是好的。回来和责编一说,她非常高兴地同意了;并且慷慨地将已经打出的全书校样交给我,任由我再找出版社。——而且免费。我请邓九平先生帮忙。几天后,邓先生告诉我:北京出版社很愿意出;要我直接同他们联系。一路绿灯,一切顺利。只是责编希望把《编后记》写作的时间改成二〇〇一年,日期还是十月十七;免得读者以为是他们社拖了两年才出书。这当然毫无问题；我就把文中与此有关的时间词都改成一致。第一次见面就敲定几个月后就出书，赶上二〇〇三年三月二十日敬文师诞生一百周年的庆祝大会，参加敬文师著作和译作的展览。虽然我遇事都牢牢记住鲁迅给他亲属的遗嘱里告诫的："别人应许给你的事物，不可当真。"生怕再出什么变故。我们中国的大大小小的事情，都是适用物理学中的"测不准定律"的。

这回万幸。十二月果然出书了。封面是敬文师早就认可的。我拿着刚到手的样书，喜冲冲跑到友谊医院敬文师的床榻前，向他报喜。敬文师抚摸了一会儿新书，高兴地叫我递给来看望他的弟子和朋友看看。

这时敬文师的精神还很好。我悄悄对敬文师说，书还要"改造"，他们把《编后记》放在最前面，不但在您的《新版自序》前面，而且在您的《拟百岁自省一律》的前面，这是决不可以的。先生点头笑笑。说，怎么改？我说：麻烦点，拆了重装。最省事是把它撕了就行。

最后是把这篇《编后记》撕了。除了我手里的三两本样书以外，谁也不知道这本书原来还有一篇这样的文字。

敬文师虽然高龄百岁，头脑一直非常清醒，议论国事、天下事，常常洞察隐秘，出语惊人。不但三年前那篇

《新版自序》是他自己亲笔一个一个字写下的，这年住在医院里还写出了两首七律。请看他的"百岁自省"：

> 历经仄径与危滩，步履蹒跚到百年。
> 曾抱壮心奔国难，犹余微尚恋诗篇。
> 宏思峻想终何补，素食粗衣分自甘。
> 学艺世功都未了，发挥知有后来贤。

有人不相信百岁教授还能带博士生，可惜他没有亲见敬文师百岁时候怎样指导博士生拟定博士论文要点，怎样和人们交谈。这里，我想，用得着我们中国的一句成语了："耳听为虚，眼见为实。"；可惜，人们并不能事事"眼见"啊！实事求是，怎么办呢？

敬文师在医院还有一首《病中口占》："数度南城卧病房，多般痛楚又重尝。佛陀枉作无生想，生物终难逃四纲。"自注："四纲，指生老病死，释迦认为此四者是人生最大痛苦之源，思有以克服之，故倡修炼成佛之说，然此亦不过幻想而已。"这是真的。当年李何林老师退居二线的时候，身子骨还很健朗，腰板笔挺。每当我们俩谈起他的健康，我说他很健康，但还是要多保重；他总说：人过八十，风烛残年，说倒就倒了。敬文师在医院度过二〇二年元旦，我们去给他拜年，他还谈笑风生。元白师给他拜年回来，建议师大中文系先为敬文师做一个小小的祝寿会。因为已经过年了，是一百岁了；三月再按计划开大会。一月三日，就在医院他的病区的休息室开了一个二十来人的小祝寿会。不料，九日下午，敬文师突然感到不适，十日零时一分溘然长逝。

现在，我发表这篇《编后记》，再次感念我的敬文师。默念距离他今年的冥寿，已经过去一百三十五天了。他安息了没有呢？

二〇〇三年八月二日星期六

# 钟敬文老师和鲁迅先生

事实和记忆往往是有差别的,实际影响日后的言论与行动的,往往不是事实本身,而是当事人的记忆。五十年前的对话,措辞和语气未必记得准确,但我相信老师的记忆和诚挚;特别是他和鲁迅、顾先生往来的大关节,是不能含糊的。

五十年前,北京师范大学可谓藏龙卧虎,一个中文系就有好几位和鲁迅打过交道的教授。其中,钟敬文老师与鲁迅接触最早,一九二七年就编过一本《鲁迅在广东》的小册子。可是恰恰就是那本书却给鲁迅留下一种不好的印象,这事情说来是有点"冤"。然而,无论当时懵然不觉,还是以后明白过来，老师心里总是对鲁迅怀着深深的崇敬和服膺，经历了世间几番剧变也竟未改初衷。一九九一年，他在《访中大旧址大钟楼怀鲁迅》一诗中吟道："往返寻踪不觉劳，清芬接处感熏陶。吾生步履多蹉跌，不废胸头一像高。"其时，他已是八十八岁高龄的老人，回想种种"蹉跌"，或许也记着当年鲁迅对他的责难。

钟敬文老师教我们中国民间文学一课。我那时无知，并不重视。老师修长的身材，清癯的容貌，娓娓的讲授，虽然印象独特，但对他所教的学问，却是"上课记笔记，下课对笔记，考试背笔记，考完都忘记"了。何况记忆里，这还是一门不考试的功课。尤其到高年级，读了一点鲁迅，知道鲁迅对老师的看法，也带上了敬而远之的情绪。毕业以后，竟然逐渐淡忘起来。不是有特别的话题，几乎从不想起有这么一位老师，应该心怀感激的。

一九七六年春，李何林先生终于把我带到鲁迅研究室来了。春末夏初的一个星期天，李先生要我陪他去北师大看望黄药眠老师和钟敬文老师。那时两位老师还由于"右派"问题处于困厄之中。居室逼促拥挤，是筒子楼里的宿舍，李先生几乎无处落座。那时，使我感触至深的主要还是李先生的正气，不怕嫌疑，对故友的深情。钟敬文老师见到我还特别鼓励了几句，还说以后可以多加切磋的话。

回想起来,我还是那样幼稚,实在很惭愧的。

研究室要编《鲁迅年谱》了。我重温鲁迅生平资料,又读到老师一九二七年的《记找鲁迅先生》,我感动了,我敬佩了。老师听说鲁迅到了广东,立即去中山大学找寻,第一天不遇,第二天再去寻找。其热情可想而知。让我感佩的是,老师那时就表示:"我觉得他(鲁迅)之所以值得我们佩服,与其说在文艺上,毋宁说在激进的思想和不屈的态度上,至少我个人是这样想。"这种比较是否需要另作别论,但他强调鲁迅的思想和鲁迅的精神(态度),无疑是卓见,那不仅是一番热情,更是一种理性的认识。

然而,幸呢,还是不幸呢,正是这次"寻找",而且终于"找"到了心仪的鲁迅先生,带来的却是意想不到的"隔膜"。

先是老师编辑的《鲁迅在广东》,很快受到鲁迅公开的批评。该书于一九二七年七月由北新书局出版发行。十月,鲁迅就在《语丝》上发表《通信》一文,做出严厉的反应:

> 还有一层,我凡有东西发表,无论讲义,演说,是必须自己看过的。但那时太忙,有时不但稿子没有

看，连印出了之后也没有看。这回变成书了，我也今天才知道，而终于不明白究竟是怎么一回事，里面是怎样的东西。现在我也不想拿什么费话来捣乱，但以我们多年的交情，希望你最好允许我实行下列三样——

一，将书中的我的演说，文章等都删去。

二，将广告上的著者的署名改正。

三，将这信在《语丝》上发表。

这样一来，就只剩了别人所编的别人的文章，我当然心安理得，无话可说了。但是，还有一层，看了《鲁迅在广东》，是不足以很知道鲁迅之在广东的。我想，要后面再加上几十页白纸，才可以称为"鲁迅在广东"。

不过半年，在与创造社的论争中，鲁迅又作了下面的声明：

但是，即使所讲的只是个人的事，有些人固然只看见个人，有些人却也看见背景或环境。例如《鲁迅在广东》这一本书，今年战士们忽以为编者和被编者希图不朽，于是看得"烦躁"，也给了一点对于"冥顽不灵"的冷嘲。我却以为这太偏于唯心论了，无所谓不朽，不朽又干吗，这是现代人大抵知道的。所以会有这一本书，其实不过是要黑字印在白纸上，订成一本，作商品出售罢了。无论是怎样泡制法，所谓"鲁迅"也者，往往不过是充当了一种的材料。

甚至七年之后，鲁迅与杨霁云先生谈《集外集》的编辑通信中，依然表示：

> 钟敬文编的书里的三篇演说，请不要收进去，记得太失真，我自己并未改正，他们胡乱编进去的，这事我当于自序中说明。

可见鲁迅对这本书的印象实在不好。

当时，钟敬文老师还写信和鲁迅先生交涉过一件事，就是开设北新分局。据老师回忆他们为此给鲁迅写了一封出语不逊的信，鲁迅回信说明他不管此事，并颇不满他们的口气。而鲁迅在给章廷谦先生的信中，说出了自己嫌弃的想法："近日有钟敬文要在此开北新分局，小峰令来和我商量合作，我已以我情愿将'北新书局（屋）'关门，而不与闻答之。钟之背后有鼻。他们鬼祟如此。天下那有以鬼祟而成为学者的。我情愿'不好',而且关门,虽将愈'不好',亦'听其自然'也耳。"在紧接的下一封信里,更直指老师为"鼻子傀儡"。"鼻"是鲁迅指斥顾颉刚先生的"诨名",视若水火。既是他的"傀儡",其憎恶可想而知了。鲁迅这两封信,许广平一九四六年编辑《鲁迅书简》里没有;一九五八年版《鲁迅全集》的书信卷收入致章廷谦的十一封,却未收上述两信。待到一九七六年八月两卷本《鲁迅书信集》出版,这两封信的内容才公之于众。当时"文革"尚未结束,"四人帮"仍在台上,背负着被鲁迅指责的名声,对钟敬文老师的压力可想而知。数月后,老师发表《关于开设"北新分局"的事情》一文,检讨如下:

> 鲁迅先生在信里怀疑我们的设立"北新分局"和写那样冒失的信,跟顾颉刚先生有关,这个责任,恐怕在我身上。因为当鲁迅先生初到广州,我和饶超君等去拜访他的时候,我说的有些话,是足以引起怀疑的(虽然我当时并没有和顾先生见过面,更不知道他们在厦大那种对立的情形)。其一,我说,不久前得到顾的信,知道先生就要到中大来了;其二,(这是更重要的),当鲁迅先生说到当时厦大国学研究院那

些从北京去的同事们钩心斗角的情形时,我竟然插嘴说,顾是个学者,大概不会这样吧。记得鲁迅先生听了我的话,冷冷地回答说:"如果真像你所说的,那就好了。"这明明是有对我的话的反驳,但我当时并没有充分理解到这话的真意和分量,原因大概正像上面所提到的。

事实和记忆往往是有差别的,实际影响日后的言论与行动的,往往不是事实本身,而是当事人的记忆。五十年前的对话,措辞和语气未必记得准确,但我相信老师的记忆和诚挚;特别是他和鲁迅、顾先生往来的大关节,是不能含糊的。中华人民共和国成立以后,在对知识分子思想改造运动中,发动的全国批判胡适——牵连顾颉刚的斗争,给予老师灵魂的震撼,也使他难以忘记这种关节。这有老师的诗词为证。二十世纪七十年代初,有《读黎著钱玄同先生传二首》,其二曰:"五四轰雷惊万蛰,学川九派恣横流。劳劳我亦推波者,悟到歧途惜白头。"一九七五年夏访鲁迅纪念馆,又作《临江仙》一词:"高柳阴浓双枣劲,今朝重到宫门。迎眸巨厦镇雄浑。首都巡礼地,四海取经人。曾爇南丰名一片,中途误落迷津。冲云跋浪愧鹏鲲。余生严向背,十卷足师尊。"

这无疑是老师的心声：带着时代的风雨，带着知识人的血泪。在前述文章中，老师声明："这是对鲁迅先生的谢罪（虽然他早已离开我们），也是对自己青年时代思想、行动的一点清理。""谢罪"二字，在鲁迅接触的后辈中，受到鲁迅这样那样批评而反省的文字里，是罕见的，足见虔敬的心意中是何其沉重。其实，"北新分局"并未开张，功过利弊都无从说起。《鲁迅在广东》可以肯定有其价值。它不仅迅速反映了鲁迅在广东的影响，而且具体、生动地显示了青年对鲁迅到来的热切希望，今天读来依然虎虎有生气。尤其并不"舆论一律"。附录中的三篇讲演一篇杂文，其中的《老调子已经唱完》和《黄花节的杂感》后来都收入文集；《鲁迅先生的演说——在中山大学学生会欢迎会席上》和《读书与革命——中山大学开学演说词》因未经本人审阅，记录有不当之处。鲁迅在《思想·山水·人物》的《题记》中指出："倘要完全的书，天下可读的书怕要绝无，倘要完全的人，天下配活的人也就有限。"我想，今天也应用这样的眼光和态度来审视《鲁迅在广东》这本书吧。

然而，我敬佩钟敬文老师的，是他毫无芥蒂，毫无怨愤。孔子说："人不知而不愠，不亦君子乎！"老师一如既往地学习鲁迅，研究鲁迅，岂止"不愠"啊！鲁迅在他，不只是一位大家,而是一种思想,一种精神,一种理想,一个为实现理想的不屈的斗士。早在鲁迅逝世十二周年时,他为香港达德学院学生会的墙报《号角》写的纪念文章,不仅表达了对鲁迅怀有的"朝山者"的虔敬,更明确指出,自《新青年》时代以来,"在文化斗争上,像他(鲁迅)那样战斗的强烈,战斗性的坚韧,以至于战斗效果的辉煌的,在我们过去和现在的学术界实在很少见到的"。文中特别强调鲁迅战斗的两个方面:"他是'攻击'的战士,同时也是'保育'的战士。""——两者从同一源泉出来,而又汇合到同一的海洋里去。"那时,针对所谓鲁迅"只是'破坏性'的"见识,老师就批评为"糊涂可笑",提出了"他是破坏的又是建设的"卓见。这个命题,今天看来依然很有现实意义。

许多年来,钟敬文老师根据自己的经历、自己的创作和学术专长,在鲁迅研究中发挥了别人难以替代的作用。其中重要的,有:

第一,以他一九二七年在广州,且与文坛、报界熟悉的经历,考证一九七五年发现的鲁迅重要佚文《庆祝沪宁克复的那一边》,在国民党"清党"大屠杀后为什么还能得以发表的原因。又以他曾留学日本,借助日本学界朋友(包括鲁迅厚待的增田涉)的关系,考证鲁迅在弘文学院的学习内容和有关传记、书信断简等，这些成果都弥足珍贵。

第二，老师是诗人和散文家。他谈鲁迅旧体诗的文章和《略谈〈野草〉》一作，都有他作为创作家独特眼光和体会。譬如，《略谈〈野草〉》的第三节，关于"作者非常的想象力"的分析就极富创见。他提出，这种想象力除了表现在结构上之外，更有多种形态，"在一些作品里，用了极单纯的情节和粗枝老干的写述，去表现出深刻的题旨（如《狗的驳诘》《立论》《聪明人和奴才和傻子》等）""而在另外的一些篇章里，又用了灵妙的笔去描绘出一种光彩满目或竦动心魄的形象"。至于《颓败线的颤动》，更认为"这真是我们文学里一段绝无仅有的文字"。老师提出的鲁迅"非常的想象力"一说，是鲁迅研究中的一个重要命题。

第三，老师一生致力民间文艺学和民俗学研究，享有"中国民俗学之父"的盛誉。他在研究中，一向重视鲁迅在民间文艺学方面的工作和成就。鲁迅诞生一百周年时，他专门撰写《作为民间文艺学者的鲁迅》长篇论文，概述鲁迅在这一领域的十点成就。其中特别指出以下三方面的贡献："（1）丰富了我国民间文艺学的理论财富和资料财富；（2）促进了我们这方面科学理论的建立和发展；（3）推动了我国革命文艺的实践活动（文艺大众化）。"他还分析了鲁迅在这一方面的"学术性格":"首先它(除了述学的论著及其他的少数篇章外)是跟他对当时社会、文化的感想和批评密切地结合着的,是为他那些感想和批评服务的。这是使他那些见解能够显出异彩的主要原因。它跟那些冰冷的学院式的言论(即使道理上是正确的),在气息和作用上却大不一样。这是鲁迅民间文艺学性格重要的一面。"同时,也指出这种"偶感的""随感录的"见解,"在理论上,它有时就不免出现那种偏颇的倾向"。这种"有好说好,有坏说坏"的批评性格,正是鲁迅所提倡的。

老师九十九岁了,入院疗养,虽然精神尚称佳善,毕竟是望百的老人了。那时,每周我去探视,他必问民情,必谈鲁迅。最后命我帮他编辑他有关鲁迅的诗文。我提出把他翻译的增田涉的《鲁迅的印象》也编入其中。他同意了。这就是《寻找鲁迅·鲁迅印象》。我们希望老师能够在百岁华诞的日子看到这本著译。承北京出版社急事急办,及时赶印了出来。当老师已见委顿之际,看到样书,摩挲一遍,即让来探望的学生、友人传看。病室荡漾的快感和欣慰,至今令我沉醉。这是老师最后看到的自己新出版的一本书。

"人生不满百,常怀千岁忧"!老师是个唯物论者,对于生死素来怀抱达观。但从他的《拟百岁自省一律》的结联"学艺世功都未了，发挥知有后来贤"来看，他心底里是在总结自己的漫长岁月，想作交代了吧？他命我为他结集关于鲁迅的著译，是其中重要的一项吧？他又要命我作序，我哪里敢呢！何况那时老师的头脑的确清醒如昔，我请求老师自己执笔，我为他抄写誊清。结果老师写下了他的最后一篇"自序"，留给后来者这样的心声：

近来社会情况变迁，有些人对鲁迅有这样那样的看法。我理解作者这种心情。但是，对于评论像鲁迅这样的文化巨人，特别是民族文化斗士，首先——或主要应该看到他那不可企及的地方，看到他对当时乃至于未来的巨大作用——使凶残顽劣者畏惧，令懦弱、受苦的人振奋。我是说要着眼于他的大处，要处！至于其他一些次要的事情，有着这样那样的缺点，失误，那就应该看得轻淡些——自然可以，也应该做出恰如其分的评论，以为后人的鉴戒。但不要轻重无别，乃至于轻重倒置而已。

这就是我的钟敬文老师。

二〇〇六年四月十七日

# 为启功老师祝寿记

七月二十六日是元白启功老师九十二岁华诞。北京师范大学在这一天有祝寿的学术活动。清晨，早早起床，顿觉丝丝凉意，原来天正飘洒着细雨。这也是由于桑拿天已经过去两天了，不然天也凉不下来。心想：元白师是应验了"仁者寿"的老话了，今天也应验了"天道无亲，常与善人"的老子格言。心里为老师格外高兴。要是像前几天那样的桑拿天，溽暑难当，元白师要从小红楼到英东楼，再正襟危坐地奉陪上半天，会很吃力的。

八点四十分我赶到会场，主席桌和贵宾席已经整整齐齐地坐满了，偌大的礼堂也坐满了。会标上写着"启功先生语言文字学学术研讨会暨新著首发式"。师兄朱金顺指给我他发现的一个空位,我也得以坐下。

研讨会开始,校长、部长、署长、馆长、院长、社长们尊卑有序地一一讲话。果然,在会标之外,人人首先祝贺元白师九二寿辰。盛赞他老人家在经学、文献学、碑帖学、语言文字学、诗学、书画鉴定诸多学科的杰出贡献,在诗歌创作、书画艺术上的杰出成就。尽管元白师二十年前《自撰墓志铭》写着"博不精,专不透。名虽扬,实不够"的自评,但毕竟实至名归,元白师以自学成就为一代学术大师。在诸多赞颂之中,郭预衡老师的贺词给我印象最深。郭老师引用元白师《论书绝句(之八十八)》赞颂郑板桥诗后写的"小注",认为移来评议元白师是非常合适的。

元白师赞颂郑板桥的法书的诗是:

坦白胸襟品最高,神寒骨重墨萧寥。
朱文印小人千古,"二十年前旧板桥"。

郭老师所引"小注"中的一段是:

先生之名高,或谓以书画,或谓以诗文,或谓以循绩,吾窃以为俱是亦俱非也。盖其人秉刚正之性,

> 而出以柔逊之行，胸中无不可言之事，笔下无不易解之辞，此其所以独绝千古者。

虽然，人各有己，时代、身世、经历、思想、学术、诗文、书法、绘画，元白师和板桥先生多有不同，但"其人秉刚正之性，而出以柔逊之行，胸中无不可言之事，笔下无不易解之辞"的大节相埒，郭老师是深知元白师而出语精警且巧妙之至的了。

近十年来，为前辈学术大师祝寿的活动，或单独，或合并，几乎年年都有。某也有幸间或躬逢其盛。今天大出异彩的是：代表各学术单位致祝词之后，是献花，献花篮，献元白师喜爱的玩具熊猫，献元白师的新著，最后是"励耘奖学助学基金"试验班的同学代表为元白师献生日歌。

元白师致答词了。他一再重复各位领导、各位前辈、各位朋友给他祝寿，他有满肚子的话说不出来，只有两个字："惭愧！"他说他什么事都没有做，他什么人都对不起！他说了四五次"只有眼泪往肚子里滴！"嗓音沙哑，几不成声。随着元白师的话音和间隙，他在《启功韵语》《启功絮语》《启功赘语》中吟叹身世的篇什和佳句不断涌上我的心头：如"检点平生，往日全非，百事无聊。计幼时孤露,中年坎坷,如今渐老,幻想俱抛"(《沁园春·自叙》)。如"莫名其妙从前事,聊胜于无现在身"(《一九九四年元旦书门大吉》)。但是,元白师绝不是一个只想到自己的人。他虽然秉性刚正,却是菩萨心肠,仁慈恻隐,爱及动物,"吾爱诸动物,尤爱大耳兔"的关心小动物的吟咏,屡屡见于篇章;而对于他人,则完全是"涓滴之恩,涌泉相报"。他事母至孝,以至于在安葬了母亲之后,双膝跪地给师母磕了一个头;就因为师母侍奉抚育他长大的姑姑和母亲尽心尽力,先后送她们俩安详离世。师母谢世,元白师作《痛心篇二十首》哭诉平生的恩爱与伤心。其中有:"相依四十年,半贫半多病。虽然两个人,只有一条命。""君今撒手一身轻,剩我拖泥带水行。不管灵魂有无有,此心终不负双星。"对于恩师,他远赴香港义卖书画,用全部所得设立纪念恩师的"励耘奖学助学基金",闻知者无不赞叹有加。当元白师老来地位改善,生活提高,他痛苦的是"酒酽花浓行已老,天高地厚报无门"(《夜不能寐,倾箧数钱有作》);"先母晚多病,高楼难再登。先妻值贫困,佳景未一经。今友邀我游,婉谢力不胜。风物每入眼,凄恻偷吞声。"(《古诗四十首》)但是,元白师又绝不是只囿于自己身边的人事。他志存高远,胸怀博大。他从历史所呈现的现象关切祖国的命运;他从

"浩劫"的后果关怀民族的人性之培育；他痛陈祖国文物、文化衰落的根源，韵语诗意之间显示着他卓越的见解和深邃的思想。请默默吟诵吧：

> 遗传有基因，生活有习惯。
> 人性遇事机，遂成恶与善。
> 比干以其心，欲使纣心换。
> 纣自求其亡，比干何能谏。
>
> （《古诗四十首》之二十二）

> 可怜伍子胥，忽近而察远。
> 吴王抱西施，越王尝苦胆。
> 胜败由自招，何待忠臣管。
> 最后吴东门，徒费两只眼。
>
> （《古诗四十首》之四十）

> 老翁系囹圄，爱猫瘦且癞。
> 七年老翁归，四人势初败。
> 病猫绕膝号，移时气已塞。
> 人性批既倒，猫性竟还在。
>
> （《古诗二十首》之九）

出土玉与金,精工今逊古。

何以古技能,累降竟如许。

朝代翻覆频,大权由霸主。

作俑各自娱,文化成尘土。

(《古诗四十首》之九)

在祝寿的盛大学术研讨会上,寿星三五分钟的答谢词,两次提出"惭愧",再三再四告白"有满肚子的话说不出","眼泪往肚子里滴"。我想,这是最值得研讨的现象。元白师有诗句:"泪收能尽定成河。"我想,这是最值得记取的心性。是的,我们应该敬祝元白启功先生长寿,健康。他是我们的国宝,他是我们的人瑞。

祝寿归来,略书感怀,是为记。

二〇〇四年七月二十七日星期二

# 启功老师拜年

时间对人是个坎,是生命的刻度。在一个坎上能给人生命意想不到的变化,无论好的还是坏的。在自己是机遇,是缘分,是坎坷,甚至是阴阳的分界。在别人那就如启功老师的咏叹"宇宙一车轮,社会一戏台。乘车观戏剧,时乐亦时哀"了。

说起来是上个世纪了,实际不过七八年罢了。春节正月正,我照例给启功老师和钟敬文老师拜年。那年先到的启功老师家。机缘来了,竟然一反常年的拜年者络绎不绝的景况,只有我一个人。于是得到了空前的安静聊天的时间。当我起身告辞,老师问:去哪里呀?答:给钟先生拜年去。老师兴致勃勃地起身,说:正好,我今年还没去给他拜年，一起走。敬文老师住小红楼二号，老师住六号，中间只隔一座四号小红楼。我小心翼翼地陪侍着。待我敲开门，请老师先进，没想到的，令我惊诧莫名的情景出现在我眼前：老师一进书房，冲端坐在椅子上的敬文老师说，给您拜年来啦。于是恭恭敬敬地鞠躬。敬文老师没有起身，没有应酬，只是一味不停地伸出右手让座，口里也一味不停地说："请坐，请坐。"老师三鞠躬完毕，然后退后一步，就坐在对面的双人沙发上。在满屋的书堆中，两位老师几乎是"促膝"而谈了。我是傻呆而又手足无措了。因为我的拜年既不鞠躬，也不作揖，遑论叩拜下跪，只微微点头，向老师大声说一句："启先生（或钟先生），给您拜年!"启功老师这样地郑重其事，毕恭毕敬，我这一辈子，真所谓"闻所未闻，见所未见"啊。

　　这印象我是到死也忘不了的了。每每想起这情景，我恨自己不是出色的画家，否则，我就可以画出在这么一间堆满了书而更显得狭窄、逼促的号称书房的房间里，两位大师拜年的场面了。单凭题目：《某年启功老师给钟敬文老师拜年》，我的作品必定"画以人传"的。我恨的，不是为我的名以画传，而是不能具象地生动地让后来者看到在二十世纪末，在我们中国，两位大师级的教授有怎样的交谊，是怎样的风貌。

两位老师的交谊我是知道的，我一九五三年入北京师范大学中文系就读，一九五七年在那场"洒向人间都是怨"的狂风暴雨中毕业，两位老师是亲自给我们授课的。我常看到敬文老师请启功老师书写的诗作。那是诗和书的双绝。不是交谊深厚，谁也不会这么惊动一个书法大家。我又早就拜读到敬文老师《祝元白（启功）先生八十寿辰》的贺诗：

　　合从释氏问因缘，卅载京门讲席连。
　　一夕雷霆同劫难，三冬文史各根源。
　　小诗共喜吟红叶，羌语常劳费玉笺。
　　闻说灵椿八千岁，吾侪今日只雏年。

第六句就写着我上面说的那种情形。当诗发表的时候，敬文老师作了注："予近年所作文字，常请启老为代笔。"对于这首诗，老师有和诗，题《钟敬文先生惠祝贱辰，次韵奉答》：

　　文字平生信夙缘，毫锥旧业每留连。
　　荣枯弹指何关意，寒燠因时罔溯源。
　　揽胜尚矜堪撰杖，同心可喜入吟笺。

樽前莫话明朝事，雨顺风调大有年。

这两首诗很能体现两位老师的性格和对付当今现世的方法。敬文老师比较不避锋镝，直书"一夕雷霆同劫难"，指陈两个人同时被打成"右派"；启功老师则外圆内方，"樽前莫话明朝事，雨顺风调大有年"。但发表时又自注曰"樽前七字韦端己句，雨顺四字大赐福剧开场句也"。这是说明来源，是注释，又是尊重作者的创作权。但我读到这种地方，总有联想，是不是蕴含着：这不是"我的"话啊。

这两首诗也可以作两位老师在"文化大革命"中某次作为的一个注脚。"文革"中，两位老师在劫难逃，在挨批斗的时候，都被斥责为"反动权威"，还要两人自己招供。敬文老师的回答是：我不反动，权威有一点。而启功老师呢，他说：我反动，但不是权威。

时间无情，天丧斯文！我每年春节正月正拜年的老师，一个一个魂归道山了。最早的是李何林老师，一九八八年；然后是王瑶老师，一九八九年；唐弢老师，一九九二年；钟敬文老师，二〇〇二年；启功老师就在今年，就在上个月，六月，六月的最后一天，这可诅咒的六月。都走了。一个一个都走了。明年春节，正月正，我怎么过呢？虽然，我是不过年，不过节，也不过生日什么的，但我总还可以借拜年看看平日不敢去打扰的老师，请个安啊。

二〇〇五年七月十九日星期二

# 启功老师之墓

启功老师的墓在北京西山万安公墓。

这是侍奉老师三十年的他的内侄章景怀先生精心擘画的安置。今年六月三十日，老师逝世的忌日上午，在"老师走好""入土为安"的祝福中，景怀先生将老师的骨灰盒缓缓送入墓穴。盒内与老师同在的是师母几件日常用品和二老的合影——刻画在有机玻璃上的合影。师母病逝于我中华民族"浩劫"中的一九七五年，骨灰荡然，只好这样退而求其次了。不过，这终于了却了老师的心愿。师母逝世后，老师有《痛心篇二十首》倾诉苦情，最后茫茫然祈求："爹爹久已长眠，姐姐今又千古。未知我骨成灰，能否共斯抔土。"（老师"自幼呼胞姑为爹"，她老人家终

身不嫁，帮助太师母抚育老师。"姐姐"系老师对师母的称呼）

老师的墓碑、碑座和墓志独具风采，可以说是老师一生心性和修养的完美呈现。墓碑是一方放大的石砚，由浓黑而光可照人的大理石制作，正中直排镌刻着老师标准的签名，姓名下横排"（1912—2005）"老师的生卒年。再下一行横排镌刻老师法书"夫人章宝琛"，同样，姓名下是师母的生卒年"（1910—1975）"。没有上下款，干干净净，朴素大方，端庄醒目。不要说万安公墓内不见这样的墓碑，万安公墓之外，我孤陋寡闻，自是没有见过同样格式的墓碑，不知道博闻多识的大方之家有谁在什么地方见过？

尤其匠心独运的，是碑阴雕刻了两条砚铭。一是老师曾经收藏的清康熙"御砚"上的"御书""御铭"："一拳之石取其坚，一勺之水取其净。"有"康熙""御铭"两方印文。老师是雍正第九代孙，生于辛亥革命第二年。他终生拒绝使用皇族姓氏。改革开放以后，皇室遗族以"爱新觉罗"自矜，依然不改素志，且作诗真诚讽喻。老师并不把这方"御砚"当作传家宝，而是捐赠给辽宁博物馆。但老师喜欢这一"御铭"的内涵，于是室名"坚净居"，人称"坚净翁"。现在镌刻在墓碑上，何等巧思。更巧而又令人感到无比亲切的是另一砚铭:"元白用功之砚"。谁敢作这样的砚铭?又是谁书写的?有签名,有印章:是"陈垣",老师的恩师,我们的老校长。一九九〇年,老师年近八十,远赴香港义卖所作字画设立以老校长命名的"励耘奖学助学基金"聊补晚年"酒酽花浓行已老,天高地厚报无门"的遗憾。"用功之砚"啊,而今而后,来这里凭吊老师的人,读到这方墓碑,谁能说尽会有多少联想?

墓碑的基座,是一朵舒展的莲花,也就是佛教中的莲花座。老师三岁在雍和宫按严格的仪式磕头接受灌顶礼,终生礼佛,号"元白居士";逝世前病重入住北大医院危重病房,左臂插针管,右手持念珠,昏迷中似睡似醒的时候常常看见手指微动,在数念珠。老师自述:"我从佛教和我老师那里,学到了人应该以慈悲为怀,悲天悯人,关切众生;以博爱为怀,与人为善,宽宏大度;以超脱为怀,面对现世,脱离苦难。"老师"幼时孤露,中年坎坷",遭大苦难而"悲天悯人",心藏"苦情"而博爱众生,正是修炼得来的达观。然而,老师骨子里是铮铮铁汉,正如他诗中的自白:"多目金刚怒,双眉弥勒开。"

墓碑前与碑座相连的同样质地同样颜色的一方巨石上镌刻着老师的《自撰墓志铭》。这是一首三言诗,诗曰:

"中学生,副教授。博不精,专不透。名虽扬,实不够。高不成,低不就。瘫趋左,派曾右。面微圆,皮欠厚。妻已亡,并无后。丧犹新,病照旧。六十六,非不寿。八宝山,渐相凑。计平生,谥曰陋。身与名,一齐臭。"这里唯一与当年预想不合的是:不在"八宝山",而隐居于"万安"了。虽然,据说,这两地如今也有某种身份界限;不过我以为民间早把"八宝山"当作"死地"的隐语了,这样与原诗还是如合符契。

老师修炼一生,笔耕一生,人品学问,有口皆碑;诗书画一家三绝。在老师长眠的大地上,竖立这样一方墓碑碑座墓志,何啻一绝。而立碑的章景怀、郑喆贤伉俪虽然是老师内侄,实际上如子如媳。老师生时,三十年如一日尽心侍奉,养老送终;老师死后,在墓碑上抛开成规惯例,不刻上自己的姓名,毫无借光自照之意,谁说老师无哲嗣!老师的家风就这样在"润物细无声"中传承着。

二〇〇六年八月二十六日星期六

# 诗思诗语中的人性人意之论

## ——纪念启功老师

启功老师,今年(2012年)诞生一百周年,逝世十周年。二〇〇五年六月三十日凌晨,当老师逝世的噩耗传来的时候,我深深感到满族失去了一位当代卓越的思想家,我们多民族的中国,失去了一位卓越的思想家,一位博学、多才多艺的"国宝"。我敬献给老师的一盆小小的菊花,写的就是"启先生思想永在"。随即发表了同题的一篇短文,表达我沉重的哀悼。

老师九十寿辰,钟敬文老师有祝寿诗,曰:

诗思清深诗语隽,文衡史鉴尽菁华。先生自富千秋业，世论徒将墨法夸。

全面概括了老师的学问及才艺的成就。这不是溢美的应酬之作，而是几十年共事、切磋、交谊、理解的礼赞。其中就蕴含着对于老师思想的赞美。

老师的思想展现在诸多方面，尤其深入人性及人道、性别、民族、文化、历史、艺术、伦理、宗教等。老师的思维及思想至少有三个特点。一是以人性及人道为根基。二是从事实切入，揭示思想内涵。三是"论贵诛心"，洞察事实背后的"人"及"人心"。老师精研满汉典籍，出入经史文艺，却没有汉族知识者的致命缺陷，即《庄子·田子方》中温伯雪所说"吾闻中国之君子，明乎礼义而陋于知人心"。老师恰恰反其道而主张"诛心"，体察"人"的"心意"，即本性合理的愿望，持论深入人的心性。老师有诗曰"人意即仁义"，将儒家的根本价值观及根本价值取向回归朴素的"人意"，显示出"劳歌莫作朱弦听，此出游民打野胡"的平民思想特质。

# 一、关于人性及人道

虽然人道思想的兴起是近代的大事，无可讳言，它起源于西方。马克思、恩格斯宣言："代替那存在着阶级和阶级对立的资产阶级旧社会的，将是这样一个联合体，在那里，每个人的自由发展是一切人的自由发展的条件。"（《共产党宣言》）正是一种深厚的人道设想。

但人性与人道问题，是古今中外众多人文思想家或哲学家思考、探索的根本问题之一。我国先秦诸子多有关于"人禽之辨"与"人性善恶"的论争。孔子说"仁"，多达数十次，最简洁明了的，莫若"樊迟问仁。子曰：'爱人。'"尽管孔子思想中的"人"，有"君子""小人"，男人、女子的尊卑、优劣的区隔；孔子思想中的"仁"，也是"唯仁者能好人，能恶人"。那是在两千多年之前，虽有不足，"爱人"毕竟是一种美德。孔子的"爱人"的缺陷，在以"亲亲"为根底，不够广博，因而受到非议。墨子是非议"亲亲"最有力的先秦诸子，他有长篇专论，倡导"兼爱"。他认为天下之"乱""起不相爱"，而倡导"兼爱"："天下之人皆不相爱，强必执弱，富必侮贫，贵必敖贱，诈必欺愚。凡天下祸篡怨恨，其所以起者，以不相爱生也。是以仁者非之。""既以非之，何以易之？子墨子言曰：以兼相爱、交相利之法易之。"（《墨子闲诂·兼爱》，见《诸子集成》第四卷）这都是对于人道的思考。

老师《古诗二十首·蓬莱旅舍作》之八，说：

> 老子说大患，患在吾有身。斯言哀且痛，五千奚再论。佛陀徒止欲，孔孟枉教仁。荀卿主性恶，坦率岂无因。

这就从情感—态度与事实—思想两方面表示肯定，是更加"哀且痛"的人生感悟与深邃的思想。

老子的话，在《老子注》第十三章，全文是："宠辱若惊，贵大患若身。何谓宠辱若惊？宠为下，得之若惊，失之若惊，是谓宠辱若惊。何谓贵大患若身？吾所以有大患者，为我有身。及吾无身，吾有何患。故贵以身为天下，若可寄天下。爱以身为天下，若可托天下。"人有大患！人之所以有大患，就在"有身"，有生命，是生物。那么，人的大患，与生俱来，是一种宿命，无可逃遁。恰如老师所吟咏："含生具有清，小至虫与蚁。百年与一朝，最终同一死。人号万物灵，莫知寿所止。相待或相求，圣人难处理。"（《启功赘语·古诗四十首》之二十五）"佛陀论修行，旨在了生死。世寿有短长，未见终不死。最难得涅槃，不生亦不死。凡夫恋其生，所以惜其死。"（《启功赘语·古诗四十首》之三十九）老子是讲圣人之治，为圣人设计治国的方法的。所以对圣人有所期待，才有那结语。

而老师不同，老师综合宗教、诸子，论述人性问题的见解，质疑就是人性善或近于人性善的观点，而不否定荀子主性恶的思想。

这是老师思维的特质。老师总是从现象出发，用事实说明问题的真谛。人性问题，是一个高度抽象的理论问题、哲学问题。老师举重若轻，不做"性善"或"性恶"的理论阐释，不做全称的、说一不二的结论，而是用佛教与孔孟的理想，与实际人生中人的作为大相径庭的事实，揭示"人性"的真谛——"人性"并不单一，并非全部善良。

老师是一个虔诚的佛教徒。他告诉我们："我三岁时家里让我到雍和宫按严格的仪式磕头接受灌顶礼，正式皈依了喇嘛教，从此我成了一个记名的小喇嘛（后来还接受过班禅大师的灌顶礼）。""我道行不高，对于宗教的一些神秘现象不知该如何解释，也不想卷入是否是伪科学的争论。反正这是我的一些亲眼、亲耳的见闻，至于怎么解释，我目前很难说得清，但我想总有它内在的道理。其实，我觉得这些现象再神秘终究是宗教中的表面性的小问题。往大了说，对一个人，它可以陶冶人的情操修养。我从佛教和我师父那里，学到了人应该以慈悲为怀，悲天悯人,关切众生;以博爱为怀,与人为善,宽宏大度;以超脱为怀,面对现世,脱离苦难。"(赵仁珪、章景怀整理,《启功口述历史》,北京师范大学出版社,2004年7月)这里,老师概括了佛教劝人向善的人道精神,它从积极方面感化、陶冶信徒从善的心性。"面微圆,皮欠厚"真是这种菩萨心肠的自画像。

但是,佛教倡导的"止欲",并不完全成功。我不懂佛教及佛学,只有点滴肤浅的常识。不能照着老师的阐述,说明什么心得。只是常识让我知道,大的方面,宗教之间的争斗,和宗教内部教派的争斗,直至爆发战争,涂炭生灵,历史书上多有记载。我走进过南北许多宝刹,看到寺庙中菩萨的塑像,固然有"双眉弥勒开"慈祥温馨的,特别是杭州灵隐寺的弥勒佛;但也有"多目金刚怒"的。护教的韦陀就手执钢鞭。不少金刚,不仅仅是威武,而且非常狰狞可怖。小的方面,至于个体,民间所谓"花和尚"、"狗肉和尚"、"还俗和尚"、不顾戒律的和尚,并不罕见。鲁迅的第一个师傅就是一个这样特别的和尚。鲁迅告诉我们:"我生在周氏是长男,'物以稀为贵',父亲怕我有出息,因此养不大,不到一岁,便领到长庆寺里去,拜了一个和尚为师了。""我至今不知道他的法名,无论谁,都称他为'龙师父',瘦长的身子,瘦长的脸,高颧细眼,和尚是不应该留须的,他却有两绺下垂的小胡子。对人很和气,对我也很和气,不教我念一句经,也不教我一点佛门规矩;他自己呢,穿起袈裟来做大和尚,或者戴上毗卢帽放焰口,'无祀孤魂,来受甘露味'的时候,是庄严透顶的,平常可也不念经,因为是住持,只管着寺里的琐屑事,其实——自然是由我看起来——他不过是一个剃光了头发的俗人。因此我又有一位师母,就是他的老婆。论理,和尚是不应该有老婆的,然而他有。"(鲁迅《我的第一个师父》)为什么?根底就在"人性"。佛教的"止欲",是建立在人的欲望是恶的根源及生就是苦的认识上的。人的欲望,根本的是求生欲、食欲与性欲。这是天性即生物性的本能欲望。"止欲"违逆人的天性即生物性的理想与作为,在生理与心理都造成损伤。佛徒不能不食;只能取其次,不吃荤即不杀生,不吃动物肉;但植物,蔬菜不也是生物,有生命的吗?然而,教徒为了自己及宗教本身的利益(欲望),最根本的"生存"的欲望,没有哪一个宗教和教派,心甘情愿自己灭亡,以拯救世界,普度众生,成全别一个宗教或教派。即使宗教的改革也都有流血的史实。至于个体,也就更加松弛,难以令教徒人人终身谨守清规教律,"止欲"了。因此宗教的清规戒律无论如何庄严、严厉,遇到个人的和宗教的生死存亡问题,"舍身饲虎"只能是"个例",是"少数"。而"舍身求法的玄奘",正是为了弘扬佛法,扩大佛教,并且是不世出的人杰。从总体看,"止欲"是徒劳的。

孔孟的"教仁",是讲"修身""克己""反省""反求诸己"的。这是建立在"性善"的根基上。孟子曰:"人皆有不忍人之心。"(《孟子·公孙丑上》)"人皆有所不忍,达之于其所忍,仁也。"(《孟子·尽心下》)。据说,孔子思想以"仁"为根本,"仁"的价值高于生命。"子曰:'志士仁人,无求生以害仁,有杀身以成仁。'"(《论语·卫灵公》)但孔子自己就大发感慨,无可奈何。他告诉弟子说:"民之于仁也,甚于水火。水火吾见蹈而死者矣,未见蹈仁而死者也!"(同上)又说:"已矣乎!吾未见好德如好色者也。"(同上)为什么?人求生的天性比任何思想、学说、主义要强大得不可比拟。还有"信"与"食"。孔子竭力强调"信"的高度,高到比吃饭还重要:"子贡问政。子曰:'足食,足兵,民信之矣。'子贡曰:'必不得已而去,于斯三者何先?'曰:'去兵。'子贡曰:'必不得已而去,于斯二者何先?'曰:'去食。自古皆有死,民无信不立。'"(《论语·颜渊》)可是,民众能够为生存而蹈水火,不会为"信"去就死。孔子自己也又教导说:"言必信,行必果,硁硁然,小人哉!"(《论语·

子路》)孔子在陈"绝粮",也未饿死。可见,一种思想、一种主义,只要不顾民众的生死,民众或被迫屈从于一时,最终是要崩溃的。"信仰危机",源出于"以百姓为刍狗",岂有它哉!

《荀子》有《性恶篇》专论人性恶的道理。荀子性恶论主要观点是:一、"人之性恶,其善者伪也"。这里的"伪",古人的解读是:"伪,为也,矫也,矫其本性也。凡非天性而人作为之者,皆谓之伪。"(《荀子集解》卷十七)二、"性"是"不可学"的,即天生的。"不可学、不可事而在人者谓之性,可学而能、可事而成之在人者谓之伪,是性、伪之分也。今人之性,目可以见,耳可以听。夫可以见之明不离目,可以听之聪不离耳,目明而耳聪,不可学明矣"。三、"性"是"恶"的根源。四、"恶"是"好利"、"争夺"、"暴(力)"、"疾恶"、"残贼"、"好声色"、"淫乱"。论述如下:"今人之性,生而有好利焉,顺是,故争夺生而辞让亡焉;生而有疾恶焉,顺是,故残贼生而忠信亡焉;生而有耳目之欲,有好声色焉,顺是,故淫乱生而礼义文理亡焉。然则从人之性,顺人之情,必出于争夺,合于犯分乱理而归于暴。"

对此,老师认同荀子的性恶说是有原因的。但老师又有诗曰:"遗传有基因,生活有习惯。人性遇事机,遂成恶与善。"(《启功赘语·古诗四十首》之二十二)这里有两点:一、"性"或即"基因",并非先天固化为"恶"或"善"。二、人性的善恶并非一律出自"性",即"基因",而是"遇事机"而变化。这就增加了可能性。认为人性并非只有"恶"或"善",而是人性有"恶"又有"善",是包含"恶"与"善"两种特性的。

事实正是这样。人的本能、天性、天生的欲,可能导致恶,但也是善产生的动因;并且事实上产生了"善"。这是因为人的本能。不可分离的还有另外一种天性,即人的生存欲及人类的群居性。人的生命是个体的,但人的生存不能离群而孤身独立于群体之外。这个群体有大有小,由各种要素与机遇决定;人的本能是在某一群体中实现的。

人体的生存欲与群体的生存性同是一种天性。这两种天性纠结在一体之中。觅食以群体合作更有效;而进食却是个体。觅食与进食的纠结,产生"合作"与"攫取"的纠结。从动物进化到人——远古时代的人,觅食是合作,对猎取对象是"弱肉强食",而进食却出现内部的"强者先食""强者有食"。觅食是生产,进食是分配。随着人的智能发展,日益感到、认识到这是不公平的,是使群体不和、分裂、抗争、社会动荡的重大因素。这就是古代先贤已经观察到、已经忧虑的根本问题之一。孔子复述的"丘也闻有国有家者，不患寡，而患不均；不患贫，而患不安"（《论语·季氏》）的思想，是人性的升华，人性的养成。随着时代的发展，更进一步认识到，这是损人利己、害人利己的行为，是非人道的行为，而受到谴责、反抗。这是"人性"与"兽性"的对立与抗争。正是这种种纠结中，强者——压迫者害怕灭顶之灾的恐惧，或强弱双方——统治者与被统治者双方同归于尽的压力下，在压迫—无奈—妥协—抗争—镇压—妥协—抗争的历史逻辑中，导致人道的生长，"善"的生长。"善"同样源于人的"性"。终于出现如鲁迅所概括的"自他两利"的诉求与根本价值观与根本价值取向。

性欲也是一样。有性欲才有交配，才可能繁衍后代，延续种群的生存。人类的群居性，最简单最根本的关系是两性，是两人组合。这更有赖于妥协与合作。而终至于导致建立在人道基石上的两性平等。

最突出的是，正是生命延续的天性，种群延续的天性，与生俱来即产生了无私而伟大的"母爱"！

老师的"人性遇事机，遂成恶与善"，是更深刻的观察、更深邃的思想。

老师葆有深厚的人性与人道思想。他的韵语，蕴含着丰富的人性与人道内涵。这里仅仅列举几个例证：

> 老翁系囹圄，爱猫瘦且癞。七年老翁归，四人势初败。病猫绕膝号，移时气已塞。人性批既倒，猫性竟还在。
>
> （《启功絮语·古诗二十首蓬莱旅舍作》之九）

老师告诉我，这是讲"文革"结束后夏衍先生回到故居的实事。这故事传闻颇广。这首诗从人性的角度批判"文化大革命"，不仅入木三分，更是刻骨铭心地令人心寒。一个多么恐怖的人连猫都不如的时代啊。

诺贝尔奖，全世界有名，我的同胞更是趋之若鹜，几乎到了挖空心思、不择手段的地步。老师却有诗哀叹：

> 科学利人多，杀人亦殊工。炸药作武器，死者如沙虫。可怜诺贝尔，技穷宁自轰。奖金奖生杀，获者心蒙蒙。
>
> （《启功絮语·古诗二十首蓬莱旅舍作》之十七）

近代科学，曾经荣耀之极。对人类的发展做出了巨大的贡献。至今日益产生巨大的贡献。鲁迅二十七岁（1907

年）时已经写道："观于今之世，不瞿然者几何人哉？自然之力，既听命于人间，发纵指挥，如使其马，束以器械而用之；交通贸迁，利于前时，虽高山大川，无足沮核；饥疠之害减；教育之功全；较以百祀前之社会，改革盖无烈于是也。"（《科学史教篇》）自那时到现在一百年间，科学与技术的发展及其对于人本身（如生命科学的医疗、置换人体器官、"克隆"技术等）和人类生活的巨大改变更是难以言表。可是，觉醒的知识者，却发现，这是一把无比犀利的双刃剑。今日人类对于自然环境的破坏，如核污染、生化污染、重金属污染导致的空气污染、水污染、土地污染、空气毒化、温室效应等等，已经造成地球几乎不宜于人类居住的地步。更不用说那些用于战争的核武器、生化武器，一旦使用，足以毁灭几个地球。老师在二十世纪九十年代中期对诺贝尔奖的浩叹，不过其中之一罢了。所蕴含的思想，发出的警示，多么值得深思！

正因为这种深厚的人道思想，老师对于"天地不仁以万物为刍狗，圣人不仁以百姓为刍狗"感同身受。他特别珍惜生命，关爱百姓的生死。对于统治者屠戮生灵极感愤懑。有诗曰：

史载杀人狂，北齐推高洋。历时未千载，复有朱元璋。清人代明政，遗臣攀先皇。康熙下拜后，洪武仍平常。

老师这种深厚的人道思想，遍及所有的生灵。老师的爱怜动物，保护动物，常常发为诗歌，是真正的"情动于衷"。他唱道：

> 吾爱诸动物，犹爱大耳兔。驯弱仁所钟，伶俐智所赋。猫鼬突然来，性命付之去。善美两全时，能御能无惧。

（《启功絮语·古诗二十首蓬莱旅舍作》之十）

> 见人摇尾来，邻家一小狗。不忍日日逢，恐成莫逆友。人意即仁义，未学似固有。狗命难自知，随时遭毒手。

（《启功絮语·古诗二十首蓬莱旅舍作》之十八）

"寻檐偶遇伤弓雀，行路多逢砺角牛"（《启功赘语·自题浮光掠影楼》）。这样的人世、身世、境遇、学养，造就了老师深邃的人生思考。

## 二、民族文化的交流与民族融合

老师在口述自己的历史，开宗明义表明自己是"满洲族人，简称满族人，属于正蓝旗"的时候，首先有一个严正的声明："自一九三一年日本军国主义发动'九一八'事变，在满洲建立伪满洲国后，大多数满洲人就不愿意把自己和'满洲'这两个字联系在一起了。但那是日本人造的孽，是他们侵略了满洲，分裂了中国，这不能赖满洲族人。日本强行建立伪满洲国，想把满洲族人变成满洲国人，这是对满洲人的极大侮辱。……但（溥仪）他一旦叫了满洲国的皇帝，就与我们有关了。这等于把耻辱强加在所有满洲族人的身上，使他个人的耻辱成为所有满洲族人的耻辱。这是我们所不能允许的，也是我们不能承认的。我们是满洲族，但不是满洲国的族；我们是满洲族的人，但不是满洲国的人，这是我首先要声明和澄清的。"这是满族人的民族大义，也是认同中华民族的民族大义，中国人最根本的民族大义。这是现代的思想，超越了中华民族历史上"满""汉"以及各个民族之争的狭隘民族主义的思想；也是对世易时移"驱除鞑虏，恢复中华"的"排满"思想的理性否定。在经历从晚清到民国，从两千多年的皇权专制到现代民主共和制度的历史大转型的关口，是华夏大地上各个民族，无论大小，无论历史恩仇，无论文化特性，无论发展程度，共同生存，共同发展的思想根基。

老师不但是满族人，还是清雍正皇帝第九代孙（以雍正为第一代则为第十代孙）。一九五七年，老师身为北京师范大学中国语言文学系教授，却在校外被打成"右派"，降级为"副教授"；他含悲忍苦劝慰师母说：我出生就是"封建余孽"，不做"右派"谁做呀！平反之后，老师歌曰："莫名其妙从前事，聊胜于无现在身。"（《一九九四年元旦书门大吉》）现在镌刻在墓碑上的《自撰墓志铭》有曰："中学生，副教授。痴赵左，派曾右，而微圆，皮欠厚。……"然而，有昔日"右派"难友，而今"摘帽""改正"的，筹备编辑《倾盖集》，向老师征诗，老师却婉谢了。这是老师的圆融与通达，绝不是他没有愤怒与悲哀。他有诗曰："九十尚存四，前尘戏一台。好名过好利，知往莫知来。多目金刚怒，双眉弥勒开。余生几朝夕，宜乐不宜哀。"（《启功赘语·终夜不寐，拉杂得句，即于枕上仰面书之》）

改革开放，"拨乱反正"，皇室后裔名满天下。有好事者给老师写信，硬要称呼他"爱新觉罗·启功"。老师先是"一笑了之",及后越来越多,就注明"查无此人,请退回"了。老师不无慨叹地说:"一个姓,它的辱也罢,荣也罢,完全要听政治的摆布,这还有什么好夸耀的呢?何必还抱着它津津乐道呢?"无论是思想方面,还是感情方面,都透彻地揭示了中国现代政治的特色。

翻身的皇族,有人踌躇满志,向老师征集书画一同展览,老师知道会得罪一些人,还是写了《族人作书画,犹以姓氏相称,征书同展,占此谢之,二首》:

闻道乌衣燕,新雏话旧家。
谁知王逸少,曾不署琅琊。

半臂残袍袖,何堪共作场。
不须呼鲍老,久已自郎当。

但是老师深深爱着自己的民族。老师为人书写的字幅,偶尔可以看到落款:"珠申 启功""长白 启功"。都用了满洲族发祥地的地名。无疑,这是一种深深的眷恋,对故土的眷恋;一种自豪,对于民族历史和文化成就的自豪。老师有诗歌唱:"东方青帝后,攀附祀炎黄。肃慎文明远,中华艺术长。"(《启功絮语·炎黄艺术馆成,梁君黄胄徵题》）看到它们，我感受到老师深埋心底的族情。这种情感，多次流淌在老师的韵语中。尤其是一种对先祖的敬意与自己淡忘的愧疚交织在一起，真是难以言表，如："闼门如镜慕晨光，更见朱申世望长。我愧中阳旧鸡犬，身来故邑似他乡。"（《一九七八年十二月在长春吉林大学观哲里木盟出土西周铜器二首》）长白山天池，满语曰闼门。"中阳旧鸡犬"是用汉高祖刘邦建立汉王朝后，将故乡沛县丰邑中阳里的居民及鸡犬迁移到长安建立新丰的典故，诗中刺骨的伤痛是何等深刻！然而，这只是遗忘先祖的民族的伤痛，并不是失去清王朝政权的伤痛。老师有赞颂辛亥革命的诗作，曰："半封半殖半蹉跎，终赖工农奏凯歌。末学迟生壬子岁，也随诸老颂先河。"（《辛亥革命七十周年徵题》）在《避暑山庄》诗中，高歌"群山苍翠拥离宫，乔木当年系六龙。千祀人文归一统，万古胞与乐同风。沧桑岂废先猷鉴，弧矢曾销北鄙锋。大地欣逢更化际，金瓯业广在和衷"。本民族及先祖的勋业，各个民族人文而非如秦灭六国吞并国土、政治归于一统的更化，历史的教训，当下复兴的规谏，熔于一炉，韵语蕴含的思想何等丰富而又力透纸背！对于满族和汉族统治中华大地的"史鉴"与展望，特别是各个民族之间的关系"在和衷"的菩萨心肠，是真正现代民族关系思想的真谛。

我读到过一个小册子，记得是道光皇帝派出钦差去东北祭祖回京的奏折。说：到了东北，大雪封山，只得"遥拜"云云。当时心里荡漾着一股悲凉。入关不过一百几十年，连老家地理、气候都不甚了了了。既然专程奉旨祭祖，就这样草草了事，这位钦差族情何其淡薄。皇帝也不问罪，心里是怎样想的呢？

一个民族，仰赖的是领地（这是动物的本能，也是人类的天性），而命脉在文化，特别是语言、文字，根本特质的价值观及价值取向。老师有《昭君辞二首》歌颂各个民族之间文化交流的"择善而从"，其二曰：

> 毅然请和亲，身立万里功。再嫁嗣单于，汉诏从胡风。泛观上下史，常见蒸与通。父死不杀殉，何劳诸夏同！假令身得归，依然填后宫。班氏外戚传，鲜克书善终。卓彼王昭君，进退何从容。知心尚其次，隘矣王荆公。

老师又特意写下罕见的长序，曰："古籍载昭君之事颇可疑，宫女在宫中，呼之即来，何须先观画像？即使数逾三千，列队旅进，卧而阅之，一目即以了然。于既淫且懒之汉元帝，并非难事。而临行忽悔，迁怒画师，自当别有其故。按俚语云：'自己文章，他人妻妾。'谓世人最常矜慕者也。昭君临行所以生汉元帝之奇慕者，为其已为单于之妻耳。咏昭君者，群推欧阳永叔、王介甫之作。然欧云：'耳目所及尚知此，万里安能制夷狄。'此老生常谈也。王云：'汉恩自浅胡自深，人生乐在相知心。'此愤激之语也。余所云：'初号单于妇，顿成倾国妍。'则探本之义也。论贵诛心，不计人讥我'自己文章'。"足见他的自信、自诩与重视。这也确实值得重视。对于汉文献和民间话语所谓"和亲"或"和番"，从汉族视角来看，从古以来，议论纷纷，多有"歧视"，与对统治者这种作为的不屑。伟大如鲁迅，面对列强入侵的现实，对于"和亲"也曾经发出这样的抨击："西洋人初入中国时，被称为蛮夷，自不免个个蹙额，但是，现在则时机已至，到了我们将曾经献于北魏、献于金、献于元、献于清的盛宴，来献给他们的时候了。出则汽车，行则保护：虽遇清道，然而通行自由的；虽或被劫，然而必得赔偿的；孙美瑶掳去他们站在军前，还使官兵不敢开火。何况在华屋中享用盛宴呢？待到享受盛宴的时候，自然也就是赞颂中国固有文明的时候；但是我们的有些乐观的爱国者，也许反而欣然色喜，以为他们将要开始被中国同化了罢。古人曾以女人作苟安的城堡，美其名以自欺曰'和亲'，今人还用子女玉帛为作奴的赘敬,又美其名曰'同化'。所以倘有外国的谁,到了已有赴宴的资格的现在,而还替我们诅咒中国的现状者,这才是真有良心的真可佩服的人!"(《灯下漫笔》)老师从满族的眼光看,消解了"夷夏之辨""强弱之争",着眼于文化交流,特别是这种交流以"人道"的价值观与价值取向来衡量,他称赞"汉诏从胡风";尤其称赞"卓彼王昭君,进退何从容"!王昭君以一女子之身,在两千年之前,生于汉族、长于汉族社会,接受汉族文化的教育与熏陶,嫁入异族,摒弃汉族文化中的非人道、不人道、反人道的"殉葬",欣然归化异族文化,尽管这在自己是面对"生死的抉择",可能受到"贪生怕死"的讥评,但舍死取生,在人道的视野下,是无可厚非的。"论贵诛心":老师是"知人心"的学问家、思想家。

中国各个民族在神州大地共同生存、繁衍,有许多血和争斗。老师以人道为根基的各个民族文化择善而从的思想,遭遇到自己民族入关称帝二百多年间,竟至于败亡,不仅失去广袤的故土,民族文化也被汉族同化,乃至于连语言都濒临消失。在"千祀人文归一统,万古胞与乐同风"的气象中,老师对此有沉重的反省。他在一组古诗中低吟道:"长白雪长白,皓洁迎新年。神板白挂钱,门户白春联。地移习亦变,喜色朱红鲜。筋力自此缓,万事俱唐捐。"(《启功赘语·古诗四十首》之六）一次我去看望老师，不记得怎么谈起晚清民国的事来。老师说：没有辛亥革命，清朝也会亡的。你看：开初几位皇帝，儿子一大堆，任你挑选皇太子。后来，好几位皇帝连一个儿子都生不出来了。只能过继，一个不如一个。已经是一副败落境况了。从此，我常常想起老师慨叹的"一个不如一个"。痛定思痛，长歌当哭，"筋力自此缓，万事俱唐捐"，老师内心何等悲凉！

为什么会这样呢？综观老师的著述与韵语，与"汉诏从胡风"对比，可以看到满族入关以后，不仅接受汉族反人道的政治制度，同时接受汉族文化中儒家的"三纲"文化，把人当作奴隶的根本价值观及价值取向的反人道的恶质文化。逐渐放弃骑射的生活习惯，养尊处优，提笼架鸟，连体质也逐渐衰弱，乃至"万事俱唐捐"。我国是一个多民族的国家，各个民族有着自己的文化，在民族和睦相处的同时，各个民族文化的"择善而从"，达到良性发展，才是繁荣昌盛之道。老师对于民族文化怎样"归一统"的思想，是杰出的，是一种宝贵的思想资源。

## 三、历史叙述的真伪与历史的真实

一个民族尊崇"慎终追远",以"数典忘祖"为背叛,充分认识到"鉴古知今"的历史价值,"以史为鉴可以知兴替""前事不忘后事之师""前车之覆,后车之鉴"等典故、民谚一类教训不胜枚举,即使匹夫匹妇也大多知道一二。而实际的历史叙述,"钦定"史书,却真假莫辨,瞒和骗更是不计其数。为什么?历史有什么隐秘?历史的真谛在哪里?

关于历史,老师有三个观点,极具思想性。

第一,历史的真实,很难明白。历史,说到底是个人的历史,每个个人历史的总和。然而,我们习惯的是宏大的历史叙述:朝代、民族、国家、朋党、战争等等。"一将成名万骨枯"!史书上叙述的是"英雄传",没有"枯骨传"。有人说,拿破仑登上阿尔卑斯山,得意地说:我比阿尔卑斯山还高。可他忘了,如果没有他背后的军队,早被敌军俘虏了。

老师对个人的历史、先祖的历史,都有所述及。《一九九四年元旦书门大吉》谈到自己的一桩痛史,说:

起灭浮沤聚散尘,何须分寸较来真。莫名其妙从前事,聊胜于无现在身。多病可知零件坏,得钱难补半生贫。晨曦告我今天始,又是人间一次春。

"莫名其妙从前事",是指"莫名其妙"被打成"右派"的往事。老师逝世两年后,北京师范大学出版社出版了《启功口述历史》,在"反右风波"一节中,有所叙述。老师在北京师范大学中文系任教授,只是应中国画院院长叶公绰的邀请去帮忙,因为"当时在美术界还有一位先生,他是党内的,掌有一定的实权,他当然不希望叶先生回来(按:叶是周恩来总理写信把他从香港请回来的)主持画院,深知叶先生在美术界享有崇高的声望,他一回来,大家一定都会站在他那一边,自己的权势会受到很大的伤害;而要想保住自己的地位,就必须借这场"反右"运动把叶先生打倒。而在这位先生眼里,我属于叶先生的死党,所以要打倒叶先生必须一并打倒我,而通过打倒叶先生周围的人才能罗织罪名最终打倒他。于是我成了必然的牺牲品。但把一个人打成右派,总要找点理由和借口,但凡了解一点我的人都知道,我是不会在所谓给党提意见的会上提什么意见的,不用说给党提意见了,就是给朋友,我也不会提什么意见。但怎么找借口呢?正应了经过千锤百炼考验的那句古训：'欲加之罪，何患无辞？'经过多方收集挖掘，终于找到了这样一条罪状：我曾称赞过画家徐燕荪的画有个性风格，并引用了'春色满园关不住，一枝红杏出墙来'的诗句来形容称赞他代表的这一派画风在新时代中会有新希望。于是他们就根据这句话无限上纲，说我不满当时的大好形势，意欲脱离党的领导，搞个人主义。……我确是那位先生亲自过问，亲自操办的。当然这次运动胜利之后，他在美术界的地位更炙手可热了"。"我也不清楚是哪年，大约过了一两年，我的'右派'帽子又摘掉了。我之所以记不清，是因为没有很明确郑重的手续正式宣布这件事，而且当时是在画院戴的，在北师大摘，师大也说不清是怎么回事，总之我稀里糊涂被戴上'右派'帽子，又稀里糊涂被摘掉帽子"。据现在间或艰难透露出来的一点点相关史实，这种"莫名其妙"的"从前事"，并不只老师个人这个个例。整个运动谁能说清楚呢？是什么逻辑呢？历史就是这样的啊！自己的历史都说不清楚，还说什么宏大叙事呢？

普通人如一介书生是这样，天字第一号人物，贵为皇帝的光绪的"驾崩"又如何？

光绪的死因一直是一个谜。老师一九七一年参与点校《二十四史》，负责《清史稿》。以老师的博学强记，对于清史自是熟悉。但关于光绪的死，他却只记述曾祖父亲历的情形："我曾祖遇到的，最值得一提的是这样一件事：他任礼部尚书时正赶上西太后（慈禧）和光绪皇帝先后'驾崩'。作为主管礼仪、祭司之事的最高官员，在西太后临终前要昼夜守候在她下榻的乐寿堂外。其他在京的、够级别的大臣也不例外。就连光绪的皇后隆裕（她是慈禧那条线上的人）也得在这边整天伺候着，连梳洗打扮都顾不上，进进出出时，大臣们也来不及向她请安，都惶惶不可终日，就等着屋里一哭，外边好举哀发丧。西太后得的是痢疾，所以从病危到弥留的时间拉得比较长。候的时间一长，大臣们都有些体力不支，便纷纷坐在台阶上，哪儿哪儿都是，情形非常狼狈。就在宣布西太后临死前，我曾祖父看见一个太监端着一个盖碗从乐寿堂出来，出于职责，就问这个太监端的是什么，太监答道：'是老佛爷赏给万岁爷的塌喇。''塌喇'在满语中是酸奶的意思。当时光绪被软禁在中南海的瀛台，之前也从没听说过他有什么急症大病，隆裕皇后也始终在慈禧这边忙活。但这之后不久，就由隆裕皇后的太监小德张（张兰德）向太医院正堂宣布光绪皇帝驾崩了。接着这边屋里才哭了起来，表明太后已死，整个乐寿堂跟着哭成一片，在我曾祖父参与主持下举行哀礼。其实，谁也说不清西太后到底是什么时候死的，也许她真的挺到光绪死后,也许早就死了,只是秘不发丧,只有等到光绪死后才发丧。这已成了千古疑案。查太医院的任何档案也不会有真实的记载。但光绪帝在死之前,西太后曾亲赐他一碗'塌喇',确是我曾祖亲见亲问过的。"这是一个皇帝的死,没有任何档案,没有真实的记载。历史云乎哉!历史叙述的真实在哪里?

生死事大,每个个体都是这样。那么,由个人而及于朝政的历史记录,又怎样呢?老师有一段议论说:"后世秉笔记帝王事迹之书,号曰'实录',观其命名,已堪失笑。夫人每日饮食,未闻言吃真饭,喝真水,以其无待申明,而人所共知其非伪者。史书自名实录,盖以其先恐人疑其不实矣。又实录开卷之始,首书帝王之徽号,昏庸者亦曰'神圣',童騃者亦曰'文武',是自第一行即已示人以不实矣。"老师坦率说:"这是我很得意的一段文字,得到叶圣陶老'此事可通读报章'的称赞。"(《启功口述历史》)

是的,这实在值得称赞。这种对于历史记载,特别是对于"官书"的不实之揭露,是从事实得来的明敏思想,是免于继续受骗的良药。而"可通读报章"的称赞,更是觉醒者的共识。

第二,颠覆了圣人的形象及其在历史上的作用。圣人，从先秦文献中看，即以出类拔萃，成为华夏智慧超群，道德圣洁，能力出众，管理国家尽善尽美的理想化身。"圣人之治"是理想的境界。尽管老子指出"天地不仁，以万物为刍狗；圣人不仁，以百姓为刍狗"，但并不是否定圣人，只是认为圣人也必须以"仁"为自己的指南。"仁"不仅是圣人，也是天地必须遵循的指南。圣人是和天地相提并论的。

孔子已经叹息："圣人吾不得而见之矣；得见君子者，斯可矣。"（《论语·述而》）孔子心中的圣人是这样的，子贡曰："如有博施于民而能济众，何如？可谓仁乎？"子曰："何事于仁，必也圣乎！尧、舜其犹病诸！"（《论语·雍也》）而圣人是君子的"三畏"之一："君子有三畏：畏天命，畏大人，畏圣人之言。小人不知天命而不畏也，狎大人，侮圣人之言。"（《论语·季氏》）孔子弟子很有以孔子为圣人的，但孔子并不接受，他说："若圣与仁，则吾岂敢。抑为之不厌，诲人不倦，则可谓云尔已矣。"（《论语·述而》）然而，子贡坚定地认为孔子就是圣人："太宰问于子贡曰：'夫子圣者与？何其多能也？'子贡曰：'固天纵之将圣，又多能也。'"（《论语·子罕》）

孔子逝世以后，儒生虽然遭到秦始皇的屠杀，但此后孔子及儒家却越来越受到统治者的重视,自汉平帝加封公爵开始,北魏已经封为"文圣尼公",唐代宗尊为"先圣",唐玄宗封为"文宣王",到清朝是"大成至圣文宣王",被鲁迅讥刺为得到"这一个阔得可怕的头衔"了。也因此,鲁迅认为:"总而言之,孔夫子之在中国,是权势者们捧起来的,是那些权势者或想做权势者们的圣人,和一般的民众并无什么关系。"(《在现代中国的孔夫子》)

老师与鲁迅的着眼点不同,老师针对"圣人"的智慧及思想与实际结果揭示他们实际是"糊涂"的,是"糊涂人"。老师一再咏叹:

酸甜苦辣本非殊,且喜频年乐不孤。小子如今才懂得,圣人从古最糊涂。饮余有兴徐添酒,读日无多慎买书。欲把诗怀问李老,一腔豁达近何如。

(《启功赘语·频年》)

圣人最糊涂,我曾冒狂瞽。圣人倘有知,必谅非轻侮。唇焦说诸侯,笔秃告千古。比屋竟可诛,垂教徒辛苦。

(《启功赘语·古诗四十首》之十六)

虽然圣人垂教白费唇舌，两千多年来神州没有出现理想的世界，没有"治成""宜居"的大地，也许原因多多，但老师所揭示的教训，实在足以为"王者师"或有志于跻身"王者师"之列的聪明人想一想吧？

第三，老师认为王朝的灭亡是忠于王朝者所无力挽救的，历史有它必然的归宿。这一点，老师非常自诩与自得，曾经多次教我读他的下述两首诗：

> 可怜伍子胥，忽近而察远。吴王拥西施，越王尝苦胆。胜败由自招，何待忠臣管。最后吴东门，徒费两只眼。

（《启功赘语·古诗四十首》之四十）

> 遗传有基因，生活有习惯。人性遇事机，遂成恶与善。比干以其心，欲使纣心换。纣自求其亡，比干何能谏。

（《启功赘语·古诗四十首》之二十二）

吴王的腐败，纣王的残暴，都是王权专制的必然，王朝的覆灭也是罪有应得，咎由自取，非忠臣孝子所能挽狂澜于既倒也。这就是历史。"王千万世"的梦想是有的，而且很多。"王千万世"的朝代,从未出现。不然《史记》以降,何至于官修史书,一朝又两朝,三朝又四朝,多达二十五哉?

二〇一二年一月二十七日星期五

# 李长之老师和鲁迅先生

时间过得真快,一九五七年毕业离开北师大,不见长之师已经四十七年。长之师先我而去也已二十三年。一九九九年十二月四日《文汇读书周报》登出朱健先生大作《有此一说:屈原好比梅兰芳》,提到长之师,拜读后很想补充几句话。为寻找《鲁迅批判》的初版本,拖拖拉拉又过去一年多了。鲁迅曾浩叹我们中国人做事太慢,人非长寿不可。而他逝世前一年大病后休息,想到要做什么文章,翻译或印行什么书籍,滋生了"要赶快做"的念头。自省道:"'要赶快做的想头,是为先前所没有的,就因为在不知不觉中,记得了自己的年龄,却从来没有直接地想到'死'。"(《死》)可惜,一年零一个月后,他就死了。

今年是蛇年,恰当他一百二十周年诞辰。时间过得真快呵。

朱先生文中写道:

> 李长之先生著作,近年虽重印数种,但长期"失踪",知者不多。其实,李先生并非一般人物。《鲁迅全集》有简要注释:"李长之(一九一〇——一九七八),山东利津人,文艺批评家。一九三四年时在清华大学哲学系肄业。一九三五年为天津《益世报》文学副刊编辑。为《鲁迅批判》一书与鲁迅通讯。"(《全集》,十五卷,四百二十二页)。今人一见"批判",多半毛骨悚然,心有余悸。但那时"批判"就是评论。我们可从《全集》十三卷中读到鲁迅先生写给李长之的几封信,感受到先生对一个"批判"自己的青年作者关爱、宽厚的心。一九三五年八月三十一日的日记,尚有"复李长之信并附照片一枚"的记载。《全集》注释称:"系应李长之之请而寄,用于《鲁迅批判》卷首。"朱正同志告我,他见到过这本书,封面即为鲁迅照片。据我有限的见闻,获此殊荣者,似无第二人,有了这样的佐证,李长之先生为何如人,《鲁迅批判》是何等书,大体可知。

《鲁迅批判》现在已成为鲁迅研究史上的传世之作了。一九三六年一月上海北新书局出版，同年十一月也即鲁迅刚刚去世出二版。我还见过一九四三年成都东方书社的第三版。战时书品，简陋而粗糙，封面上鲁迅的照片没有了，红色印刷体的书名改为白纸手写的墨色，署名加了先生的姓。《三版题记》有一段话说：

> 本书出版后，在国内没有什么大反响，这是料到的。因为我对于鲁迅的好坏都提到，这便使只觉得好（好成一个偶像）或者只觉得坏（坏到死后还有余辜）的人所失望的。注意这部书的倒是我们的敌人，在出版不久，日本的《中国文学研究》上，有大半本的篇幅是介绍这部书，每一章节都有提要，连后记中所说根据宏保耳特的方法论处也没遗漏，——或者是因为敌人太笨之故了吧。北平沦陷后，有一个杂志上曾发表过敌人所查禁的书单，这书却也即是其中之一。

这是真的，日本的鲁迅研究者颇注意于这本书。极富功力与卓见的木山英雄教授在他二十世纪六十年代的力作《〈野草〉的诗与"哲学"》中就称引道：

下面要思考的问题（引者注："死"的问题），与李长之所指出的"人得要生存"这一鲁迅的"基本观念"相关联。李长之称此为"进化论的生物学思想"，并将此与在《呐喊》《彷徨》等作品中多处描写了人和动物的死，这一事实联系起来。这是对的。因为，鲁迅确实在生之挣扎中写了这些死。不过，让我们感到李长之这样正确的还在于以这样的视角来考虑问题，而且仅限于这种场合。他说："鲁迅没有什么深邃的哲学思想的，倘若说他有一点根本信念，则正是在这里。""倘若以专门的学究的思想论，他根底上，是一个虚无主义者，他常说不能确知道对不对，对于正路如何走，他也有些渺茫。"对于这样好的卓见，如果离开上面的视角转用为裁定作家鲁迅的手段，我会感到不安的。

（《鲁迅研究月刊》1999年第11期，赵京华译）

在二十世纪三十年代，当《〈鲁迅杂感选集〉序言》（瞿秋白）以前所未有的理论性或许带有颇具权威的口气提出"鲁迅在'五四'前的思想，进化论和个性主义还是他的基本"，并做出"鲁迅从进化论进到阶级论，从绅士阶级的逆子贰臣进到无产阶级和劳动群众的真正的友人，以至于战士，他是经历了辛亥革命以前直到现在的四分之一世纪的战斗，从痛苦的经验和深刻的观察之中，带着宝贵的革命传统到新的阵营里来的"的结论之后，长之师坚持鲁迅"他的思想是一种进化论的生物学的思想"（《鲁迅批判》第3页，上海：北新书局，1936年1月出版），"人得要生存，这是他的基本观念"（同上书，第4页），"人先得活着，这是鲁迅的思想的根本点"（同上书，第106页），自是卓见，也需要勇气，特别是"鲁迅从进化论进到阶级论"的论点一出，时兴的观点是鲁迅已经"轰毁"了进化论了。

然而，长之师由此更推进一步，一再申说鲁迅的人生观，"是生物学的人生观"（同上书，第106页），为什么会忽略鲁迅在"人是生物，生命便是第一义"（《译了〈工人绥惠略夫〉之后》《我们现在怎样做父亲》中有相同的表述）的基础上，追求的是"'人'的价格"而反抗沦为奴隶（《灯下漫笔》），追求的是"一要生存，二要温饱，三要发展。苟有阻碍这前途者，无论是古是今，是人是鬼，是《三坟》《五典》，百宋千元，天球河图，金人玉佛，祖传丸散，秘制膏丹，全都踏倒他"（《忽然想到》之六）。而且，"我之所谓生存，并不是苟活；所谓温饱，并不是奢侈；所谓发展，也不是放纵"（《北京通信》）；追求的是"立人""根柢在人""是故将生存两间，角逐列国是务，其首在立人，人立而后凡事举；若其道术，乃必尊个性而张精神"（《文化偏至论》）。语云：真理向前走半步，则成为谬误，我常常为此惋惜。

朱先生说："今人一见'批判'，多半毛骨悚然，心有余悸。"这"今人"的上限不知放在什么年月？二十世纪五十年代初，我入大学的时候，"批判"已然与"批评"截然不同，令人不寒而栗的了。长之师似乎也受到这本书的影响。他课教得好，而且每讲完一段不久，书也就出版了，并且送给我们，比讲义正规而漂亮。但他一副郁郁寡欢的样子，我们也对他颇为隔膜，觉得"批判"鲁迅，总不是味儿。

长之师与鲁迅的联系，并非始于他写这本书。一九三四年北平文学评论社出版他的诗集《夜宴》，他就寄赠了一本给鲁迅，扉页上题着："赠给敬爱的鲁迅先生，作者十二、廿五。"这大概不会是出书后一年的十二月二十五日。

鲁迅给长之师的信，至少有三封或四封。据《三版题记》，一封原计划作"鲁迅先生手迹"印在初版上的，初版只留下一条空话："原信也一并不见踪影了。"据《鲁迅日记》，一九三五年八月三十一日寄照片的同时，"复李长之信"。如果这就是作"手迹"的一封，则是三封，否则就是四封了。

现存两封，收入一九八一年版《鲁迅全集》。原信"文革"时被抄后曾入藏北京鲁迅博物馆。二十世纪八十年代后期"落实政策"，经国家文物局批准归还给了亲属。

鲁迅说他"作札甚多，或直言，或应酬，并不一律"（《19341229致杨霁云》）。给长之师的两封，并不全在应酬。一九三五年七月二十七日的第一封有言：

> 惠函敬悉。但我并不同意于先生的谦虚的提议，因为我对于自己的传记以及批评之类，不大热心，而且回忆和商量起来，也觉得乏味。文章，是总不免有错误或偏见的，即使叫我自己做起对自己的批评来，大约也不免有错误，何况经历全不相同的别人。但我以为这其实还比小心翼翼，再三改得稳当了的好。

同年九月十二日的又说：

> 我离北平久，不知道情形了，看过《大公报》，但近来《小公园》不见了，大约又已改组，有些不死

不活,所以也不看了。《益世报》久未见,只是朋友有时寄一点剪下的文章来,却未见有梁实秋教授的;但我并不反对梁实秋这人,也并不反对兼登他的文章的刊物。上月见过张露薇先生的文章,却忍不住要说几句话,就在《芒种》上投了一篇稿,却还未见登出,被抽去了也说不定的。

因为忙于自己的译书和偷懒,久未看上海的杂志,只听见人说先生也是"第三种人"里的一个。上海习惯,凡在或一类刊物上投稿,是要被看作一伙的。不过这也无关紧要,后来大家会由作品和事实上明白起来。

这两封信里应该说有几句真话,有几句重要的话的。但就在写第二封信的同一天,鲁迅有给胡风的信,说的却是:"李'天才'正在和我通信,说他并非'那一伙',投稿是被拉,我也回答过他几句,但归根结蒂,我们恐怕总是弄不好的,目前也不过'今天天气哈哈哈——'而已。""李'天才'"据《鲁迅全集》注,"指李长之。他曾在《大自然的礼赞》(载《星火》杂志一卷二期)中说'大自然是爱护天才的'。"找到这出处着实不易,可惜引文并不准确,原文为:"大自然的骄儿就是天才。大自然永远爱护天才。"不过我总觉着有点双关,有点痛楚。

鲁迅在给孟十还的信里,还有三封说到长之师和他的书,率直而犀利。一九三五年六月十九日信中说道:"李长之不相识,只看过他的几篇文章,我觉得他还应一面潜心研究一下;胆子大和胡说乱骂,是相似而实非的。""看那《批判》的序文,都是空话,这篇文章也许不能启发我罢。"同年七月四日信说:"李长之做的《批判》,早收到了。他好像并不专登《益世报》,近来在《国闻周报》里,也看到了一段。"同年九月八日信表示:"李某的所缺的几段文章,没有在别处见过,先生也不必找它了,因为已经见过不少,可以推想得到,而且看那'严禁转载'的告白,是一定就要出单行本的。"

由此可见,鲁迅在给长之师的信里又并没有完全"直言",是有"应酬"的成分在的。

我很惭愧,作为学生,四十多年来,对长之师知道得极少,尤其是在我从业余到专职的研究范围之内,没有用功。如他到底是不是"'第三种人'里的一个",至今只能交白卷。虽说这问题现在已然愈来愈淡化,乃至于颇有"拨乱反正"的意味。又比如,鲁迅所指明的"《批判》的序文,都是空话",也未能有真切的体认。总觉得其中虽有错误,但多少还是言之有物,持之有据的。

人生是这样复杂，我们中国是这样难以改变。七十多年前鲁迅痛感："要画出这样沉默的国民的魂灵来，在中国实在算一件难事，因为，已经说过，我们究竟还是未经革新的古国的人民，所以也还是各不相通，并且连自己的手也几乎不懂自己的足。我虽然竭力想摸索人们的魂灵，但时时总自憾有些隔膜。"（《俄文译本〈阿Q正传〉序及著者自叙传略》）鲁迅寄你照片了，你也印在书的封面上了，要说是获得了"殊荣"，有点像，却又似乎不很像呵。谁知道呢？

二〇〇一年二月十二日

【赵园补记】　作者另一篇关于李长之先生的文章有如下记述：

> 1954年，李长之老师为我们北师大中文系大二学生讲司马迁与《史记》，课堂上的雄辩，课堂下的沉默寡言，一袭蓝干部服，提溜着一个蓝布袋书包，踱方步似的走在新建的校园里。至今半个多世纪了，闭目遐想，依然清晰如昨。好一个可敬可爱的矮小瘦削的长者。他哪里像多豪侠仗义之士的山东大汉，简直

就是一个南方质朴的老农,更看不出是个大学者。

那时老师年龄还不大,才四十出头,为什么显得"老气"呢?其实老师思维敏捷,口齿流利,文笔酣畅,课才讲完,一本《司马迁之人格与风格》就出版了。不记得是每个同学都给了一本,还是胆大的同学伸手就给了。总之,大家赞叹不已。

然而空气似乎总有些异样,一种低气压徘徊在老师身边。印象中无论师长和同学,对他似乎都是"敬而远之"。大家心照不宣,是老师那本《鲁迅批判》留下的阴影。事实上,那时很难见到这本书。我们汉族是讲究"正名"的:"批评"是内部问题,"批判"就变质了!"改革"是革命的,"改良"就犯罪?而且,"好读书不求甚解"也颇风雅,也是传统。(出自《李长之老师的睿智与一失》)

## 送别周海婴先生

周海婴先生走了,艰难地走过了八十二个春秋,把无尽的追思留给后来的人,后来的尊敬他和他父亲的人。对他父亲说三道四的人也可能会连带上他,所谓"恨和尚兼及袈裟"。"迁怒"是后一种人的品行。这不是他的选择:他出生在一个伟大的家庭,他生活在一个时代巨大的光环中心。这个光环,即使他不借光也耀眼,又使他笼罩在光环中格外吸引各色人等的各种眼光。

对于海婴先生的病逝,我怀着深切的哀悼。他的死,带走了两个历史性的标识。一个是:鲁迅相依为命人,生时精心呵护,死前留给遗嘱的两个人——爱妻与爱子,渴望他俩在他身后能够"幸福的度日,合理的做人"的亲人，都逝去了。从此人世间再也没有鲁迅拥抱过、亲亲过的人了。一个是海婴先生建议成立的鲁迅研究室的八大顾问，都走了。从此鲁迅研究室再也聘请不到像他们那样见过鲁迅、钦敬鲁迅、帮助过鲁迅的专家学者了。他们是：常惠、曹靖华、杨霁云、孙用、林辰、戈宝权、唐弢、周海婴诸位先生。

中外古今的遗嘱有多少？说不计其数恐怕也不为过吧！可鲁迅的这一份，我看是举世罕见的。那冲破汉族正统思想牢笼的意愿和力量，那对于中国人生的透彻观察，那样简洁，只有七条八句话，都令我赞叹而深思。请看：

"四，忘记我，管自己生活。——倘不，那就真是胡涂虫。

"五，孩子长大，倘无才能，可寻点小事情过活，万不可去做空头文学家或美术家。"

"六，别人应许给你的事物，不可当真。"

"七，损着别人的牙眼，却反对报复，主张宽容的人，万勿和他接近。"

在许广平先生的精心抚育下，海婴先生是努力实践着的。他不学文，而学无线电通信，他学有所成，远离"空头"与否的瓜葛。

鲁迅应该"安心"了吧？他曾经向许广平诉说过的：

"同我有关的活着,我倒不放心,死了,我就安心。"现在,鲁迅可以安心了吗?如果人地下有知,还是不能吧?他的遗传基因延续着,他没有见过的哲嗣更多了。当年鲁迅和许广平热议婚恋的时候,许说:"至于你自己的将来,唉,那你还是照我上面所说的罢,不要太认真。况且你敢说天下就没有一个人是你的永久的同道么?有一个人,你就可以自慰了,可以由一个人而推及二三以至无穷了,那你又何必悲哀呢?"鲁迅回答:"至于还有人和我同道,那自然足以自慰的,并且因此使我自勉,但我有时总还虑他为我而牺牲。而'推及一二以至无穷',我也不能够。有这样多的么?我倒不要这样多,有一个就好了。"

这是就亲情说的,何况鲁迅逝世前重病向愈的时候,坦言当时的心境,是:"街灯的光穿窗而入,屋子里显出微明,我大略一看,熟识的墙壁,壁端的棱线,熟识的书堆,堆边的未订的画集,外面的进行着的夜,无穷的远方,无数的人们,都和我有关。我存在着,我在生活,我将生活下去,我开始觉得自己更切实了,我有动作的欲望——但不久我又坠入了睡眠。"今年(2011年),是鲁迅诞生一百三十周年,他长眠地下已经六十五年,超过一个花甲了,他睡得"安心"吗?

至于鲁迅研究室,是海婴先生给毛泽东主席写信,建议成立的。信里提出三个建议。一是"关于鲁迅书信的处置和出版",指出"一九四六年母亲在上海编印过一部鲁迅书简,收入当时搜集到的书信八百五十五封"。后来的《鲁迅全集》,只收入三百三十四封。而当时已经搜集到,已有一千二百多封。他建议全部出版。二是,"关于鲁迅著作的注释"。他建议"编辑出版一部比较完善的注释本鲁迅全集(包括书信和日记)"。三是,"关于鲁迅研究"。他建议"将一九五八年下放北京市文化局的鲁迅博物馆重新划归文物局领导,在该馆增设鲁迅研究室,调集对鲁迅研究有相当基础的必要人员,并请一些对鲁迅生平熟悉了解的老同志作顾问"。这封信写于一九七五年十月二十八日,三天后,毛主席于十一月一日就做出批示:"我赞成周海婴同志的意见。请将周信印发政治局,并讨论一次,作出决定,立即实行。"海婴先生的建议立即得到实现。我以为这才是海婴先生对于鲁迅做出的最大的贡献。媒体有所谓"还原了"鲁迅是海婴先生最大的贡献云云,这不符合鲁迅研究的历史,也违背人类认识事物的常识,还抹杀了人都带着主观色彩的常情。一个人——认识的客体,是不可能"还原"的,只能逐步"逼近",比较地符合他的实际。海婴先生是个谦虚的人,不会这样自诩吧?而这种不符合事实的评价,反而有损于海婴先生的清誉。

海婴先生是最关心鲁迅研究室的顾问。如今,他走了,鲁迅研究室的"室史"画上了一个句号。而今而后,鲁迅研究室的命运会怎样呢?鲁迅思想的元点,是"根柢在人"。是的,归根到底,还是"人的问题"。无疑,这是有幸曾经在,正在,和将要在鲁迅研究室的同仁必须深思的。

我有幸在鲁迅研究室成立伊始,就忝列其中。报到不久,更蒙金涛先生引荐,海婴先生在他家里会见了我们,并且"赏饭"。这是屈指三十五年前的陈迹了,然而,我不能忘却。三十五年的来往,我略知海婴先生,我敬佩海婴先生。

我敬佩他,和他母亲一道,全部无偿捐献鲁迅的手稿、藏书、故居等一切文物给国家。那时,二十世纪五十年代是名副其实的"无偿捐献",一分钱的奖励金也没有的。这是鲁迅博物馆的心脏、灵魂、命根。没有鲁迅手稿等文物,就没有鲁迅博物馆;有,也不过一个建筑、一座空屋而已矣。自然,我也知道,捐献鲁迅全部文物的事,是海婴先生母亲的决定。但是,那时候,海婴先生已经成年,有独立的行为权利。而许先生也一定会慎重和自己的爱子商议的。没有海婴先生的同意,要无偿捐献是不可能的。正因为是这样,当年无偿捐献,是他们母子联名发表的声明。海婴先生功不可没。

我敬佩海婴先生，是他全部开放鲁迅手稿、藏书、一切鲁迅文物的研究。这已经是他母亲过世，他独自决定的了。鲁迅研究室成立，遇到的第一个难题，是鲁迅与许广平由师生到恋人到伴侣的全部信件都保留着，珍藏在鲁迅博物馆。这些信件对于研究鲁迅、许广平和他们两人，都是极其重要的"档案"。可是，这些又都是个人最为秘密的"隐私"。"闺房有甚于画眉者""内言不出于阃"。怎么办？当年真是慎之又慎。鲁迅研究室主任李何林先生主持召开了文物出版社、鲁迅博物馆和鲁迅研究室的联席会议，气氛严肃，争论极大，莫衷一是。当征询海婴先生的时候，他表示：母亲就说过，所有留下来的文物，都可以公开，供人们研究。多么坦荡无私啊。在对于两性、恋爱和婚姻，有源远流长的正统思想禁锢传统的我国，这是非常勇敢的决定。尤其在当时的一九七六年，还在"文革"当中。试看此后，改革开放一年年过去，多少保留下来的"日记"，新出的"文集"，都是经过家属选择、遮蔽，才出版的，最愚不可及的是公然动手篡改，重写。由此可见海婴先生不平凡的思想和胸怀。

在我的心里，对海婴先生有一股别样的深深的同情。他的日子，太难过了。他虽然享受着、沐浴着双亲的阳光，但，同时，他要面对人们对他父母无数的质疑、批判，甚至谩骂与中伤；又要承受一个人暴露在父辈巨大的光环中，面对无数希望他像他们所希望的那样生活、那样说、那样做的目光。有些是挑剔的，苛酷的。事非亲历不知难。即使设身处地，也还是不能感同身受的。我和海婴先生相识的日子不可谓不长，承蒙海婴先生偏爱，有时不耻下问，我还是常常觉得有所"隔膜"。一九八五年，全国政协有提案要求影印出版鲁迅辑校古籍和石刻的手稿。国家文物局将任务交给鲁迅博物馆。鲁迅博物馆邀请上海鲁迅纪念馆合作。为了落实，国家文物局召开专门会议进行研究。会上许多专家有意请海婴先生放弃稿酬，慷慨激昂，持之有故，言之成理，并且相邀专门拜访海婴先生，当面陈情。可是，到了海婴先生家，落座，喝茶，交谈，气氛热烈、亲切，到了儿却没有一位先生提出商量的主题。我体会到，开口的难。另一方面，海婴先生不是更加为难吗！为版权，为稿酬，为维护自己的权利，他有多少次和解，多少次对簿公堂啊。

　　海婴先生待人平和，友善。你尊敬他，他尊敬你。有事多可商量。自然，他有他的原则。有时，我觉得海婴先生太有童心，少有城府而近乎天真，和人聊天，无所顾忌。遇到别有用心之徒，就吃亏，百口莫辩。

海婴先生好不容易过了"而立",过了"不惑",过了"耳顺",挨到"行不逾矩"了,可以自由自在了吧?还是不行。出版一本《鲁迅与我七十年》,是非蜂起,舐皮论骨,甚至有以鲁迅研究权威自居,不对事实加以分析,横加指责,以有来头而自炫的,似乎真理只在"威权"手里,乃至"回忆"都不可信了。

海婴先生走了。每个人都要走的。海婴先生,我知道您有未了的遗愿。我也似乎感到您有一些怨愤。但是,都过去了。您无可奈何了,也都和您没有关系了。您慢走,走好。这里借花献佛,献给您启功老师的《踏莎行·自题小照》:

> 昔日孩提,如今老大。年年摄影墙头挂。看来究竟我为谁,千差万别堪惊诧。
> 
> 貌似多般,像惟一霎。故吾从此全抛下。开门撒手逐风飞,由人顶礼由人骂。

您走好,海婴先生!

二〇一一年四月九日星期六

# 感念中岛碧先生

在我的异国熟人中，如果不计较异民族风习的深层隔膜，中岛碧先生要算我稀有的异域朋友了。

一九九九年我第三次访问日本，从东京到京都的第一个夜晚，她赶到宾馆接我到石川祯浩先生的新宅便宴。只有我们四个人。我们四个大人一边品尝着石川夫人千叶女士准备好的佳肴，一边尽兴喝酒，随意聊天，间或看石川先生教训不受约束活泼泼的幼儿，够欢快的了。然而也有一点拘谨，是中岛碧先生单独住到京都来了，而中岛长文先生则守在宇治的老家。虽然大家自然而然地回避着这一话题，但我心里毕竟藏着说不清楚的感伤。为他们伉俪，为我这一对最早结识的日本朋友。饭后中岛碧先生执意送我回到宾馆，我们郑重地道了别。

本来早已约好第二天中午和长文兄见面，小酌。由于我不懂日文，人地生疏，不敢单独留下，只好随邀请我来的主人阿部幸夫先生一行转往奈良。给长文兄的电话又没有打通，回国后长文兄来信告诉我，他在雨中等了我一中午，还有我只见过一面却十分敬重的荒井健先生。我不仅为失礼而内疚，也为没有相见而后悔，遗憾。而且下了决心，我一定要专程去看望长文兄，拜访荒井先生，当面谢罪，并补一次煮酒论文的欢聚。

这以后听说中岛碧先生到了东京，赵园和我于是一直盼望东京来信。先以为忙于搬家，就任新职，没有时间写；后来又猜想，大概难以下笔，迁延着没有写。在苦等中的一天夜里，突然海那边一个长途电话传来噩耗，碧兄遽尔谢世。我和赵希望这不是真的。我们立刻打电话给平原兄，请他问问正在东京大学讲学的嫂夫人夏晓虹先生。"无可奈何花落去"呵！生命一经结束，谁也无力回天。我们哀悼碧兄过早地扔下深厚的功力，积蓄的学识，旺盛的创作力；我们担心长文兄悲伤过度。理群兄夫妇、平原兄夫妇、我们夫妇赶紧联名发了一个唁电，慰问长文兄和他们的两位公子，恳望他们节哀。

这是只有我知道的，我没有告诉任何人。长文兄赴法国访问一年的时候，是碧兄来信嘱我给他写信，说他一个人在异国他乡会孤单，会寂寞，并给了我通信的地址。我遵嘱，也是早就祈盼着的，立即发出了给长文兄的信。回信很快就来了。意外的是一幅情景自画像，钢笔单线平涂：一个泪人儿的他，面前案上是歪斜的酒杯。题词"不是泪痕是酒痕"。我大吃一惊。我懂得其间的凄苦。我回信写了几句劝慰的话。这回来信却是长篇文字，笑我误解了诗与画的意思。我心里想，"诗无达诂"也是中国传统的解诗经验之谈；我又以为，难言之痛才是真痛。中岛二位一在故土，一在他乡，心底里还是隐隐地深深地牵挂着。

我最早认识碧兄，是在中国，是她来鲁迅博物馆查资料。后来她带来了中岛长文先生，专门研究鲁迅藏书中的日文图书。一九八六年有《鲁迅目睹书目：日本书之部》的出版。那精细的实证，精审的考订，令我惊叹。人说这是日本学者传统的研究品格。这也是鲁迅藏书研究的第一部。

不久，他二位要归国了。我们三人在鲁迅研究室楼前照了一张相。长文兄瘦挑个儿，比我高一个头；碧兄比我略矮一点点，已然发福，脸部线条分明，略显颧骨。衣着都极素朴。倘若不活动，不看她的手提包，碧兄很像中国南方的中年女性，尤其是我故乡江西一带的。这时候我们没有作过长谈。

我总是记不住时日。大概在一九八六年的暮春或是初夏，忽然中岛碧先生来信，问我愿不愿意到她任教的大阪女子大学讲点鲁迅。岂止愿意，这在我是惊喜。我还没有走出过国门。我想看看海外的世界，领略一点人应该有的生命体验。何况当时中国的改革开放已经八年，国门已稍稍打开，"出国热"已然形在。这之前一年鲁迅博物馆已设法派出一个代表团访问日本。我不愿意三个馆领导甩下一个，四个研究馆员一拥而上，推辞了。现在我"自食其力"的机会来了。我不知道为什么，但我铭感着中岛碧先生。然而人间事真是难说得很。当我成行，馆里就有流言，说我前一年不去，这一年去是早有安排，"老奸巨猾"。现在碧兄先我而走了，唯一的知情人不能说出真情。不过，我从来就没有想要说明什么。

从此，每隔一周半月，就可以收到碧兄一封来信，方正圆熟的汉字，相当流利的中文，告诉我讲课日程的安排，住宿宾馆的名字、日期和它的电话，来回的航班。我才知道日本人办事是这样细密和周详。自然，还有一再征询我想看什么地方、访问什么人的问题。最后我表示如果可能，能不能去高仓健主演的《兆治酒馆》那样的小酒馆喝一杯。

留下的照片提醒我日期，我是九月二日华灯初上的时候走出大阪机场的。中岛夫妇、大阪女子大学的一位老师大平桂一先生和负责总务的一位先生来接我。

我做梦也没有想到，中岛碧先生在会馆订了相邻的两个房间，第一天请长文兄陪我，第二天请大平先生陪我，第三天才由我一个人单独住在会馆里，但早晨却有听我课的几位同学来接我，一同步行去大学校上课。我们中国有所谓"宾至如归"的成语，原来这现实就是这样。

中岛碧先生不但有一群在学的亲她敬她而又活泼可爱的学生，她还请来了一位得意的学生为我翻译，这就是石川祯浩先生。石川先生当时正在京都大学读研究生，攻读中国近现代史，尤其是中国共产党的历史。好一个帅小伙子呵。一口流利的汉语使我的讲课增色不少。特别是向社会公众举行的报告会，我讲《鲁迅的妇女观和今日中国妇女问题》，其中有许多数字、表格、鲁迅著作的引文和"气（妻）管严"一类口语，他译得满堂欢笑。

在和当地研究中国现代文学的学者们的座谈会上，我看到中岛碧先生是那么轻声细语，言简意赅，那么儒雅大方，深得同行的尊敬。在和同学的小聚餐上，她又是那样开心地大声讲话，大声欢笑，而又豪饮。

那是课程结束的当天晚上,她领着十几个听课的学生,三两个老师,石川先生和我,来到一个"兆治酒馆"。我们这一群似乎占满了整个酒馆,没有生客再来,来了似乎也没有座位了。很快我们就分成了两拨:学生围着石川一拨,我们一拨坐在前店靠柜台的下边。喝酒谈天之间,碧兄时时照顾年轻的一群,并把她们的问答谈笑翻译给我听。原来她们在问石川有没有女朋友,问他的情况,要他唱歌,敬他喝酒。碧兄说,石川是今天的太阳呵。酒店老板也高兴起来,同我们干杯,而且高喊干杯,告诉我们他有孩子在加拿大留学,最后问我们吃不吃河豚?碧兄征询了大家的意见之后,又加了一道河豚,鲁迅有赠日本友人诗句,曰:"岁暮何堪再惆怅,且持卮酒食河豚。"那天我们却在一个难忘的夜晚在欢歌笑语中满斟卮酒食河豚哩。

讲课结束,中岛先生请我到他家做客,住了一宿还是两宿,记不准了。在这里我看见了系着围裙在厨房做饭的中岛碧先生,除了浑身的书卷气,完全是一个农家妇女。添酒、上菜,上完菜才坐到日式饭桌前一道喝酒聊天,完全是中国旧式小康人家家庭主妇的做派。第二天清晨我看到她早早在厨房为两位上学的公子准备早餐。我想,母爱真是无私得可怕。研究、教课、相夫教子、洗衣做饭,有时一抹疲倦从脸上掠过,她太辛劳了。

离开大阪的前夜，中岛碧先生安排我住在火车站附近的宾馆里。第二天早晨他们夫妇赶来陪我用餐，火车进站的一刻，她告诉我，我的座位靠富士山一边，经过时可以眺望到它。这是我最后一个惊喜。还有，我早已知道，她已经拜托她的挚友尾崎文昭先生在东京站接我，陪我拜会一桥大学的木山英雄先生，陪我完成在东京—仙台的旅程。而这次在东京意外地认识了尾上兼英先生、伊藤虎丸先生、丸山昇先生和他的东京大学中国三十年代研究会的年轻学者们，更是我一生中的幸事。

回国后我给中岛夫妇写信致谢，想起"非宅是卜，唯邻是卜"的古谚语，还有"乡间孝友莫如子，我愿卜邻非一日"的诗句，我说：您家旁边正有一块空宅地，如果我有足够的钱，真想在那地上盖一间茅屋。

从此以后，我们日益熟悉起来。经常互通音问之外，每有书出版必互相以先赠送为快，偶尔要买什么书，查抄什么图书资料，也放心托付。尤为愉快的是，他们的长公子想来北京强化汉语，看看电影，我帮他上了北京电影学院的一期培训班。人与人之间，能以家事相托，正是情谊增进的标志。我觉得，我们可以说是朋友了。虽然我更经常更深刻地堕入一种苦恼一种怅惘，由于异民族之间不同文化底蕴的隔阂，难以达到伊藤虎丸先生倡导的"心的交流"的境界。

一九八九年我敬爱的老师王瑶先生突罹大难,客死上海。他在弥留之际表示想死在北京家里竟不可得。这是一个人最后的也是微末的愿望呵。这使我陷入超越个人的苦痛之中且绵延不绝。一九九一年鲁迅诞生一百一十周年,为日本仙台纪念会事,又陷入不可抗拒的无奈和尴尬。九月二十二日夜晚,孙玉石老师和我飞抵东京的时候,尾上兼英先生和丸山昇先生在机场迎接;伊藤虎丸先生、高筒先生、高桥先生诸位又在宾馆等候。空气像凝固了似的,连久别重逢的欢愉也冰冻在里面。谈话是友善的,安排是周到的,可总显得肃杀。第二天丸山昇先生陪我们赴仙台出席会议。工作午餐上与主办方协商计划中我的讲演改变题目和内容,作《鲁迅走过的日中友好之路》,承蒙丸山昇先生破格俯允为我翻译,才得圆满解决,使我铭感这永在的温情。

就在这时候,碧兄从宇治的家里打来电话,约我去宇治小叙。我想乘长途巴士从仙台直接去,图个简便,她坚决反对,一定要到东京来接我。我们从仙台回到东京的同一天,碧兄也到了。晚上东京的朋友欢宴出席东京纪念鲁迅诞生一百一十周年学术会的海外专家和开完仙台会议回东京的一行,碧兄也在座。这时我才知道,她还不认识木山英雄先生。我笑说：我来给你们介绍吧？话音未落，只见她已冲到木山先生座前，自我介绍，表示敬意，双方欢谈了起来。两位著名的学者，至迟一九八七年为我的事有过交涉，却一直不曾谋面，又令我吃了一惊。

第二天到大阪。这一次从九月二十八日到三十日，在中岛先生家做客三天。除了到石川祯浩先生家拜访他和他的夫人外，几乎足未出户，看藏书，看文物，谈闲天，有时谈到半夜两点。我的紧张的神经得到了充分的放松。

三十日是赵园应大阪女子大学邀请来讲学的日子。下午四点告别长文兄，随碧兄与安村久代女士一道赴大阪机场接机。六点飞机落地，待旅客出站，我们三个人又兴奋又紧张地观察着，就是不见赵的身影。我开始焦急起来，怕这怕那，怕她没有登机。碧兄一边劝我，一边和安村女士商量。突然想起还有另一个出口，三人分头搜寻，终于迎到了赵园。这才嘘了一口气，又欢谈起来。

碧兄还是那么细心，那么周到，先忙着安排吃晚饭，然后才去宾馆。这次最后一件让我难忘的事，是不记得什么原因，总之我必须另外再开一间房间住宿。她要付款，我提出我的开支现在得由我自己来付了。她微笑了一下，同意了。她就是这样一个朴素的人，可以适情任性交往的人。

我和中岛碧先生的相识，算来十三个年头，并不长。然而，人又有几个十三年呢？尤其在鼎盛的年纪。十三年间几次相见，许多通信，她的为人、处事、学问、谈吐，留给我难忘的记忆。她活着，赵和我常常念叨她，担心她。现在，她走了，赵和我还是常常念叨她；没有担心，却有新的不安。她依然活着，她依然葆有生命力，在我俩心中躁动。我们没有诀别，也不会诀别，直到我走到一生的尽头。

二〇〇一年十二月二十五日，北京

【中岛长文补记】 那天早晨，王先生给我打个电话说："日程安排突然改变，决定到奈良去，不能去约定的地方了。"因为我们正要动身赴约会，还是直接到约定的地方去了。虽然主客不在，我们看着雨中东山闲谈消磨了一段时间。绝不是王先生叫我们白等。王先生又写陪客是荒井健先生，这是王先生的误记，实则是坂井东洋男先生。

# 感怀伊藤虎丸先生

## 一

在人际交往中，一句话而感念终身的并不多。而我第一次得见伊藤虎丸先生，他说的"中日两国人民的交往，应该是心的交往"这一句话，真所谓刻骨铭心。每当我读到或想到日本的人和事，我心里都会浮现伊藤虎丸先生当时的身影和神情。

那是一九八〇年。不记得是春天还是秋天，伊藤虎丸先生穿着西服，鲁迅博物馆馆长兼鲁迅研究室主任李何林老师一身蓝色干部服，接待他，我奉陪末座。在新落成的扩建后的鲁迅博物馆南楼的会客室，四十多平方米的面积，一面大墙的玻璃窗，凹字形的三排新沙发，淡黄的沙发罩，满室的阳光和朴素的氛围，很是宁静。李何林老师落落大方，不卑不亢，和蔼中透着严肃；伊藤虎丸先生彬彬有礼，用疙疙瘩瘩的汉语，并不能顺畅达意地交谈，但他很自信，也很勇敢，毫不在乎自己的疙瘩。李先生和他双方谈了什么毫无印象了，约莫会见了半个小时吧，伊藤虎丸先生起身告辞。在站起来的刹那，说出了我至今难忘的那句话。客人走后，有人提出：我们和资本主义国家的学者怎么能进行"心的交流"呢！这一"消毒"，倒更加深了我对伊藤虎丸先生的印象和他的感慨。那时刚刚改革开放，会见外宾是很严重的事，有严格的纪律。于是大体寒暄，交换点小礼品，应酬了事。

时光飞驰，人间沧桑，眨眼间过去二十五年，四分之一世纪了。年轻的朋友已经不知道"消毒"为何物了吧？我也衷心祈祷他们不再重新亲历这灵魂震悚的况味。

这时时唤醒我关于鲁迅与日本的记忆，并时时重温鲁迅写下的关于日本的文字。在鲁迅的心里和笔下，东渡扶桑，别求新声，最初的印象并不好。先就是要大清国的留学生去孔庙拜祭孔夫子。三十多年后，鲁迅回忆往事，依然感慨万端："这是有一天的事情。学监大久保先生集合起大家来，说：因为你们都是孔子之徒，今天到御茶之水的孔庙里去行礼罢！我大吃了一惊。现在还记得那时心里想，正因为绝望于孔夫子和他之徒，所以到日本来的，然而又是拜么？一时觉得很奇怪。而且发生这样感觉的，我想绝不只我一个人。"这是"心的"隔膜。这是国家间时事的隔膜呢，还是两国间政府的"心心相印"，而和求新求变的青年间的隔膜呢？两年后鲁迅到了仙台医学专科学校。现在留下来的第一封给朋友的信，就是当时对日本同学的颇带不敬的观感了：不但讥其为"阿利安人"，还指出"近数日间，深入彼学生社会间，略一相度，敢决言其思想行为决不居我震旦青年上，惟社交活泼，则彼辈为长。以乐观的思之，黄帝之灵或当不馁欤？"

就在这所学校，鲁迅遇到了终身感怀的导师，留下了中日文化交流历史上真切感人的名篇：《藤野先生》。我永远忘不了鲁迅写在下面的心声，我用心几十年才觉得领会了鲁迅在这段心声中立论的"小而言之"和"大而言之"的奥义。原来，"小而言之，是为中国，就是希望中国有新的医学；大而言之，是为学术，就是希望新的医学传到中国去"：学术大于国家啊。

在我们中国的传统文化里，孔夫子谆谆教导的，是"非我族类，其心必异"。这两个异族的师生，"心"是

"异"的呢，还是"人同此心，心同此理"的呢？

这对异族师弟的情谊，固然是中日两国文化交流的珍宝，也是中日两个民族可以和应该和平共处，世代友好的范例。然而，我总觉得，《藤野先生》一文中，鲁迅所记录的他身为弱势民族的一员所受到的日本同学的猜忌和侮辱，也是真实的一页，也是友好中不可忽略、不可忘记的教训，不但我们中国，也包括东邻日本。在交恶的时候，把它作为怨恨的种子念念不忘是容易的；在友好的时候，彼此铭记它，说出它来，才是更真诚的更真切的"心的交流"。伊藤虎丸先生是肯这样说话的一个朋友。

## 二

鲁迅诞辰一百周年的空前的纪念大会，大概是中日两国鲁迅研究和现代文学研究交流的一个契机吧。从那以后，二十世纪八十年代行将结束之前，来来往往真是热络。到一九八七年，我也承蒙中岛碧教授的厚爱与关照，由大阪女子大学邀约去讲点鲁迅；她又请托尾崎文昭学兄帮忙，由木山英雄教授的关照，随后即到东京一桥大学访问。这是我第一次走出国门，第一次做"外宾"。因陌生而紧张，因新鲜而好奇，因"第一次"而手足无措，回忆起来，至今余味绵绵。

到东京后，得知严家炎教授恰巧也来了。第二天东京大学"三十年代会"的朋友举行盛大的座谈。在会上再次见到了伊藤虎丸先生。他是东京女子大学的教授，不但和东京大学的中国现代文学研究者联系密切，而且和丸山昇教授、尾上兼英教授与木山英雄教授同为东京四大前辈；但数他和中国现代文学研究会联系密切，显得活力四射。在座谈后的酒会上，尾崎学兄格外关照、细心体贴地把我引见给与会的新朋友；伊藤先生因为见过，也就算熟悉而有点亲切了。

意外惊喜的是，丸山昇教授要举行私人酒会欢聚一下，因为自己家正在整修，就在伊藤先生家举办。伊藤先生住一座独门独院的花园洋楼。酒会设在花园里。花园总有三四百平方米吧？在黄昏的灯下，二十多人各自从食品桌取食，端着饮料或啤酒，三三两两地谈天。日本朋友说话轻声细语的，热闹中依然幽静。突然有人招呼我：王先生，您怎么看？我转身才看见围绕着严家炎先生的一群人在争论什么，笑语喧哗，还没有完。我听完介绍，笑笑说：我是中国人，又是严先生的学生，当然是严先生的看法呀！

原来他们在讨论鲁迅《故乡》中，是谁把碗碟埋在灰堆里的？其实，文学作品中的这类问题，只要作者没有明确写出，哪怕有暗示，答案是永远没有一定的。文学和艺术的鉴赏，哪里会有"标准"答案呢？但那晚的聚会是非常自由自在，随意谈天，很感受着人生的乐趣。酒会行将结束前，伊藤先生招呼我：王先生，请您跟我来一下。他把我领进屋子，上楼，推开一扇门让我先进去。并说：您是进我书房的第一个外宾。我左右看了看目力所及的三面墙，书桌上堆满了书籍和报章。我告诉他觉得很荣幸。我们匆匆交谈了几句即回到庭院。

## 三

又是鲁迅，他诞生的一百一十周年，一九九一年，已经冷冻三年的日本和中国的鲁迅研究的交流，得到了一个解冻的契机。我常常胡思乱想，我常常茫然觉得，人类对于宇宙的认识恐怕比对于自身的认识还多些，还清楚些，还确定些。人啊，几千年前，我们中国的智者，不就慨叹"人心叵测"嘛！即如我们的大脑、人性，恐怕比"黑洞"还莫名其妙吧？俗话说"患难见真情"，然而，"可共患难而不能共安乐"的多少啊？这年，我第二次访问日本，深深感受到日本研究鲁迅的学者对于中国国情的深刻认识和对于中国朋友个人处境的体谅。

日本仙台由阿部兼也教授的力促，要举行"鲁迅诞生一百一十周年祭"，有一系列活动。为了恢复友好交往，希望鲁迅博物馆在仙台举办鲁迅文物展。经过将近一年的筹备、报批、立项、确定方案、制作、审查、办理保险、办理文物出关的手续，可谓万事俱备，只等启程了。临行前不久，我方要求审查对方出席大会和学术研讨会的全部名单，发现仙台邀请的与会者名单中，有一位不受欢迎的人，要求排除。几经周折，仙台决定让步，鲁迅文物展仍在仙台举行，另由东京大学同时举行纪念鲁迅诞辰一百一十周年的国际学术会议。"鲁博"代表团的批件和签证是起飞前一天的傍晚才拿到的，第二天清晨总算顺利送他们飞上了蓝天。

我是以个人身份被邀请参加仙台的学术会的。经过种种折腾，我的心情非常复杂，也很为沉重。我决定废除原先准备的大会讲演题目，而改换为《鲁迅走过的日中友好之路》，想以鲁迅为题，强调个人交往的重要性。可是经过的种种，当面见了，怎么说呢？我是九月二十二日十九点飞抵东京成田机场的。虽然东京灯火阑珊，我感觉到的却是灯火明灭，颇为黯然。突然，大出意外地，丸山昇先生、尾上兼英先生在人丛中向我和恰巧同机来的孙玉石教授挤来。他们来迎接了,这是前所未有的。三年不见了。虽然,诗云:"既见君子,云胡不喜。"尤其是这样地郑重其事,这样的出乎意料。可彼此只默默地紧紧握手,就上了来接的小车,直达东京车站附近的八重州富士屋宾馆。再一次令我惊讶的是:伊藤虎丸先生和高筒、高桥两位先生竟然在宾馆守候。空气异常凝重。彼此问过好,就坐在大厅里商谈起来。伊藤虎丸先生详细介绍了这次仙台和东京分别开会的苦衷,表明东京的朋友不出席仙台纪念节的决定,但推举丸山昇先生去仙台。明天陪同我们乘同一列火车去,因此宾馆就安排在火车站附近。他反复强调这是很不得已的,希望我们谅解,不要介意。这个"主题发言"显然是商量好的。伊藤虎丸先生在他们之中,是最活跃的一个,重要的事情常常由他先出面谈。其他先生都沉重地表达了友好的心意。对于这次会见,直到现在,我依然感到苦涩。这哪里是朋友间的重逢、欢聚啊;这是地道的"外交谈判"。唯一感到欣慰的,是鲁迅的伟大力量。是鲁迅将双方团结在一起,是民间的深厚情谊。

我的一位小朋友,在日本留学的,当晚想来宾馆,我特别请教伊藤虎丸先生。他说,太晚了,不合适。他就是这样,于公于私,直话直说;都使我感受到他的真诚与直率。是的,"心的交流",从说心里话开始的吧。在我和他相识的二十年间，无论在中国，在日本，他都是这样坦诚地待我。他是这样希望，他就认真地这样做着。无论在交流热络的岁月，还是在寒流袭来的时候。

从仙台回到东京是二十七日。当晚东京的朋友举行晚宴，把参加东京学术会和仙台纪念节的双方都邀请到一起。这是一个热烈而友好的宴会；在某种意义上说，也可谓"空前"：一向几乎不参加集体活动的木山英雄先生来了，大阪的中岛碧女史大老远来了，还有参加东京学术会的李欧梵教授，他新近带的一个博士生是昭琛师的女儿，我特别高兴。我恰好坐在他的左边，为此专门敬了他一杯酒，表达我的敬意与谢忱。平时内敛而轻声细语的日本教授，这时都兴高采烈，放声谈笑，初抵东京那晚压抑的氛围和心情一扫而空。伊藤虎丸先生频频提议为这为那"干杯"！他那一米七几的个头，平分却粗硬的头发，一贯的开怀的笑容，说话大声的形象，至今晃动着，在我心里的宴会上。

## 四

伊藤虎丸先生的鲁迅研究和中国现代文学研究视野开阔，他是从"近代"文化、"近代"哲学、东方/西方、日本/中国这样的视野上来研究的，有很深的思想，有理论的思考。他提出的"鲁迅与终末论"，鲁迅的"个"的思想是深刻的。他的研究是在事实的基础上进行分析和理论的论证。他研究鲁迅与尼采的关系，是从日本有"两个尼采"入手的；因为鲁迅对于尼采的理解是通过日本的翻译和日本对于尼采的研究而来的。他指出鲁迅对日本尼采研究的或者拒绝和或者接受，不仅有理论的意义，而且有方法的意义。我是很佩服他的鲁迅研究的。

一九九四年，在他退休之前，他非常高兴能够在中国出版他的中译本论文集。承蒙他的看重，他要我也为他的中译本写个序言，把厚厚的打印文稿寄给我。我谢绝了他的厚爱。一是因为我学力和才能很不足以担当这一重任；我根本不懂日文，我不能把握日本学者的全面研究情况，至少是主要的研究情况。二是有孙玉石教授的序言，我认为已经足够了。我生怕他产生芥蒂。这种享有荣誉的事情有时是很麻烦的。

当我一九九九年应邀去日本，作一次旅游的时候，东京的朋友约我聚会，把酒论文。伊藤虎丸先生那时身体不好，但他不仅抱病来了，而且在酒会上发表了非常热情和友爱的祝词。那是我担当不起的。我内心的惶恐和铭感，是不可能淡忘的。连他坐在什么席位，怎样向右侧过身子面向我的动作,怎样说话的神情,至今记得清清楚楚。当时我特别想到的,是祝福他健康!

## 五

人生苦短,遗恨却太多。不必临终弥留之际,就在年老体衰,心有余而力不足的时候,检点平生,能够没有想做而尚未动手做、或没有做到、或没有做好而已经无力补救的事吗?或正要着手而机缘已逝,都是多大的悔恨啊。

二〇〇二年的春末夏初吧,我接到伊藤虎丸先生的来信,并附他的大作《再论"鲁迅与终末论"——"竹内鲁迅"与日本1930年代思想的现实意义》。希望在中国发表。文章解释了对于他的"鲁迅与终末论"创见的"隔膜",同时提出了对于由鲁迅论所看到的日本二战后的思想史的看法,在"(一)、小田狱夫《鲁迅传》""(二)、竹内好《鲁迅》""(三)、丸山昇《鲁迅——其文学与革命》""(四)、木山英雄《〈野草〉的形成逻辑——在鲁迅那里的诗与哲学的时代》""(五)、丸尾常喜《鲁迅——人与鬼的纠缠》"的系列中,他说:"如果要在上面这个系列中,为本稿重新提到的我的旧著找一个位置的话,那么就在（四）（五）之间，也就是六十年代末到七十年代的全共斗时期。"这是他的一篇力作，也是给自己的研究的一个自我定位。

我拜读以后，大获教益，立即转呈《读书》杂志编辑部和《鲁迅研究月刊》编辑部，请他们审阅。我复信伊藤虎丸先生，告知我的想法：为扩大他的大作的影响，先考虑发《读书》；不能，再发《鲁迅研究月刊》。他欣然同意了。不久《读书》编辑部叶彤先生来电，认为文章很好，就是篇幅太长，一期容纳不下；按惯例又不作连载；问能不能请伊藤虎丸先生压缩到八千字？我说可能很难，因为作者正在病中。两三天后，《读书》主编汪晖先生又从美国发来电邮，意见和叶的一样。于是我致信伊藤虎丸先生，请他考虑是压缩发《读书》，还是全文发《鲁迅研究月刊》。回信果然说已经无力压缩文稿了；他对《鲁迅研究月刊》素有特别的亲切感，如能在《鲁迅研究月刊》发表，他是感到非常荣幸的。

二〇〇三年一月底，我得到通知，伊藤虎丸先生的大作已发《鲁迅研究月刊》第二期，感到非常欣慰。可恨的是，当我正要寄信给他，报告此事，遥想他和我一样高兴的样子，突然接到陈平原学兄打来的电话，告知"伊藤虎丸先生于昨天，一月三十日病逝！是尾崎打来的电话"。我感到哀痛,感到莫大的失落:惋惜他逝世前未能看到他的大作在中国,在《鲁迅研究月刊》发表了的情形。

二〇〇五年一月十四日星期五

发表于《随笔》二〇〇五年第五期

# 哀悼丸山昇先生

真是大出意料，十一月十三日离开东京回国的上午，在医院向丸山昇先生辞行的时候，他的病已经好起来了。他有说有笑，精神轻松，说了那么多话。

十一月三日在东京成田机场一下飞机，和来接的近藤龙哉先生几位商量了几句，远东兄和我就先到医院探视丸山昇先生。松子夫人俯身告诉他，我们来了。他面无表情，茫茫然。夫人再次告诉他，过一阵他才说：呵，你们到了。沉默。我不知如何是好。远东兄催促我，可以和他说话。我们问候他，祝愿他快好起来。没有什么反应。当松子夫人告诉他近藤龙哉先生和西野由希子女士也来看他，他突然笑起来，对西野说：这些天您辛苦啦。病室爆发一阵惊喜。他几天没说话了。松子夫人送我们出病房，我们还怀着喜悦，一路互道"托福"，高高兴兴到宾馆就宿。

日本女子大学为"纪念鲁迅逝世七十周年"举办"国际学术研讨会"，邀请远东兄和我与会。日程中丸山昇先生不但有报告，还要在他家里安排会见。不料临开会十几天，木山英雄道兄和主持这次研讨会的近藤龙哉教授先后来电邮说，丸山昇先生突然病倒住院了。从此几乎每天都有电邮往返，大家牵挂着他的病情。到日本的第二天开会，在会后的酒会上，我才知道木山先生已经去医院探视了三次，并且联络退休的朋友轮流去探视，有三个朋友响应。而近藤教授是几乎天天去探视的。当告诉他我们探视的情况，他很高兴。

十日从京都回来，也是先到医院探视丸山昇先生。这回他说了话；回忆了一些往事，分明比七天前更好。没有反复，是病情向愈的重大表征。现在，看到他一天一天好起来，同去辞行的王风兄、远东兄和我，不仅放心、高兴，并且和引导我们去的日本朋友近藤龙哉先生和西野由希子女士不断彼此道贺。松子夫人更是高兴而又兴奋，不断说着"托福"、道谢的话。怎么突然病情恶化，竟至于不治了呢！十一月二十六日上午，我打开电脑看信件，木山英雄道兄通知我丸山昇先生不幸于昨日逝世。短短十天，辞行成了诀别，突然袭来的噩耗，分外痛苦。讣闻一个接一个来了，国外的和国内的，丸山昇先生真的走了。

我记得的，第一次与丸山昇先生结识，是一九八七年在东京大学的中国三十年代文学研究会举行的座谈会上。说起来那完全是一片盛情，一种照顾。那是我第一次去日本。正式的是在大阪女子大学短期讲课；大阪女子大学的中岛碧教授又拜托东京的朋友尾崎文昭先生在背后张罗，邀请我到一桥大学访问。其实什么公事也没有，只是一桥大学的木山英雄教授请我到他府上就宿，作了一次大半夜的长谈。第二天找又"逍省——他在他的研究室给我讲了上午的他的《野草》研究。丸山昇先生格外热情，邀我参加这么一个座谈会。记得严家炎教授是从美国经东京回国，自然更是座上宾。奇怪的是，这一次见面，我没有留下他的一点点音容笑貌。连他借伊藤虎丸先生府第举行私人招待的聚会上，也想不起来他的影子。只记得本来要在他府上，因为在整修房屋，就借了伊藤虎丸先生的小花园了。最难忘的是聚会的时候，一群日本年轻的学者围着严老师争论：《故乡》中是谁将十几个碗碟藏在灰堆里？日本学者认为是闰土，严老师坚持是杨二嫂。突然几个人来问我。我笑着说：我也是中国人呀。一阵哄笑，不了了之。

这以后，常常在中国见到他。那时，他和他的"三十年代会"的朋友经常来中国访问。一九八六年纪念鲁迅逝世五十周年的国际学术研讨会，中国社会科学院举办，钱锺书先生主持的。来的外宾很多。美国的，英国的，日本的。鲁迅博物馆特别为这个会举行了馆藏精品展览。全部是精心挑选出来的，全部是原件。还向他们开放了文物库，请看看我们是怎样珍藏鲁迅文物的。专家无不叹为观止。他们没有看见过把藏书——自然是鲁迅的藏书一本一本加做布面封套保存的。更不用说鲁迅手稿一份一份加装透明纸袋保藏在大型保险柜里。只是这一次没有机会与丸山昇先生晤谈。

第二次在日本见到丸山昇先生，是一九九一年，鲁迅诞辰一百一十周年。这一回不但印象深刻，真正是刻骨铭心、没齿难忘了。盖困苦知冷暖，患难见人心。那是多么艰难无奈的会面啊。

在这个世界上，日本是鲁迅研究的大国。鲁迅诞生一百一十周年，仙台的鲁迅研究专家和朋友立意隆重纪念：举行鲁迅与仙台的文物展，召开国际学术研讨会。前者自然需要鲁迅博物馆的合作，送展相关文物。后者也希望鲁迅博物馆有专家与会。云开冰释，燕子归来，惠风拂面，交流恢复。我们为鲁迅在中日两国之间文化交流的纽带作用，非常感动，无限自豪，积极响应，精心筹备。无需解释，这都是经过审查批准下进行的。好事多磨啊！临近会期，突然接到指示：要求排除日方通报的与会人员名单中一位不受欢迎的人。风云突变，麻烦接踵而来。东奔西忙，心急火燎，直到临行前一天的下午才拿到批准出发的文件，文物巨额保险、文物出关特批文件、签证、机票，到傍晚才算尘埃落定，我第二天好不是滋味地送走展览团。

三天后，我以特约代表的身份赴会。当天到达东京机场的情景，我在《感怀伊藤虎丸先生》一文中，写下了我的记忆：

> 我是九月二十二日十九点飞抵东京成田机场的。虽然东京灯火阑珊，我感觉到的却是灯火明灭，颇为黯然。突然，大出意外地，丸山昇先生、尾上兼英先生在人丛中向我和恰巧同机来的孙玉石教授挤来。他们来迎接了，这是前所未有的。三年不见了。虽然，诗云："既见君子，云胡不喜。"尤其是这样的郑重其事，这样的出乎意料。可彼此只默默地紧紧握手，就

上了来接的小车，直达东京车站附近的八重州富士屋宾馆。再一次令我惊讶的是：伊藤虎丸先生和高筒、高桥两位先生竟然在宾馆守候。空气异常凝重。彼此问过好，就坐在大厅里商谈起来。伊藤虎丸先生详细介绍了这次仙台和东京分别开会的苦衷，表明东京的朋友不出席仙台纪念节的决定，但推举丸山昇先生去仙台。明天陪同我们乘同一列火车去，因此宾馆就安排在火车站附近。他反复强调这是很不得已的，希望我们谅解，不要介意。这个"主题发言"显然是商量好的。伊藤虎丸先生在他们之中，是最活跃的一个，重要的事情常常由他先出面谈。其他先生都沉重地表达了友好的心意。对于这次会见，直到现在，我依然感到苦涩。这哪里是朋友间的重逢、欢聚啊；这是地道的"外交谈判"。唯一感到欣慰的，是鲁迅的伟大力量。是鲁迅将双方团结在一起，是民间的深厚情谊。

在麻烦出现、交涉频仍的日子，我心里无数次翻腾着鲁迅在《〈呐喊〉捷克译本序》里所说的话："自然，人类最好是彼此不隔膜，相关心。然而最平整的道路，却只有用文艺来沟通，可惜走这条道路的人又少得很。"我深深感到在今天这样的你冲我突的世界，这样的"人心叵测"的人间，文艺/文化的、民间的、个人间的交往和交流多么重要。我决定换掉原先准备讲演的空泛的题目，改为《鲁迅走过的日中友好之路》，强调"民间的和个人的"来往与交流，消除歧视，打破隔膜，彼此关心，留下底层永在的温情。这是日中两国人民友好相处的根基吧。在赴仙台的火车上，我把这个想法告诉丸山昇先生，并请他看我的讲演稿。我又请教他：这样临时改变题目，按日本的礼节，是否失礼？他看过讲演稿，说可以的；要征求东道主同意：到仙台商量吧。到仙台，我向主办方日本东北大学的阿部兼也教授提出有急事要和他商量。他于是安排丸山昇先生和孙玉石老师和我在另外一个小酒庄用午餐。我说完，他面有难色，劝我别改。可我实在想就当年发生的问题，说说文化交流中具体的想法，切合实际的想法，委婉地坚持着。不记得丸山昇先生是否一直在参加商量。突然，阿部先生提出：如果丸山昇先生同意当翻译，就改吧。这回是我很为难了。正转脸看丸山昇先生，不料他应声欣然表示同意。只是提出他口语不好，要请一位学生——我忘记她的姓名了——在他旁边，以防讲演后的问答，一时跟不上。我的感动是无法说尽的。孙玉石老师背后笑我：您享受了比王瑶先生更高的礼遇啊。上次王瑶先生来日本，他讲演的翻译都不是丸山昇先生。这更增加着我的感愧。

丸山昇先生就是这样一位朋友。在日中交流发生麻烦的时候，真诚排除干扰，为着友好而尽心尽力。不知道日本朋友是怎样磋商、争执、让步的？结果是保留仙台的会，而在东京大学另外再筹备一个国际学术研讨会，东京的会则不请鲁迅博物馆的人参加。国外的学者则分分合合，不愿意去仙台的就只参加东京的会；愿意去仙台的则回来再参加东京的会。而丸山昇先生作为唯一的东京方面的代表到仙台去。心照不宣啊，这样，分明在委屈自己照顾全局；而其他东京的朋友都不去，也表达了本心。但一切都在沉默中。仙台会议结束之后，丸山昇先生、美国的学者、中国台湾的学者、鲁迅博物馆文物代表团和我一起回到东京。当天下午孙老师和我参加在东京大学举行的"三十年代学会"的座谈会，晚上却举行两边会议参加者一起出席的聚餐会。"飘风不终朝，骤雨不终日"，华灯照宴，是"洋式"也即中式的圆桌，济济一堂。从仙台回到东京的与会者，和留在东京的日本学者以及只参加东京学术会的外国学者，不谈"纪念"，只叙友情，是别样的欢笑和干杯。丸山昇先生和日本学者朋友的良苦用心啊！"不隔膜，相关心"，也就是这样吧！人处在这样的遭遇里，能不感到温馨吗？能不铭记着什么是"友好"吗？时隔数年，一位据说很有国际地位，什么大奖的评委，写文章攻击鲁迅博物馆，那对于中国事务、中国文学/文化的了解，只有令我感慨无似了。

丸山昇先生的大作逐渐翻译成中文了。他的日本的马克思主义的立场，他对于中国现代文学和鲁迅在政治——文学/文化方面的特别关注、马克思主义的解剖，逐渐为中国学者所了解。到二〇〇五年十一月，他的《鲁迅·革命·历史——丸山昇现代中国文学论集》由北京大学出版社出版了。北京大学中文系专门举办了"左翼文学的时代"的国际学术研讨会和丸山昇先生专著首发的座谈会。丸山昇先生偕日本"三十年代会"的几乎全体学者来了。据说，他们是特意陪同丸山昇先生来的：毕竟他不仅年逾古稀，又有二十多年透析的病史。在座谈会上，我说：

> 丸山昇先生是我尊敬的学者。三十年来，每见他的大作的中译本，我都要认真拜读。
>
> 这几天我系统地拜读了他的这本论文集，令我想起了鲁迅的一句话。鲁迅说："有几个外国人之爱中国，远胜于有些同胞自己，这真足叫人伤心。"

（《19350108致郑振铎》）当然我知道，丸山昇先生的研究，不单单是为了中国，为了日本，这是小的方面；大的方面是为了马克思主义的社会主义在全世界的成功。

政治与文学、革命与文学、社会主义，是丸山昇先生研究鲁迅的焦点问题。昨天丸山昇在发言中说："现在世界上不少人以为，社会主义不过是一时的梦，'革命文学'也是一时的梦，没有再探讨的价值。但我不那么想。而且有些人趁着这气氛赞美、歌颂现在的情势主张，人本来是利己的动物，以利益为目的的社会就是最合适于人，能顺利地引出人之力量的社会。重视'平等'，以'平等'为目标的想法不过是阻碍社会发展的'保守'力量。然而，看这些潮流，听这些意见，我就想起鲁迅鼓励许广平的一句话：'世界岂真不过如此么？我还要反抗，试他一试。'"我听了感到很亲切，也很感动。这种声音，今天，在我们中国已经很难听到了。能听到的，多是鲁迅"偏激"，鲁迅"只有破坏，没有建设"，鲁迅"属于二十世纪"的了。在物质第一的强大潮流中，在安稳度日的麻醉状态中，鲁迅研究显得非常无力。

借这次丸山昇先生论文集中译本的出版，我重读了一遍，我的主要感受是：

第一，在绵密地考察史料的同时，面对任何权威，包括鲁迅在内，丸山昇先生都是"有抵抗"地审查事实，探究问题，决不"无抵抗地接受下来"（《鲁迅·革命·历史——丸山昇现代中国文学论集》，第103页）；这就是无所顾忌，独立思考的精神。

第二，他的研究结论，绝不满足于判断问题的正误、是非、功过、利害，而是力求探讨深层的问题和问题的复杂性。他多次提出"理论的自我运动"的概念，即"当一个命题被定为权威，其运用范围便会超过其当初确定的范围、条件、有不断扩大的倾向"。这种不以人的意志为转移的"理论的自我运动"无疑增加了问题的复杂性，尤其对于"人"的作为和动机的判断会出现难以想象的复杂性（同上书，第198页）。

第三，丸山昇先生的思维方法是细密的。他认为"某一命题所具有的历史社会意义，甚至构成这一命题的各个单词，都由于命题所处的历史社会状况不同而相异，不同的个体对命题的态度也应当随之相异。因而，这一命题的反命题，以及从这一矛盾中产生出来的新命题的意思也自然各不相同。"（同上书，第45页）他又提到有时候研究者"自己的影子在研究对象上的投影"的情形（同上书，第48页）。可见他研究一个问题包括它的"历史社会"、"个体态度"、命题、反命题、新命题和研究者的主观性诸方面。

丸山昇先生的鲁迅研究取得了丰富的成果，是很宝贵的财富。而他的研究态度和思维方法，他的实证性和理论思维的结合，尤其给我教益。

丸山昇先生是一位有理想的研究者，他的研究是他自身理想的内在需要。

最后，我想说，丸山昇先生对于鲁迅研究和中国现代文学研究的贡献，不仅仅在他自己的学术成果，还在于他几十年如一日和年轻的研究者在一起进行研究的"三十年代研究会"的成功实践。这种脚踏实地苦干，而又想到二十年后的精神，鲁迅认为是"伟大"的精神。十几年前，我曾经向丸山昇先生和"三十年代学会"的朋友表达我的敬意。今天，我要再次表达我的敬意。

在北京大学筹备这个会的同时，汕头大学文学院王富仁教授希望丸山昇先生顺道去作一次讲演，以免再次往返飞渡大海，节省他的时间和避免过于劳累。丸山昇先生非常高兴。当他得知汕头大学将在明年举办"左翼文学"国际研讨会，决定明年专门到汕头大学去。这是富仁学兄和我都喜出望外的事，万分难得的了。毕竟丸山昇先生已经年逾古稀，而且有二十五年的透析病史了。中国有句古话："七十不留宿，八十不留餐。"尤其是丸山昇先生每周必须做三次透析治疗。他每次来中国，都是在日本就和北京中日友好医院联系，安排好透析日程才来的。汕头地处偏远，医疗条件如何？能够保证透析的质量吗？为了慎重，汕头大学文学院，富仁兄和他的同事彭小燕博士反复和丸山昇先生、汕头大学附属医院研究，从日本给汕头大学附属医院发来病历，精心安排会期和透析日程。为了多重保障，不但邀请了两位年轻的中国三十年代文学研究会的学者与会，同时邀请了丸山松子夫人陪伴。谁能料到这竟是丸山昇先生最后一次中国之行！最后一次参加国际学术交流！

在研讨会上，丸山昇先生作了学术报告，会上会下和新老朋友进行着热烈的交流。我只提供了一篇论文《鲁迅文学与左翼文学异同论》。我喜欢个别或几个人交谈，问答，争论，而不喜欢当众讲演；小组会上也坚辞不发言，请有兴趣的朋友看论文。而分组又不同丸山昇先生在一个小组，为了保证他休息，我只在他入住时陪送他进房间，随即告辞退出；他已经够忙的了，不断有朋友去拜访他，看望他。所以除陪他去医院透析，透析时间和松子夫人聊天，没有机会和他谈彼此的论文的事。坦白地说，当和王富仁学兄诸位欢送他们一行从汕头机场出关登机，经中国香港回国，我才一颗心落地，为他圆满结束这次汕头之行而倍感欣慰。

不久就是我们中国的春节。照例我们有贺卡往来。意外惊喜的是，这次他破例谈起对于我在北大的发言和在汕头的论文的意见。这样具体而有针对性的个别交流，还是第一次，我觉得很宝贵，使我非常感动。全信是这样的：

王得后先生：

您好！庆祝春节。公元的新年，我忙于准备汕头大学的研讨会的报告，不能寄奉贺年信，到了春节才能寄奉贺年词为代替，请原谅。

在北京、汕头过了很愉快、收获丰硕的十天，回国以来已经有半个月了。托您的福，我顺利地回国了，虽然不能否定有一点疲劳，比方说右腿疼一点，但没有特别的故障，腿疼也日益见好，开始了日常的研究工作。请勿挂念。

这次在北京、汕头的旅行期间，您对我的周到的关怀，特别是您不顾自己也是高龄，百忙中和钱理群、高远东两位先生一起来汕头,不但如此,到医院也陪伴是我事前想也想象不到的事。我一辈子不能忘。简直表现不了感谢和感激。

我回国后,重新读了您在关于拙著中译本座谈会上的发言和提出于汕头研讨会的《鲁迅文学与左翼文学的异同观》,受了很大的鼓励与启发:

"发言"正是"知己"之言,我简直感到"人生得一知己足矣"之感。尤其是您在第二项里指出了"理论的自我运动"的概念之意义,同时,那晚孙玉石先生也在我的房间里说:"我由你的文章,才知道丸山真男的名字和他的理论。"这两位的话叫我感到又高兴又荣幸的。包括钱理群、陈平原各位先生在内,虽然我知道各位的评价里含有不少的"过奖"成分,我倒可以说得到了很多"知己",再一次深感自己的幸福。

拜读"异同观",我在心的深部里感到同感了。老实说,当乍看题名时我不禁有点奇异之感,因为那时单纯地以为鲁迅文学也是左翼文学的一部分。但读完了就知道了您说的"左翼文学"的概念和我报告里用的"二十世纪左翼文学"的概念一致的。还有,对"左翼文学"家往往以为"人"是唯心主义的,资产阶级或者小资产阶级的,"集体主义"就是无产阶级的这些想法的批判也是您和我的一致点之一,等等。

从前,我只用日语的软件"一太郎",不能用汉语的 E-mail,为了和中国的学者随便通信,开始用 MS Word,现在试试看。如果成功,宝贵的资料也可能直接作为添付 file 寄奉寄来。

北京正在"肃杀的严冬"吧。敬祝您两位保重健康、诸事如意。

2006 年 1 月 29 日星期日

丸山　昇

matsu（松子）

刚刚开始认识丸山昇先生的时候,一点也不了解他的生平,他研究学术、探求真理的勇气,只以为他所处的社会民主,可以毫无生死顾虑地发言。后来知道他是为社会正义、为学术自由而被捕过,坐过监牢的;那,他的勇气就不仅仅是"制度"使然了。我和他的差距也就不仅仅是"制度"使然了。二十年来,我佩服丸山昇先生的人品和学问之外,格外敬佩的还有两件事。一是他的生命力的坚韧,和生命意志的顽强。我第一次见到他的时候,知道他每周必须到医院做一次透析。后来每周两次，九十年代末吧，已经要三次了。一次透析后，我去中日友好医院迎接过他，当我搀扶他走出病房的时候，我感触到他手臂上的血管像麻绳一样又粗又硬。这样的病情，这样的治疗，在这样的带病状态下，他坚持研究，不断有新作问世。心情是这样平稳，开朗，在学术会议结束后的联欢会上，还表演节目，模仿发表《终战文告》的广播——据日本朋友说是惟妙惟肖的。去年他来北京，中日友好医院为他透析的医生和护士，计算他已经透析二十五年，是医学上罕见的记录，请求和他合影留念，他愉快地答应了，回来还高兴地告诉我们。二是他和东京的年轻学者组织了中国三十年代文学研究会，每周举行报告、座谈会，他几十年如一日，每周都参加。每年还举行"合宿"：在一个休闲胜地住几天，边休息边讨论问题。他的人品、学问、资历，使他成为这一群学者的精神领袖。鲁迅说："弄文学的人，只要（一）坚忍，（二）认真，（三）韧长，就可以了。"又说："中国没有肯下死功夫的人，无论什么事，如果继续收集材料，积之十年，总可成一学者。即如最简便而微小的旧有花纸之搜集，也可以观测一时的风尚习惯，和社会情形的一般。"（许广平：《片断的记录》，载1936年11月5日《中流》第1卷第5期）我深深感到丸山昇先生是一个"肯下苦功夫的人"。几十年如一日是"下苦功夫";带病研究是"下苦功夫",都是非凡的,难以达到的修炼。他今年住院前十月十九日在《赤旗报》发表《鲁迅逝后七十年所想——从白话之争看鲁迅与瞿秋白的异同》。文中写道:"若仅仅看到他们作为所谓马克思主义者的共通性,便容易忽视这二人关系中的其他因素,进而忘却历史、思想,甚至人性本来的那份复杂与奥妙。记住这些,对于重新审视中国的将来,乃至日中关系的远景,都至关重要!"(陈馨译)他表示:病好以后,要把这题目写成一本新著。可惜,这竟成了他的绝笔,而留下未竟的论著。我常想到,丸山昇先生之在东京"三十年代学会",好像王瑶先生对于我们,是一棵大树。又一棵大树倒了。

二〇〇六年十二月三十日星期六

## 第三辑 书札一束

# 几夜满致鲁冀新[①]（2006年11月19日）

顺口溜大博士左右：

又承分惠新的收获，非常感谢！鉴于敝国民间语言活力大幅度衰落已久的情况，我怀有在我们的"读诗"会会刊上介绍其精华的企图，所以请继续赐以帮助为盼。

日前在旅途闲谈里提到女作家林芙美子遗品中的二周墨

---

[①] 几夜满，即本书第二辑《李长之老师与鲁迅先生》一篇所说"极富功力与卓见的"日本著名学者木山英雄先生。几夜满为木山先生日文名字的汉语读音。鲁冀新即王得后，是其"文革"期间被红卫兵贴大字报指其本名王德厚为"封资修"后拟改的名字。木山先生由得后的文章中得知，即以此戏称。得后用此名与人通信，仅在和木山先生的书信往来中。这或许也算两人间的一个小秘密？赵园注。

迹时,您答应给我调查有关资料,现将其中的问题开列如下:

周作人某年四月十一日致林的信云"拜启 日前和田君过访,奉读手简,并所惠赐之尊著领受,谢谢,前在北京相见,忽忽数年,时事大有改变,想有同慨,鄙人现尚滞留此地,但亦非可久,居将去,或仍当他去耳,匆匆不尽,专此致谢,上林女士台鉴,周作人启,四月十一日"。

问题有二:其一,原信无句点,如上断句,行不行?其二,"前在北京相见"据林《北京纪行》是指一九三六年秋她访周于北大事,其"数年"后写的此信应该系哪一年,可惜封面上的邮戳破去一半,不能确定,谈到周自己去留的文面也颇为微妙。如果在周方有和田来访,领受林信与书的记录,问题就容易解决。

顺便还有一个小小的问题要请教。我曾在谈郑超麟的文章中,就他在诗中引用的"青史古人多故友,传中事实半非真"那一联说不知其出典。后来有一位复旦的朋友看拙作的译文,给我找出俞樾《小蓬莱谣》二百首中之七律"累朝事迹总如新,唐宋元明阅历身,青史云云"了。而这回承送大著《鲁迅教我》,在卷尾的《致谢》中看到您把该联引作陈抟的降坛诗。到底您有学问,因为据俞樾自称他是以唐宋小说为典据尝试"新游仙诗"的,那么陈老祖的降坛诗肯定相当于《小蓬莱谣》的典据之一吧。请教其诗全文如何？事见何书？

  以上的问题都是并不急于解决的，所以请慢慢地赐教为幸。

              弟几夜满叩头
              十一月十九日

# 敬答几夜满道兄（2007年12月8日）

几夜满道兄：

赵京华先生发来您的《致中文版读者》，知道大著已经翻译完毕，出版在望，非常高兴。赵说是您希望给我先睹为快的荣幸，并就其中您所说的"失败主义式的抵抗其作为思想之可能性"听听我的想法。这也是我很高兴的。因为，三十年来，我一直铭记伊藤虎丸先生力倡日中作"心的交流"的主张，并尽可能这样努力。您我自认识以来就是这样的呢。

为了更好地理解您的见解，我又请教了赵，多蒙他的关照，又发来了您的《新版后记》，我又好好拜读了。我没有及时给您回信，是我一直在思考您提出的问题。我想

敬答几夜满道兄（2007年12月8日）

您是会谅解我的迟复的。

您提出的问题是个极其重要的问题。我觉得大著的精髓就在您对这一问题的思考。我一直在想：孔子的伟大在什么地方？为什么他的学说影响这样悠久而且广阔？鲁迅是怎样观察他，评估他，否定他的？我觉得，孔子的伟大在于他在两千多年前就抓住了人间三个根本问题：亲亲即血统问题，尊尊、长长即"一长制"问题，"男女有别"即人类最自然最基础的两性问题。鲁迅否定他的正是他为"权势者"设想的立场，和他的"一长制"。而且，这三个问题，今天依然存在于各个民族，以及各个民族之间的关系之中。然而，鲁迅并不全面否定他。鲁迅也称赞过他"伟大"；赞同过他的一些观点。很长时期以来，许多人批评鲁迅"全面彻底反传统"，我做过"无力的"反驳。直到今年拜读到舒芜先生一篇大作，指出"五四"新文化是"反正统"，不是"反传统"，我才恍然大悟。真是一字之差，力敌万夫，拨乱反正。几千年来，最令知识者"头痛"的，最难安身立命的，正是您提出的问题。"亲亲"也即"民族"问题中的"失败主义式的抵抗其作为思想之可能性"。

要理清您提出的这个问题，在我必须弄懂您思想中的下面几个关键：一、什么是"失败主义"？二、什么是

"失败主义式抵抗"？三、什么是"作为思想之可能"？"主义"就是一种"思想"。"失败主义式抵抗"也还是一种"思想"。为什么提出"可能"的问题来？可惜我还并不完全明白。

我自知没有"形而上"的"思想力"。一直难理解"哲理"。而我的读书经验，又非常困惑于各种"主义""思想""学说"。我从初中二年级就受"马克思主义"的教育，可是，一生中，谁是"马克思主义"，谁是"反马克思主义"；什么是"马克思主义"，什么是"反马克思主义"的斗争，反反复复，莫衷一是。常常听说的"主义"，如"人道主义""个人主义"等等，看不同的人著作，说法往往有很大的差别。所以，我从来不用任何"主义"来形容鲁迅，标识鲁迅；我觉得就我一知半解所知道的这些"主义"来说，鲁迅什么"主义"也不是。没有任何"主义"能够"规范""范围"鲁迅。我兄然耶非耶？

可是，"主义""思想"的魅力似乎就在于它的"模糊性"；一"具体"，一说"清楚"，好像魅力也就消失。马克思说过：他不是"马克思主义者"；可马克思主义依然"存在"，谁都可以有一套自己的说法，毫无办法。

因此，我有一个想法："主义""思想""左派""新左派""自由主义""新自由主义""保守派""新保守派",都是复杂的,关键在把握它的"根本特质"。韩非子说"儒分为八",还都是"儒家";新儒家也还是儒家,都是由于他们的"根本特质"没有改变。著名学者殷海光先生在《中国文化的展望》中,对"自由主义的趋向"列举了六条内容,说符合其中的四条,"我就将他放进'自由主义'栏里"。他的六条是:"一、抨孔;二、提倡科学;三、追求民主;四、好尚自由;五、倾向进步;六、用白话文。"他具体选择了六个人:严复、谭嗣同、梁启超、吴虞、胡适、吴稚晖。如果只要"四条",新文化新文学中的重要人物,有谁不是"自由主义"者呢?即使是六条,恐怕也还多着吧?

二战以前和二战以后,世界发生了巨变。二战刚刚结束,是"输出革命"有理论的"革命"时期。冷战结束,现在是"输出民主"有理论的时代了。因之有"人权高于主权"的"主义"。"侵略"的词汇没有了;可"侵略"的事实有没有呢?

我非常重视您提出的问题,这不仅是个"理论"问题;实在是一个"现实"问题。不解决您提出的这个问题,很多事实是无法认识清楚的,更无法面对。我之所以说了这么多话,就是很想听到您更进一步的思考内容。拉拉扯扯说不清楚,就是我现在还没有得出自己有把握的结论。请原谅我的啰唆。我期待您的指教。谨此。
　　顺颂
道安
嫂夫人前请叱名问候

　　　　　　　　　　　　　　弟　鲁冀新敬复

# 复几夜满道兄[①]（2007年12月18日）

修改稿文字流畅，语义比原来的显豁多了。这样就很好。

关于"失败主义式的抵抗其作为思想之可能性"，我觉得是尊著的"精髓"，我兄提出了一个重要的"问题"，即使说是一个"重大"的问题也不为过。因为，在这以前，中国开放了一点点对于周作人的研究，是基于"政治上"否定、"文学上"肯定的"二分法"。您提出的"问题"是突破这种"二分法"，要在"政治上"并且包含"思想上"来思考、研究对于周作人的评价，乃至对于这

---

① 此札的电子文本没有抬头。赵园注。

一种"失败主义式的抵抗"的普遍性的思考。这种普遍性不仅超出周作人个人，也不仅中国、东亚，就我读到的一点知识，欧洲、美洲也是有的。这是个涉及个人安身立命的问题。可见这个问题毫无疑义是重大的，而且很有"现实"的意义。近几年来，关于"人权高于主权"的问题的争论，也是和这个问题相关的。所以我读到您的序言，很佩服您把它从"思想"意义方面提出这个问题来。在序言里，就这样点到为止，引而不发，我以为是好的。特别在我们中国，我怀疑这个问题在这里"能够"展开讨论。这里还是只有"大批判"，实在是无可救药的痼疾啊。

自然，思考和讨论这个问题，还有一个"历史性"问题。"二战"及其以前，"二战"以及当下，对有些问题的思考是不一样的。鲁迅有诗句："度尽劫波兄弟在，相逢一笑泯恩仇。"在"劫波"中，和"劫波"后，尤其是"劫波"已然"度尽"之后，问题肯定是不一样的，尽管现在还有著名人物批判鲁迅的"这一句"诗。不知我兄以为然也，非也？盼有以教我。谨此。

敬颂

著安

弟　鲁冀新顿首再拜

# 关于《北京苦住庵记》的通信[①]

(2008年9月6日—2008年11月2日)

## 鲁冀新致几夜满

(2008年9月6日)

亲爱的几夜满兄：

大著《北京苦住庵记》中译本终于出版了。我要再一次祝贺您，并庆贺日中两国的思想、文化交流得到一大进展。

---

[①] 这里所收书札，得后当时即编为一组。赵园注。

原来我设想我会最早拿到样书，立即用特快专递寄呈给您，给您一个惊喜。因为大著中译本的责编是我的好朋友叶彤。没想到样书出来，叶彤出差，恰巧又有人赴贵国开会，顺便就带给您了。您尽快看到了，我还是很欣慰的。

您告诉我拿到了大著样书，我第二天也就从叶彤处拿到了样书。昨天终于拜读完毕。花了三个星期，度过了三个星期少有的"悦读"（这里有一个读书类刊物就用这样的名字）时光，这都是托您的福。谢谢您啦。

一边拜读，一边吸收您的智慧、您的良知与慈悲，以及您提出的重大问题；一边自己思索、做着笔记。拜读完毕有许多话想和您诉说。我想，您恐怕也在遥想：鲁冀新这家伙还没读完吗？怎么还没来信呀？有这样的一闪念吗？

虽然希望您能莅临大著的首发式座谈会，这样期待着，但还是想先私下谈谈，可以毫无拘束、毫无顾忌地谈谈。有些疑问，也想请教。

在拜读的过程中，我心里时时浮起二十年前，您和我第一次在贵国会面，我请您为我讲述您关于《野草》的论文；当谈起周作人，您说：您有一种"镇魂"的心情。那时托中岛碧先生的福，她请您出面邀我到一桥大学访问，您又特地邀我到您府上夜饮、长谈和住宿，我深深感激着；但毕竟是第一次会面，我不敢冒昧请教"镇魂"的写法和语义。我琢磨着是这两个字吧？这次看到您写的是"安魂"。我想：是"悼念亡魂"和"招魂"的意思吧？如果我领会不错，我觉得，大著的每一页，都写着您深情的"镇魂"的心绪。我沉浸在这心绪的清凉的潭水中，享受着"人间的温情"，体会您丰富而又复杂的心情。

读完全书，我惊异于您对中国古典文献知识如此渊博，渊博得令我汗颜。同时在您和周的文字对比中，发觉周作人的文字，似乎大有"日文"的韵味和蕴藉。这回，从您的引文，您的文笔，我感到，周作人文字的魅力，那样和习惯的中文不同，也有文字因缘的一点影响在吧？

在您论述的范围，在我读到的中国的周作人研究著作中——我要坦白，我阅读的是很少的——大著是精彩而又精辟的。您的考证，是这样不遗余力，不仅广泛搜集文字资料，您更走访了那么多健在的与周作人有关的"见证人"。他们的证词，是中国研究者完全不知道的吧？真是可贵得很。您的考证，更是罕见的细密与精到。笔墨所及，您几乎没有留下丝毫缝隙。

您的分析，把握着特别的角度，这就是周作人思想的深层底蕴和人之生存的真实困境，"平凡、自然、情理的"

"常识主义"（大著第44页），正是着眼于这人人所有，人人必经的生存，显示着您的体认入微、大慈大悲的人间性情怀。这令我颇有读屈原《招魂》大呼"魂兮归来"而欲哭无泪的怅惘。毫无疑义，这种分析，比单一或综合从法律上、政治上、思想上和道德上的分析，要困难得多，复杂得多，也精细得多。如果我对您所说的"镇魂"理解不错，您的大著不仅是成功的，而且是出色的。

您是不愿意听人家称赞您的话的。想当年在北京大学讨论您的另一部大著，您当众"喝令"我"可以不要说了"的那样；自然也许是"搔痒不着赞何益"，让您听烦了。我时时感到和日本朋友讨论问题或聊天中的隔膜。我不懂日文，不懂日本文化，只是"相关心"而已；所以我自信除了和生疏的朋友的应酬，多寒暄以外，和您，还有熟悉的可以称为朋友的讨论和聊天，都是"声发自心，朕归于我"的心里话。下面我要说说我拜读中的思考，向您请教。

您的周作人研究，时间限定在日本军人占领北平时期。这是最麻烦、最尖锐、最难研究的时期。从政治上、思想上、民族道义上打倒周作人，同时肯定他在新文化、新文学中的卓越贡献，这种两分法的结论是容易的，也很简单。要挖掘周作人其时其地的心底的"个人意图"（大著《缘起》)和蕴藉,就很难说了。正如您说"日本人没有权利(谢谢您告诉我,书上误植为'权力')批判周作人这一不成文的限制"那样,我们汉人却拥有天然的批判周作人的道义似的了。鲁迅有诗句"度尽劫波兄弟在,相逢一笑泯恩仇";当"劫波"度尽,"恩仇"一泯,回首"北京苦住庵"中的人和事,无论日本人,还是中国人,特别是我们汉人,会怎样来看待呢?纵观历史,横看世界,国家与国家之间的战争与和平,多民族国家内部的民族之间的战争与和平,大大小小,真是不计其数。造成的恩恩怨怨也不计其数。借一句古话,那就是世界大同的日子吧。但是您我活不到若干千年万年后的大同世界,怎么办呢?我想,也可以采取"合理"的"民族的立场""民族的所谓'血浓于水'的感情",试图尽可能"理智地""平心静气"来探索。我想,只要努力,是可以做到,或大体做到的吧?鲁迅就是这样的一个人。那么,就不会拘泥于族群之所属了。

在您所论述的时期,周作人的问题,主要是三个吧?一、为什么"滞留北京"?二、为什么"出任'伪职'"?三、"出任'伪职'"后的思想和作为是什么?为什么?最后,怎样评价他的是非、利害、功过?为什么?

对于第一个问题,您梳理了"七七事变"前的周作人的思想。是：一、"必败论"。二、"言和派"。三、对"事变"时间久暂的"判断"和"预测"失误。四、"家累"。他自己一直强调的是"家累"。综合考虑这些原因，并和周作人当时相当的人来比较，这些足以成为"滞留"的原因吗？我很认同您提出的对于"家累"一说的质疑："但若没有家累呢，他会毫不犹豫地离开北京吗？"（大著第42页）您的答案是"未必不言自明吧"。这里有日本学者委婉的蕴藉在吧？我则联想到周作人下面两件事。一件是：胜利后，他曾探询能不能去"延安"。第二件是：国民党败离大陆时，他曾探询能不能去"台湾"。这时候，是经过事实的教训，他要抛开"家累"孑身远走高飞呢，还是决心忍受千辛万苦背负"家累"逃难呢？

对于第二个问题。为什么出任"伪职"？决心滞留，对于在北京的生活境况与可能的遭遇，会有所考虑吧？"留平教授"一说，固然言之凿凿，也是事实。但仔细考量，还是有疑问。占领军对于堂堂北京大学，不会采取相当的措施吗？能够让"留平教授"来看管/保护"校产"吗？面对刺刀，一介书生如何看管/保护"校产"？周作人有什么特别的能耐吗？这使我想起兵荒马乱时候，财主逃难，留下仆人看管宅院的故事。

其次，"伪"北大的教员，和"伪"政府的高级官员是有重大区别的。为保护校产,最大也就出任"伪"北大校长吧,为什么要出任"教育督办"呢?

再其次,周作人在二十年代后期,不是决心做"隐士"吗?不是那么耿耿于怀讥刺乃兄"左倾",要当领袖吗?怎么在占领之下,一反常态,走出苦雨斋了呢?

周作人劝陶希圣是"干不得"(大著第120页),为什么自己却"干得"了?他后来的回忆是"自己相信比较可靠",即您以"同情地理解"的"周作人的自负有相当的根据"。(同上,第126页)周作人在这里是只讲"利害""损益",而不讲"是非"了吧?

最后,"狙击事件"。谁"狙击"?动机是什么?现有文字材料,还是未能说清楚吧?周作人在审判他时的辩诉词中,说是"事后我认为这是日军爪牙的恐吓"。(同上,第231页)如果是日军来恐吓,我有点怀疑。恐吓是只能给予"伤害"而不能置人于死地的;否则,人如死了,那将视为"失手"。可是,周作人没有死,并非这次枪杀子弹力量不足以致死;而是子弹被衣服扣子阻挡了。事实是,枪手夺路而逃的时候枪杀了企图阻挡他的人;足见那枪的威力并非特制来恐吓的吧。还有,如果是恐吓,射击部位不应该在腹部,应该在不能致命的部位。

即使遭到恐吓,为什么选择了妥协呢?

对于第三个问题，您做的分析特别精细。人是很复杂的。同一个作为，在不同时间，不同地点，对于不同对象，那动机、心思、心情，会很不相同。不同的作为，有时也可能处于同一个动机、心思与心情。中国熟语所谓"欲亲反疏"，就是一种特殊的人情的表达。不是心心相印的人之间，有时也会产生误会与误解的。人啊，就是这样地生存着。因此，您的分析是很有价值的。

我的理解，不知和您的原意是否合拍。我体会：大著的主线，是分析周作人因"必败论"的"失败主义"选择了滞留北京——因"自负"自己"对于教育可以比别人出来，少一点反动的行动"（大著第120页）而出任"伪职"——在担任"伪职"期间，采取了"失败主义式的抵抗"。由此，您提出一个带有"原理性"的问题：即这种"失败主义式的抵抗其作为思想之可能性"的问题。

您对于周作人的"个案"研究，提出的这个问题，是一个非常普遍、非常重大的问题。就是：在国家与国家、民族与民族之间，当发生战争的时候，人怎样生存，是天字第一号的问题。我觉得，面对这个问题，军事家、政治家、知识者、农民、工人，都无可逃避，都必须有自己的选择。军事家和政治家另作别论。我觉得，农民、工人，比起知识者来，要容易一点。他可以照常种田，做工；他所承担的国家、民族、政治、战争、法律、道德等方面的道义比较少，比较轻。不会因为他继续种田做工而受到道义的谴责。而知识者承担着严重的、巨大的道义责任。他在生死的同时，更有荣辱问题。这里不能不涉及战争的性质问题。而对战争性质的认定，"成则为王，败则为寇"的原则显然是不行的。在"成王败寇"之外，有理论在，有思想在。至今，似乎依然莫衷一是的；人类在二十世纪打了两场世界大战，还是不能有共识，有定论。人类进入二十一世纪了，虽然没有再打世界大战，国与国和国内的战争依旧不断。在战火中的芸芸众生，依旧苦不堪言；而知识者的选择，依旧是这样艰难，这样痛苦，简直是人难以承受的焦虑，苦恼，苦难。您提出的"失败主义式的抵抗其作为思想之可能性"的问题，我理解，正是试图从这种焦虑、苦恼和苦难中，寻求知识者"求生之道"的努力吧？您做了极好的研究。"失败主义式的抵抗其作为思想之可能性"，我考虑，在一种条件下是可以成立的，这就是"就抵抗论抵抗""就事论事"的思考；而不计大是大非，不计"抵抗"的全局性的事功，不计全局性的损益，利害；不计个人的荣辱。问题是，"失败主义式的抵抗"恐怕是有前提的，是有超越个人生死存亡的前提的，这就是它出现于国家与国家、民族与民族的"生死决战"；知识者身陷其中，他的处世，他的自救，脱离不了国家和民族的命运。如果怀抱"我不下地狱谁下地狱"的立场和态度，劝人是"干不得"而自己干；不计个人荣辱，采取"失败主义式的抵抗"，尽个人之力"少一点反动的行为"，我想，是"可以认真思考的"。

我理解您提出的无可奈何的现状下人的生存问题，即"市场资本主义称霸世界，然而如谁也不再大谈'无产阶级国际主义'那样，目前还没有找到任何有效的替代方案；而我们就要在这样的状况之下直面毫不留情的'全球化'趋势与单个国家的民族情绪之排他性高昂所造成的恶性循环"。今天的"全球化"和昨天的"无产阶级国际主义"在某一点是有共同性的。我指的是："无产阶级国际主义"要输出"革命"；而不顾被输出国人民的意愿。"全球化"要输出"人权""民主制度"，也不顾被输出国人民的意愿。曾经提出的"人权高于主权"就是它的理论基础。"全球化"是必须分析的，经济的全球化，政治的全球化，法律的全球化，思想的全球化，道德的全球化，文化的全球化，等等。资本、经济冲破单个国家的局限而走向世界，马克思就已经看到，已经提出"世界市场"的问题了。人不能选择自己出生的社会、社会既有的制度；人必须在这种不是自己选择的社会中生活。但当他成年以后，他就有相当的"走自己的道路"的选择了。如果生活在资本主义制度中，他不得不在资本家的工厂做工；如果他憎恶资本家，憎恶这个制度，他确实可能并可以采取"失败主义式的抵抗"。这里有一个界限：是在一国的内部，一民族的内部，还是在国与国之间、民族与民族之间？鲁迅早年，一九一八年，对他至友许寿裳说："盖国之观念，其愚亦与省界相类。若以人类为着眼点，则中国若改良，固足为人类进步之验（以如此国而尚能改良故）；若其灭亡，亦是人类向上之验，缘如此国人竟不能生存，正是人类进步之故也。大约将来人道主义终当胜利，中国虽不改进，欲为奴隶，而他人更不欲用奴隶；则虽渴想请安，亦是不得主顾，止能佗傺而死。如是数代，则请安磕头之瘾渐淡，终必难免于进步矣。此仆之所为乐也。"① 鲁迅是人类论者，同时是民族论者。因为事实上，我们至今还不得不生活在国界之内；特别是天生有一个"民族的身份"，它和国界还不同，它是与生俱来的，血缘的；这血缘是一把双刃剑，非常锋利的"双刃剑"。我自信我不是一个"狭隘的"民族主义者；但我主张在今天这样的世界，各个国家，各个民族，还是自己管理自己的事为好；

---

① 鲁迅：《19180820 致许寿裳》。

谁也不要做世界警察,世界的裁判者。无论是哪个人,哪个民族,哪个国家,都不是救世主。世界上没有救世主。个人也罢,民族也罢,国家也罢,都只能自己管理自己;改变也是自己自愿独立自主地改变。堕落、腐败、衰亡,都只能是自己的事,自己负责。前些年,有一种理论:"人权高于主权",输出"民主"是正当的。我不能苟同这种"救世主"的理论;我年轻的时候,深信"革命高于一切",输出"革命"是理所当然的;结果怎样呢?教训太惨重了。内山完造先生记述了鲁迅和野口米次郎的一次谈话。大致是这样的:"'鲁迅先生,中国的政客和军阀,总不能使中国太平,而英国替印度管理军事政治,倒还太平,中国不是也可以请日本来帮忙管理军事政治吗?'对于这种猖狂的挑衅,鲁迅从容而机智地微笑说:'这是个感情问题吧!同是把财产弄光,与其让强盗抢走,还是不如让败家子败光。同是让人杀,还是让自己人杀,不要让外国人来砍头。'"这掷地有声的话语驳得野口面红耳赤,哑口无言(内山完造:《回忆鲁迅的一件小事》,载 1957 年 10 月 7 日上海《劳动报》)。我相信这记述大致是鲁迅的意思。因为鲁迅还说过这样的话:"战斗不算好事情,我们也不能责成人人都是战士,那么,平和的方法也就可贵了,这就是将来利用了亲权来解放自己的子女。中国的亲权是无上的，那时候，就可以将财产平匀地分配子女们，使他们平和而没有冲突地都得到相等的经济权，此后或者去读书，或者去生发，或者为自己去享用，或者为社会去做事，或者去花完，都请便，自己负责任。"（《娜拉走后怎样》）所以，在人我之间，家庭、民族、国家之间，今天恐怕还是"内外有别"吧？所以，我以为，在民族或国家内部，"失败主义式的抵抗其作为思想之可能性"是存在的，甚至是现实的。孔子发牢骚，说过："道不行乘桴浮于海"，但他毕竟没有跑到海外去。

大著《致中文版读者》谈到，您"借此追问日本人自身的历史和自我认识问题"，有这种追问，正是我认识的您，一向敬重的您。鲁迅说过："日本国民性，的确很好，但最大的天惠，是未受蒙古之侵入；我们生于大陆，早营农业，遂历受游牧民族之害，历史上满是血痕，却竟支撑以至今日，其实是伟大的。但我们还要揭发自己的缺点，这是意在复兴，在改善……"（致尤炳圻信）我没有读过日本历史，但我读鲁迅这一段话，会想起二战后美国占领时期，日本的军界、政界，特别是知识者的境遇，他们遇到过什么问题，是怎样选择的？

如果说周作人采取的是"失败主义式的抵抗"，那么，在"督办"职务上，他肯定不能独立制定教育方针和政策，独立编定课本。那么，他怎么对待占领军主导的教育方针、教育政策、课本？大著没有分析周作人在"督办"职务上的这一方面，我觉得是一点疏忽。因为思考周作人的"失败主义式的抵抗"，仅仅看他的文章，看他作家的一面，虽然必要，但是是不充分的。

鲁迅提出的人一要生存，二要温饱，三要发展，是人人可以认同的吧？可是当鲁迅补充说：生存，不是苟活；温饱，不是奢侈；发展，不是放纵。认同的人就少了，实行的人，就更加少了。而且，怎样的是"苟活"？我一直在思索，至今不能相信自己想清楚了。

几夜满道兄：我拜读大著，真正是收获很多，很丰富的；但我的以上的读后感，当我写完后，再一次拜读您的《致中文版读者》，觉得和您大著的初衷，大有距离，甚至有南辕北辙的感觉。由于日中文化的差异，文字表达的差异，我很怕这样无所顾忌，直话直说，有不合适的地方，无意间冒犯了您。这是我非常不愿意的。但要坦率交流，也只有这样吧？没有办法，踟蹰了许多日，还是奉呈，让您看看这样的东西。这只是"三〇后人"王某的读后感。但您我探求的目的，我相信是一致的。我希望年轻的读者有新鲜的意见，新鲜的思考。您的思想，在他们中间得到贴切而深入的研究。

大著中有两处疏忽。

一、《致中文版读者》中说"民国和共和国法院两度裁决"（第二页），据我所知，共和国法院没有作过什么裁决，对周作人是政治、政策性的安排。

二、八道湾"最近，政府指定其为'文物保护对象'，在北京鲁迅博物馆管理之下，作为分馆将得到整备"（第二百四十七页），不准确。前几年，为了搞开发，说是要拆掉八道湾，消息传出，知识界大哗，发表文章，呼吁保护。我只听说将要如您所说那样办理，但没有下文，即没有正式文件确定此事。

有一处需要补充引文出处。即第二百六十页所说"周扬将盖好自己印章的便笺交与周作人"云云，需要写出出处。我没有听说过。我请教理群兄和文洁若先生，他俩也没有听说过。而且，我们三个人都认为是不可能的。共产党的组织纪律不允许这样办事。文洁若先生说周非常谨慎，不会这么办。所以，您补充引文出处比较好。

鲁冀新求教，脱帽鞠躬
二〇〇八年九月六日星期六

# 几夜满复鲁冀新

(2008年9月22日)

敬爱的鲁冀新兄：

接到大文，奉读三遍，乱想两天，立即全面奉复还是姑且只就您特地"毫无拘束、毫无顾忌"地提起的问题"私下谈谈"？其实，大文中根本找不到需要有拘束、有顾忌地谈那样的话题，由此可见您所关注的都是光明正大的事情。那么，还是大略按照大文的次序，慢慢地享受对话的乐趣为妙，虽然我方倒可能有由于思考混乱之故一时只好私下坦白的话，但正因为如此，我就要毫无拘束、毫无顾忌地谈谈。老来做事越来越缓慢，何况汉语写的长信，不知何日能寄出。

首先要感谢您对敝著"安魂"的动机给以最大限度的了解。"镇魂"一词的确似是日人独用的，我就此想起您曾下问我在韩国使用的"连带"之词义，那显然也是我日人的疏忽了（刚才偶尔发现，敝著旧版后记的译文和卷末的译者后记里也有"相互连带与理解"的文句，未知是赵君染上了日语的习惯，还是如今渐有这样的用法差可通用的领域?)。"安慰那失败的灵魂"虽是我当时的真情，然而我的思考一向被其动机所束缚，也是不可否认的事实。因此，大文中承蒙认可敝著在"安魂"意义上的"成功"和"出色"，我看了，反倒感觉受到正相反的评价似的（当然，这与您的盛意没有关系）。"日本人没有权利批判周作人"这一想法，我自以为相当于您所说的"合理的民族立场"之一个归结，那么从而在方法上采取以体察为主、不事批判的立场，果是其唯一的归结不是？我可不知道，但如果预先对传主没有相应的尊敬和作为日本人的感情成分，就总不能那样。结果呢，尽管如何积累体察，另一方面心里沉淀种种思考纠纷和灰色情绪也在所难免，这是旧版后记中略所吐露的实情。旧版还算不错，因为从来完全属于未知的沦陷区北京这一个世界，由此有了几分眉目，加以众人所谓"周作人事件"的事实经过也不至于对传主的尊敬一扫而空地得以描出其概略，因而当时确有恰如其分的充实感。可是我如今却不禁这么想，那时倒不如将"安魂"看作百分之百的文学行为，做完了就干脆撒手不管那个"事件"的好。"为要更自由地读周作人"的目的，本来也正在那里的。无奈，"事件"本身是一个深刻的历史问题，从而每逢出现重要的新史料，总不免发起补充旧著以期准确的念头，这样就有四分之一世纪后的新版了。新版兼收了烦琐的补注和几篇附录，俨然呈现一部学术大册的样子，可是已经举行完仪式的坟墓上尽管补充多少供品也白搭，实际上只不过是著者本人为从这个不会使人精神高昂的题目最后撒手的再一场仪式而已。然而，不料有人借此新版刊行的机会发起将其翻译成汉文的计划，使得我再要面向新的关系，以至于又错过撒手的良机！

大文提起的三个疑问，都同时也是我的疑问，而我自己是反复被大名士的行藏艺术所困惑的结果，几乎失掉了讨论这方面的兴趣。不过，既然这一次研讨会是您特地为敝著而组织的，那么我还是应该作为以体察为主、不事批判的书之著者而参加讨论吧。而且，从"安魂"的主旨来说，就是因而替传主当了众矢之的，也应该算未愿了。事实上，即便在周作人专家里头，也会有不少比您更强硬的意见吧。因此，姑且继续采取敝著的立场与方法，就那些疑问与您商榷一遍看。一、"家累"不是可以看作既标榜不辩解又不愿说谎的人所采用的最简明的"说明"手段吗？他考虑去延安或台湾时，怎么对待"家累"，的确是颇有兴趣的联想，然而实情可能分外简单，如果真的被逼迫到只有一条生路时，则顾不得"说明"，直接要对待事实存在的"家累"，而后来他被抓进监狱时就只得抛开"家累"这一事实可以看作其极限的例证。我甚至有这样的想法，即以文学为业的人选择语言来"说明"自己的行为，这也是一种行为，而且或许比捉摸不清的"真的理由"更应该看重也未可知。二、作为出任伪职的动机，他自说"自己相信比较可靠"，不也是相似"家累"的"说明"话吗？而我说"自负有相当的根据"，也和承认"家累"的存在本身不是谎话并没有两样。关于"自负"的"根据"，顺便涉及后日话；沈鹏年先生和批判他的人们共同使浮上来的那一连串"新史料"，未必能证明周答应党的要求而出马那一类俏皮话，然而十分能够旁证当时北京地下抗日势力欢迎以至劝进他出马的事实（我在新版所附录《有关周作人的新史料问题》一文中，详细地报告那一次"研讨会"的情况之后讨论此事）。这一事实足以支持他的"自负"，而他在哪一次"说明"中也没有直接提到其事，从这儿也可以推测周氏一流的"说明"艺术（唉唉，体察名士的心术，真令凡人劳累啊！）。三、把"狙击事件"看作中方抗日"恐怖"活动之一，是当时中日双方一致的看法，只有他一个人始终主张是日方的恐吓，的确有点异样。然而他并没有明言过其主张和出任督办的动机之间有什么因果关系（我在新版所附录《周作人狙击事件与"抗日杀奸团"》一文中简单地这么说："周作人这个主张，和他全部的申辩一样名声从来不太好，……我仍然这么想，如自问在他当时的实感上哪一方的威胁更大，则不得不自答是日军对他'里通抗日势力'的嫌疑那一方,尽管客观上他关于同胞对自己的视线如何地天真且迟钝。我姑且指出只此一点,不想参加这种讨论。")。

以上都是我在不至于歪曲客观事实和不极端违背情理的范围之内,尽可能地尝试体察的结果。但尽管怎样,仍然剩余不能使人释疑的地方,也是事实。您数出他的种种矛盾来诘问,我则尽量同情体察的结果厌倦起讨论来,横竖是多么难以对付的名人啊。之所以如此,不消说是由于我们无论如何总难以同情他出任傀儡政权特任级大官的缘故。连我本人也不得不认为出任督办是周作人最严重的失败或者失算。于是,不够教训地再想进一步就他的全部行为加以综观式的体察看,从而我注意到了他在问题时期行为准则上一以贯之的政治性。原来,他在像显著于一连串"日本研究"的那种反政治主义之政治困境里,以所谓"必败论"的悲观性认识为基础,勉强为自己设想与其相应的政治使命。使命的底线诚然设定得十分低调(如国土虽遭分割起码要维持"中国民族思想感情的联络"。请看十三页所引《国语与汉字》),但是他同时也决意了即使放弃文学也要服务其使命。我在这儿联想敝著里上场的诸如林房雄、片冈铁兵等日本"左倾"文人,与他正相反地一味喜欢唱高调,结果,在极端严厉的反动统治下碰了壁,良心内疚之余干脆走往极端右倾的方向去。而在周作人，例如出任督办之后发表的《中国的思想》等古腔古调的高论，纵令已无开战前夜的"日本研究"那么曝内心于危机的文学性，倒还可算没有辱没其政治使命，甚至于连出任伪职也可以自恃"占领"了教育总署的空位。"占领"两个字，是他在所谓致周恩来的信里用过的。据说冯雪峰看了那封信大为失望，我也难免扫兴一点，可是后来反思一下，这不是由于我们对他的文章总要期待文学的缘故吗？（顺便说，理群兄指出他的"官僚化"时，不也是难免有那种期待的吗？）总之，我们越发拘泥于文学，他那一段时期的言行便越发显得难以了解，因为那简直是硬要已经没有的东西了。

其次是敝著《新版后记》所说"失败主义作为思想之可能性"的问题。只因我在《致中文版读者》中特地发挥点儿那一句话的旨意，引出了您多方面的思考，这令我大为喜出望外，同时感到我的话语到底过于简短。我通过"可能性"云云的话所要表达的是，敝著那样令人气闷的独角戏我已经唱够了，今后则要超出"安魂"的主观性与一国性，而转换讨论的方向。您那"失败主义式的抵抗"应该有"前提"的意见，正合其转换之第一步。我完全同意高见，而且甚至以为底线设定得如何低调也可以，但是底线越发低下,坚持底线的决意应该越发强硬。原来我所以特举"失败主义式的抵抗"的理由,则在其为敝著里最为要害的思想问题,也就是说除此而外似乎没有从他那一段痛苦经验值得搭救出来的东西。旧版却急于至少要搭救文学,在《读东山谈苑》《修禊》等的读法上犯了有些过度的"感情移入",所以我在新版里只就这一点修改些原文,以备更为客观且开放地讨论。试借那《读东山谈苑》一文敷衍高见,他不看云林居士拒绝张家兄弟的笼络而被打得半死不活的"前提",一味欣赏"一言便俗"这一句的确不乏世说言语篇风味的"嘉言",并且将其作为"不辩解"说的典据。他这种偏向于审美标准的伦理观,想与他始终不觉悟从而也不承认出任伪职这一行为本身的政治责任那样的迟钝或大方有关系吧(我在新版所附录的《周作人致周恩来信——翻译及解说》中略论其事)。

写到这里,我感觉多亏您的厚道关照,边同您进行对话边为研讨会做了很好的准备。作为对话的材料,大文另外还提到革命输出也是"全球化"之一端、我们日人被美国占领的经验如何等正好在贵地聊聊的话题。更加上,您确切地随处引用的鲁迅章句也颇为值得欣赏。余且特就三项指教谨复如下:一、我说"民国和共和国法院两度裁决",的确似欠妥,我是把北京地方法院关于周作人公民权、家产权等的裁定看作广义之"裁决"的。二、"八道湾最近云云"原是您告诉给我的消息,未经确认就等于"道听途说",对不起!三、有关周扬将盖好自己印章的信笺交给周作人云云的事,连同其他几项一起,从上一页所记署名"铁臂"的《刘少奇黑伞下的大汉奸》等"文革"中的大批判文书概括出来的。试查留在手头的剪报类,一九六六年八月五日(香港)《文汇报》"中宣部另一张大字报"的报道中也有其事,连一九六七年十月十九日《人民日报》所转载(原载《文学战线》同年第3期)署名许广平的《我们的痈疽是他们的宝贝》(标题译得不准确)也抄引该项。至于其说之真伪,则当时无法确认,所以说"为避免材料的混淆"(译文作"为避免与材料本身相混"不知何意。译稿我看过一遍,所以也难免责任)。

末了,对大文里充满的厚道友谊,从衷心深深地道谢。

弟几夜满敬复
二〇〇八年九月二十二日

# 鲁冀新再致几夜满

(2008年9月)

几夜满道兄：

昨天奉到大札，才一颗石头落地，自发出拜读大著给您的信以后，七上八下的心终于安稳了。来信是这样体谅我，令我很感动。我说的"毫无顾忌、毫无拘束""私下谈谈"的话，不是我要谈的问题非"光明正大"，而是我内心一直对于和异文化朋友的交往、交流有着深深的紧张和困惑。原因是我不懂对方的母语，不知道说话的"禁忌"。比如，我听说日本话中日有许多"敬语"——这在古汉语中也有，革掉文言的命，把古汉语中的敬语也革掉了。连"家大舍小令他人"都不知道了，常常闹出笑话。但是像日语那样男女之间的说话也有区别，汉语里没有。因之，我深恐因无知而说了"不得体""冒犯"对方的话。对您我虽然放心、轻松多了，也还不能完全"毫无顾忌、毫无拘束"的。我这个人，也许个性有问题吧。

"批判"和确定"事实"是两个问题。对于"事实"

---

① 此札未署日期。由前后书札看，应写在同月。赵园注。

可以有各种各样的看法、观点、理论；但"事实"是根底，是基础。我思考问题，一直是先问"是"什么？"是"怎样的？然后考虑对这"事实"的看法。最后探究"为什么"会是这样的。周"滞留"北平是"事实"。这一点研究周的人没有不同意见。周"出任"占领军设置的"政府"部长级职务的官员，也是"事实"，研究者也没有不同意见的。问题是怎样看待这种"出任"的"事实"，分歧就大了；甚至根本不同。"为什么"？这里就牵涉思想观点、学说理论。其中大有问题可资研究和探讨。

对于和自己民族相关事情中异民族中人的思想、行为有没有"批判的权利"，也是一个问题。站在本民族的立场上，是有点麻烦；但许多公共的社会事情，是可以超越民族的立场的。民族之上，还有"人类"的即"人"的立场。在"唯阶级论"盛行的时候，是否定人有人性，"只有"阶级性的。鲁迅在被中国马克思主义者围剿的时候，公开说："在我自己，是以为若据性格感情等，都受'支配于经济'（也可以说根据于经济组织或依存于经济组织）之说，则这些就一定都带着阶级性。但是'都带'，而非'只有'。所以不相信有一切超乎阶级，文章如日月的永久的大文豪，也不相信住洋房，喝咖啡，却道'唯我把握住了无产阶级意识,所以我是真的无产者'的革命文学者。"① 这里就既有"阶级论"的立场,又坚持"人类"即"人"的立场。我是这样理解的,不知道可符合鲁迅的原意? 鲁迅青年时期既批判"惟武力之恃而狼藉人之自由,虽云爱国,顾为兽爱。特此亦不仅普式庚为然,即今之君子,日日言爱国者,于国有诚为人爱而不坠于兽爱者,亦仅见也"。② 这里的"君子",是包括本民族的在内的。"夫吾华土之苦于强暴,亦已久矣,未至陈尸,鸷鸟先集,丧地不足,益以金资,而人亦为之寒饿野死。而今而后,所当有利兵坚盾,环卫其身,毋俾封豕长蛇,荐食上国;然此则所以自卫而已,非效侵略者之行,非将以侵略人也。不尚侵略者何? 曰反诸己也,兽性者之敌也。……今兹敢告华土壮者曰,勇健有力,果毅不怯斗,固人生宜有事,特此则以自臧,而非用以搏噬无辜之国"。③ 鲁迅终身坚持这一思想,这一理念。我觉得,这里是既有民族的立场,又有"人类"即"人"的立场。鲁迅有一大思想方法,就是关于"人"的问题,他依据人是生物的"事实",常常把"人"拿来和"动物"做比较,思考、探讨"人

---

① 鲁迅:《文学的阶级性(并恺良来信)》,收入《三闲集》。
② 鲁迅:《摩罗诗力说》,收入《坟》。
③ 鲁迅:《破恶声论》,收入《集外集拾遗补编》。

性""理想的人性",包括"国民性"即"民族性"问题。"兽爱""是故嗜杀戮攻夺,思廓其国威于天下者,兽性之爱国也,人欲超禽虫,则不当慕其思"。① 鲁迅的《男人的进化》真是令我刻骨铭心,试图接近他的思维方法。

大著在为周"镇魂"方面,是考证精细,体谅切己,见解深刻,心气平和,大慈大悲的。充分体现出您治学的品格、功力、思想力,和做人的魅力。但我更看重您从中提出的"失败主义式的抵抗其作为思想之可能性"的问题。上次信里我已经说了,这是一个普遍而重大的问题。我说的"普遍"是以为是全世界的各个民族的问题。我说的"重大"是以为关乎人,特别是"知识阶层"的问题。生命第一;人是生存第一的。为了生存,人不得不在"非人"的社会环境中求生。这时候,怎样自处是天字第一号问题。鲁迅谈到对于叛徒的看法,一说:"我疑心将来的黄金世界里,也会有将叛徒处死刑,而大家尚以为是黄金世界的事,其大病根就在人们各各不同,不能像印版书似的每本一律。""自首之辈,当分别论之,别国的硬汉比中国多,也因为别国的淫刑不及中国的缘故。我曾查欧洲先前虐杀耶稣教徒的记录,其残虐实不及中国,有至死不屈

---

① 鲁迅:《破恶声论》,收入《集外集拾遗补编》。

者，史上在姓名之前就冠一'圣'字了。中国青年之至死不屈者，亦常有之，但皆秘不发表。不能受刑至死，就非卖友不可，于是坚卓者无不灭亡，游移者愈益堕落，长此以往，将使中国无一好人，倘中国而终亡，操此策者为之也。"① 这里的"分别论"很警惕我发议论的分寸。

"失败主义式的抵抗"，我想到的，恐怕至少要分别有下面几种情况：一、单一民族内部的"失败主义式的抵抗"；二、多民族国家内部民族之间的"失败主义式的抵抗"；三、国家与国家之间的"失败主义式的抵抗"。中华民国成立后，鲁迅出任教育部"荐任"级别官员。总统、总理等政府首脑不断变换，鲁迅岿然不动。但当张勋复辟，鲁迅立即辞职，这很引起我的思考。鲁迅逝世前，纪念太炎先生，写下："我的爱护中华民国，焦唇敝舌，恐其衰微，大半正为了使我们得有剪辫的自由，假使当初为了保存古迹，留辫不剪，我大约是决不会这样爱它的。张勋来也好，段祺瑞来也好，我真自愧远不及有些士君子的大度。"② 这令我明白：国家和政府不是一个东西。

---

① 引文分别出自鲁迅：《19250318 致许广平》《19330618 致曹聚仁》。
② 鲁迅：《因太炎先生而想起的二三事》，收入《且介亭杂文末编》。

其次,"失败主义式的抵抗","抵抗"什么?"怎样抵抗?""为什么"抵抗?也是需要——"认真思考"的。这里,涉及"抵抗"的多少、"抵抗"的性质、"抵抗"的事功。厘清"事实"后,再单个以及整体评估它的是非、利害、损益、功过。

精神是一个问题,效果即"事功"是另一个问题。不知您以为然否?鲁迅曾经多次论及岳飞、文天祥,他的见解与普遍的汉民族人不同,他说:"那地方记的有'北平大学教授兼女子文理学院文史系主任李季谷氏'赞成《一十宣言》原则的谈话,末尾道:'为复兴民族之立场言,教育部应统令设法标榜岳武穆、文天祥、方孝孺等有气节之名臣勇将,俾一般高官戎将有所法式云。'凡这些,都是以不大十分研究为是的。如果想到'全而归之'和将来的临阵冲突,或者查查岳武穆们的事实,看究竟是怎样的结果,'复兴民族'了没有,那你一定会被捉弄得发昏,其实也就是自寻烦恼。""现在往往见有描写岳飞呀,文天祥呀的故事文章。自然,这两位,是给中国人挣面子的,但来做现在的少年们的模范,却似乎迂远一点。他们俩,一位是文官,一位是武将,倘使少年们受了感动,要来模仿他,他就先得在普通学校毕业之后,或进大学,再应文官考试,或进陆军学校,做到将官,于是武的呢,准备被十二金牌召还，死在牢狱里；文的呢，起兵失败，死在蒙古人的手中。宋朝怎么样呢？有历史在，恕不多谈。"① 您在大著中，也谈到周作人注重"事功"的思想。所以，"失败主义式的抵抗"不能不顾及"事功"。自然，这顾及"事功"，不能以"急功近利"为判断的尺度。

这种种问题，写来话长。好在您就要来参加大著中译本的研讨会了。您和我有几天"郊游"的时间，到时候再仔细研讨吧。顺便说明：一、座谈会上，我很可能不发言的，因为我没有研究周作人，没有发言权；那天来的都是研究周作人的专家。我也说过，以上种种，只能是说给您听的"私人"谈。二、这次的研讨会，不是我"组织"的，我早已退休，没有组织什么的"权力"了。这次是孙郁兄和我的小朋友叶彤，也即大著中译本的责编，代表鲁迅博物馆和三联书店共同组织的。我不能贪天之功。

关于"八道湾"要做鲁迅博物馆的"分馆"，是有此一说的。那是阻止开发商"拆"八道湾的时候的愿景，至今没有实现。我没有把后续消息告诉您，是我疏忽，以致您用它做了补注，我是有责任的。

---

① 两段引文分别出自鲁迅《"寻开心"》（收入《且介亭杂文二集》）、《登错的文章》（收入《且介亭杂文末编·附集》）。

关于周扬给周盖好印章的空白信笺的问题,"文化大革命"中的"大字报"以及类同"大字报"的报纸上的"大批判"文章,是必须"复查"核实的;多少"叛徒""卖国贼""核实"以后,不是了啊。可惜没有人来负责任——"核实";数以千万计的这类东西也没有办法加以"核实"。所以有"一风吹"的方针:这就是"中国特色"之一种。我上一封信提到它,是希望您把"出处"注明,不一定删除的。这也是历史。

太长了。啊,我第一次在尊名之前用了"亲爱的",可您回我一个"敬爱的",这个"敬"字,怎生了得。请把它废掉吧。亲爱的几夜满道兄。顺颂

研安

嫂夫人前请叱名问候

鲁冀新脱帽鞠躬

## 几夜满再复鲁冀新

(2008年9月29日)

虽然尊敬可也亲爱的鲁冀新仁兄:

您我之间的电邮回路总算恢复,似乎还是用原来的方

式为妥。所谓新的方式，其实是尾崎兄用电话给我"远隔指导"了三小时的结果，可惜其水平过于高度了。

我在敝著新版和汉译本特地提到"失败主义式的抵抗"问题，其意图首先在于为了转换论点试举一个方向而已，然而您的响应，则不顾我本人的混乱，竟往前走得好远似的。这大概是因为您向鲁迅学习学到十分消化其思想精髓的地步之缘故，而我尊敬您这种纯一的彻底性，也是一点也没有掺杂的真情了。总之这个题目正有待在北京毫无顾忌地继续商讨。

这一次的研讨会，当初不是您对我说要约少数的知心朋友开一个小小的读书会吗？不管如何，您说自己不是专家云云的话，我总是不能接受的，因为敝著（至少其旧版即新版的正文）本来不过是以敝国一般读书人为对象的普通读物啊。匆此奉复，顺颂

俪安

九月二十九日
弟几夜满叩头

日语中有麻烦的敬语和男话女话的差别等等，既然咱

们通过汉语来交流,便不会成问题,如果有问题,只怪我的汉语水平!又及

## 几夜满三致鲁冀新
(2008年10月6日)

还是不得不尊敬可是仍然亲爱的鲁冀新仁兄:

同您预先交换些意见的结果,我好像为这一次研讨会作了一点儿准备似的,而同时推测这肯定是您有意那么开导我的,谢谢,北京见!

十月六日深更
弟几夜满叩头

## 鲁冀新三致几夜满
(2008年10月14日)

几夜满老友:

"老友",这是昨天您在送我的大著上签名的称呼,我看了非常欣慰,自豪而畅快。这既摆脱了最初礼仪性的"先生",也摆脱了后来用的中国正统文化"称兄道弟"的"伪血缘"因子(中国的汉人在日常对人的称呼上,与自

己血缘毫不相干的人，也大都用"叔叔""大娘""大爷""爷爷""奶奶""大哥""大姐"这种带血缘关系的称谓，"血浓于水"的观念之根深蒂固可见一斑也，也殊可笑，实际也常常闹出笑话，我曾经有杂文讽刺之)。"朋友"是人我之间最好的称谓：朋友是彼此选择的，关系平等的，可以去留的。"血缘"是不可选择的，不可去留的，不平等的，无可奈何的。您说是吗？

关于"失败主义式的抵抗其作为思想之可能性"问题，我的思考是肯定的。这不只是周的个案之可能性问题。如果只是个案可以成立，那它几乎不成其为"思想"，"思想"是具有相当的普遍性的。

因之，我觉得，"失败主义式的抵抗"，似乎可以这样定义：人一降生，就以其固有的性别生存于不是自己所选择的既有时间、地域、家庭/民族、阶级/阶层、制度等诸多社会关系之中。及其成年，具有独立行为能力以后，为了生存，可能遭遇无奈的严重的选择，当这种为了生存的选择与自我生存愿望/理想背离，心有不甘与不满，从而采取抵抗，"失败主义式的抵抗"于是成立。所谓"无奈的严重的为了生存的选择"，有非常态的战争。这种战争，可以是自己民族内部的，也可以是民族之间的。民族之间的战争，可以是国内的，也可以是国与国之间的。更有常态的，如制度、法律政策、国家意识的正统文化、个人，特别是读书人面对它们，几乎是无奈的，也是一种"失败主义式"的选择。如果"抵抗"，自然也是一种"失败主义式的抵抗"。自然，无论是"选择"或"抵抗"，那性质是会有不同的。至于"抵抗"，怎样的抵抗，为什么抵抗，抵抗的效果与结果，都是必须分析的。是有"是非""利害""损益"与"功过"的。

几夜满老友，我之所以如此重视您通过研究周而提出这样一个思想，从"个案"提升到普遍性的一种思想，就因为这样的胡思乱想。尾崎文昭先生认为我把您的问题"扩大"了，背离了您的本意，而我以为作为"思想"，本来是具有普遍性的，并没有背离您的本意。又，您那天在研讨会上说：我从伦理上对您的研究提出了批评，我觉得不完全是这样的。我的发言，根底是从"人的生存"出发的。由于"人"的"人性"，个人"人性"之"个人性"，带有诸多性质，如：性别之"性"、时代性、地域性、民族性、阶级性，以及文化方面的种种思想观点，如政治、法律、伦理、道德、宗教等等。因此，一个人的思想、观点，除非特别说明的以外，往往是诸多因素的错综复杂的总和，呈现出"不是'只有'，而是'都带'"的现象。是耶，非耶？望老友教我也。

读您这本书,真是愉快。它令我一个多月来,都沉浸在您提出的"思考"之中。三十年前您就写出了这样著作,和您的《野草》研究一样,真是令我不敢望我老友的项背啊。"季文子三思而后行。子闻之,曰:'再,斯可矣。'"而鲁迅有杂文,题曰《一思而行》。为您的这本大著,我给您写了三封信了。就此打住吧?

希望您这几天在北京生活愉快。敬颂

秋安

您的老友　鲁冀新脱帽鞠躬

二〇〇八年十月十四日星期二

## 几夜满四复鲁冀新

(2008年11月2日)

鲁冀新老友:

自从平安回家休息两天以后,虽有几件杂事要及时处理,但几乎每天思量怎样写信给您,同时又怕被您先我来信。昨夜,神奈川大学在横滨某饭店开了中国语学科二十周年纪念会,散会后和几个毕业生一起再喝酒,醉得脚步踉跄,一点钟左右回来,电脑上发现您的大名,只叫了一声，哎哟糟糕了！连附件也没有注意到，立刻睡觉了。今晨奉读"第三封信"，重新叹服了您对敝著的读法之独到处。尾崎所说的"扩大"解释，的确有是有之，然而"背离"著者的本意，倒是绝对没有的。因为，当我出新版时最大的心事，则不外是如何超越旧版以来一向令我迷惑的周作人事件这一个案的框子。而所谓"作为思想的可能性"者，正如您所说那样，是应该指向普遍性的问题。我附带地想起了曾有一个时期在"新左翼"运动里流行过"革命的败北（失败）主义"的口号（他们在这个口号之下重演孤立的直接行动，而自取消灭了），其行动之独善的过激性是另一个问题，作为"败北主义"的思考类型之一，则可以备诸我们的参考吧。至于在"鲁博"的座谈会上我对您说的伦理云云的话，是根据很差的听力所听到的片言只语而胡猜的结果，实在惭愧连您预先特地寄给我的第一、二封信也临时没能活用。总之只有您一个人认真响应和发展我那一句话的主旨，这对我来说是喜出望外的一大收获，只这一事也足能解除我对汉译敝著的踌躇与不安而有余了。

　　只因我不负责任地把无查证也能逗留贵地的日期全部交给老朋友们安排，就让您连带赵夫人无微不至地接待我好几天，真不知怎样道歉才对，话虽这么说，托您们的

福，我十分享受了将近半个月的老年快乐也是事实，那么，我应该首先向天地间有如此良朋的事实道谢，不是吗，老友！即此，并颂
俪安

几夜满敬复<br>十一月二日

# 致几夜满老友（2009年8月23日）

几夜满老友：

奉到复示，大快我心，知道您的近况了也。您我年龄都大了，确实常常惦念您的健康，但也总在遥想您在写文章的吧？您不是看了"告密"的争论，想写聂先生吗？看了灰娃的新作，不是还想写她的诗作吗？我也非常盼望拜读到您的新作啊。

对于舒芜先生，您的观察是合乎这里的实际的，您的看法也合情合理。八十年代中期，您在"鲁博"参加关于周作人的问题的座谈会的那次，舒芜先生也出席了，您记得吗？那时我对他还是老看法。后来多读，多想了想，改变了。九十年代他关于社会和文化的评论短文，大都精彩。我很佩服。明天上午，在他逝世的复兴医院有小范围的告别仪式，我会去的，而且敬献了花圈。我和他的子嗣也不熟悉。讣告是三个子女具名的。我明天会转达您的慰问。请放心。您愿意我把您这封信中有关舒芜先生的几句话打印出来，转给他们吗？我想，他们会很感欣慰的。

我还是老样子。每天读报，写几句好像文章的东西。我还有半篇东西就完成《鲁迅与孔子》的稿子了。《自序》的草稿也已经写出来了。但很不满意，却也无能为力了。可叹。

敬请多多保重。有空，常写几句话给我。叩谢、叩谢。顺颂

秋安

鲁冀新脱帽鞠躬

# 致几夜满老友（2015年1月20日）

几夜满老友：您好！

近来好吗？八九年有幸在尊府深夜共饮的韵味，至今难忘。

新年过后，终于修改出一篇拙文《鲁迅对于暴力及暴力革命的思考》，经过一位朋友编辑的审阅，为适应刊物的味道，改题《暴力与暴力的时代》。据说准备刊用。

不管是否刊出，决定奉呈老友审阅，交流。无论就这一篇提出批评与指教，还是等我修改好其他诸篇再一起讨论，推敲，都是非常期待的。老友的意见是我非常敬重的。我准备修改的第二篇，题《鲁迅的身份与思想及左与右的纠结》。希望能够如愿。谨此。敬颂

大安

靖子夫人前请叱名问安

鲁冀新顿首再拜①

---

① 得后这一时期正在写一组关于鲁迅与左联、左翼文学的文章，写出的两篇发表在《书城》杂志上。这一写作过程因视力的持续衰退而被迫中断。赵园注。

# 几夜满致鲁冀新（2015年1月26日）

鲁冀新老友：

大著第一篇修改稿早已奉读完，是不是此篇相当于您曾列开给我看的"几个问题，也即章节"之"五、鲁迅思想的特质（下）：暴力问题"？如然的话，为我就大著说什么话，至少要通看其（上）（中）（下），因为，如在《告别丸山昇》的附注里所说那样，我的兴趣集中于您断定了"左翼文学已经终结，鲁迅文学期待发展"（《鲁迅文学与左翼文学异同论》的结论）之后，如何来讨论鲁迅的左翼思想。而这回您想出了"左联左翼"的说法，那么，"鲁迅的左翼思想"的针对性也就得到加强吧。总之，我的期待与其在作为专著的系统性和综合性，宁可在针对性和集中性。以上只不过是我的一种愿望，另外这个那个的问题，则不便向正在开车的司机从后边搭话。当然，如就具体的题目承征愚见，那就不得不努力绞脑汁。即此，并祝撰安

几夜满敬复<br>正月二十六日

# 致几夜满老友（2015年1月28日）

几夜满老友：

奉到复示。多谢多谢。

我是期待您多提出批评意见的。一篇一篇地指教。尽管您非常谨慎，不愿意随时告诉我您的意见（我看出，您是有意见的。如您来信说的："另外这个那个的问题，则不便向正在开车的司机从后边搭话。"）而我总觉得您我可以更加随便交流意见的。

这个问题困扰我多年。而且我觉得这个问题极为重大。您敏锐地发现我所用"左联左翼"，正是我一向敬佩您的地方。

我说的"左翼文学已经终结，鲁迅文学期待发展"，是从鲁迅的观点引申的。鲁迅说:"革命成功以后,闲空了一点;有人恭维革命,有人颂扬革命,这已不是革命文学。他们恭维革命颂扬革命,就是颂扬有权力者,和革命有什么关系?""所以以革命文学自命的,一定不是革命文学,世间哪有满意现状的革命文学?""所谓革命,那不安于现在,不满意于现状的都是。"① 而鲁迅的文学正是不安于现在,不满意于现状的文学。在延安整肃王实味、艾青、丁玲,消灭"轻骑兵"就是。这时候就已经公开批判"还是杂文时代""人性论"了,也即"枪毙"鲁迅了。不知道老友以为如何?

这一篇就是原先想写的关于"暴力"的一篇。我深感年老力衰,已经不能重新阅读资料,按计划写出了。不得已只好压缩,只好先写比较容易些的了。原先确实是想写一本小册子,现在看来是力不从心了。

老友啊,我多么思念您啊。多么想对酌交流,讨论,无所顾忌地说话啊。请多多保重。

敬颂

大安

尊夫人前请叱名问安

鲁冀新拜上

---

① 鲁迅:《文艺与政治的歧途》,收入《集外集》。

# 几夜满致鲁冀新（2019 年 12 月 29 日）

赵园夫人请转王得后老友：

好久好久没问候，赵夫人上一次来信里提到您新的病名心梗与腰痛，使得一味担心您眼病的我着慌了。与此几乎同时王风君来日，在把他带到福岛的琴学师兄弟那儿的列车上，他打开手机给我看您答他问而谈的具体经过，虽说是同音异字频出的奇文，可到底是以您的肉声为底子的文字，其具体性本身就有令人放心的效果。接着尾ji 寄来和您一起拍的照片，① 您的近影未免显得清瘦，但更为具体的笑容在那儿呢！后来他当面交我您托他

---

① 尾 ji，即我们的日本友人尾崎文昭先生。赵园注。

见惠的一本新书,其后记开头的谢世辞那三个文字令人发叹息,① 然而该书一面也在证实您人生的确已得至少一知己若其主编人者。足矣,反正咱们作为一整个世代是正在消灭的过程中的,对不对?尾 ji 还告诉我一个好消息,即您俩已定将搬家到老钱所住的那家养老院,那样,老钱也就大为得到安慰吧。请便中代我们向他表示衷心哀悼,记得我们是同时在北京郊外的寺院结识的他夫人。赵夫人信中您下问我仍在每天喝酒与否,回答是然也,然而请放心,我这已是十年来的习惯,从来没发生过什么问题,至于将来,则并不会那么长吧。您还赐关心靖子的太极拳,她打它没有以前那么热心,但所谓的运气好像继续发挥着一定的作用似的,总之我们算在顺利衰老。

---

① 林贤治先生应香港城市大学出版社之约为得后编随笔集,得后写有一篇《谢世辞》,对此的解释是,视力衰退到不能读、写,对于他几近于生命的结束。此时他的健康状况发生变化。前一年秋,我们还一同去了南京、如皋、南通、杭州、上海,途中他兴致勃勃,行走如常。入冬后体力下降,此后再未能恢复。那种悲情,应与此有关。林贤治先生将该文改题《后记》,另拟《编者补记》。由林贤治先生编的随笔集《刀客有道》,由香港城市大学出版社于 2019 年出版。赵园注。

写长了,即此,并祝

新年快活

                                木山英雄
                                ting'ting
二〇一九年十二月二十九日

# 致几夜满老友[①]（2021年1月2日）

敬爱的几夜满老友：

二〇二一新年前夕奉到您贺年的电邮，遥想您和尊夫人的生活状态，有说不尽的喜乐与思念！这一年多日子里，又有什么新作吗？几十年交往中，只知道老友酷爱泡温泉，不知道此外还有什么业余爱好？

我去年突发心脏（肌）梗死，[②]紧急叫120车送到安

---

① 此札写于2019年11月1日入住养老机构后。原信写在打印纸背面，由赵园拍照发给木山先生。因考虑到照片可能看不清楚，又由赵园发此电子文本。赵园注。
② 记忆有误。突发心梗是在2019年7月29日，是年11月1日入住养老机构。赵园注。

贞医院急救，安装了两个支架。手术后腰腿疼痛，行走困难，尤其是不能上下楼。只好卖掉住房，入住一家养老院，成了无家可归的游民！房子还没有卖出，却遇到史无前例的大瘟疫。房价大跌！只好默念儿时听祖母念念的"大慈大悲救苦救难观世音菩萨保佑"了！

身体状况是双目黄斑变性，每月打一针雷珠单抗共两年，无济于事，视力还在缓慢下降。双腿骨头和肌肉都无力，行走吃力，其余还好。多赖赵悉心照顾，生活还好，敬请老友释念，并请大安。

鲁冀新拜上
元月二日

# 几夜满致鲁冀新（2021年2月22日）

赵夫人：

您邮寄的得后先生手书确已奉到，谢谢。兹烦您把下面的复信念给他听。

鲁冀新老友您好。赵夫人代您邮寄的手书，我以为是您元月二日信的原件，然而不料其日期实为二月，① 可见您又一次执笔，吃苦手写的那五张信！我反复欣赏那手迹，即使是难以辨认的地方，也自然而然地造成一种天真

---

① 得后一月二日给木山先生的信，写在废打印纸背面，由我录出以电子信函发给木山先生。木山先生希望看到得后的笔迹，于是有二月得后手书的另一封信。赵园注。

的先锋派那样风趣。我定要珍藏它做纪念，谢谢，谢谢。先谈谈这一场疫情，我年来常常感到已经活得过久了，可是一想到我们这一代日人，通过打败仗学了好多道理，那么面临比两次大战范围更大的疫情，为目击其对这个世界的影响如何，还要活几年，才算完成首尾。我这几年血压的确相当高，可一向反抗医生，拒绝一开始服用就终生不能停止那样的药方，而新的医生也要说服我吃药。只因他人品不错，我试试采取美国前任总统的交易主义方式看，说道如果您不反对我半夜喝酒的习惯那就可以吃药，他答道我不敢想夺取老人家的乐趣，结果，我不得不同意吃药了，虽说吃药后血压仍不低下。关于靖子的太极拳，据她自说，手腕子骨折以后不打了，可是多亏打了一共三十一年的太极拳，至今腰腿比实际年龄算利索点儿。如此，我们像半人份儿加半人份儿略等于一人份儿那样地，勉强维持着独立的生活，即请放心。至于您除了眼病而外还因心脏等急变被抬进医院的消息，真令我们着急得出冷汗了。那个消息，大概是由于王风君的灵机，通过您在脱了危机后自己向什么机器谈具体经过，让机器自动翻译成文字那样的形式，也转到我这里了。总之，咱们如今反正只能品尝尽这些风前烛也似的余生味道罢了。在这样的意义上，我衷心欢迎且恭喜重新编辑您的散文集的计划。至于只把您和我的往来信编辑来公开的奇想,则一想到极不高明的汉文不禁脸红起来,虽然,一面也不无爱惜您我之间友谊记忆的心情。如然的话,似乎只好委任赵夫人作为第三者的客观且严格的判断吧。写得太长了,即此打住,顺颂

俪安

几夜满敬复
二〇二一年二月二十二日

## 《年轮》编后

赵园

二〇二一年春节前后,着手为得后编一本随笔集。他已出版的著述以鲁迅研究、杂文为主,或将散文随笔与杂文混编,缺少一种较为严格意义上的"随笔集",不无遗憾。

《年轮》分为三辑:自述、怀人、书札。自述一辑以忆旧文字为主,有对故乡对早年生活的回忆,也有此后职业生涯、所历政治运动的回忆,另有与从事鲁迅研究有关的回忆。事后看,二十世纪九十年代应林贤治先生之约为其主编的《散文与人》写散文,是得后写此类文字较为集中的时期。那些文字大半收入二〇〇六年由中国文联出版社出版的《垂死挣扎集》。没有了林贤治先生的催稿，即再无写这类文章的兴致，更多的往事湮没在了岁月风尘中，渐就模糊。据我的经验，写作赖有机缘。某种状态，过此即难以再有。倘得后能将这类文字写下去，会更为可观的吧。得后的老乡张国功先生注意到了这组文章，在自己所编《文笔》上发表过一篇《得后先生的"乡愁"与隐痛》（见该刊2015年秋之卷）。

不像我的散文多以身历为材料，得后较少谈论自己，家居也难得讲述往事。"残生碎片"，是得后自己用过的题目。那些回忆确系"碎片"，其间有诸多空白，却仍可看出一个人一生的大关节目。即如《写在〈鲁迅教我〉后面》，将最初被鲁迅吸引，直至撰写第一篇严格意义上的鲁迅研究论文（《致力于改造中国人及其社会的伟大思想家》）的过程，叙述较详，直可由此线索铺陈"一个人的学术史"。只是得后已无力更无意于此了。那篇后记元气淋漓，激情四溢，应当处在最佳的写作状态。

三辑中，第二辑收入文章较多。关于李何林先生的三篇，《一个人的学问、信仰和作为——埋在我心中的李何林先生》写在李先生去世之初，其他两篇则补充了细节。关于王瑶先生的两篇，《王瑶先生》收入最早出版的王先生纪念集，写作时间稍后的《夕阳下的王瑶先生》叙事更绵密。此外，所写钟敬文、杨霁云、李长之、周海婴，日本学者中岛碧、伊藤虎丸、丸山昇诸先生，都是他尊敬的师友。

他感念的师友，钟敬文先生、启功先生、李长之先生，是他北京师范大学的老师。得后一生崇仰鲁迅先生，对于自己的老师钟敬文、李长之先生涉及鲁迅的公案，不但不回避，且致力于还原真相——却又非所谓的"辩诬"，而是力图澄清事实，校正成说，尽弟子对于师长的一份责任。尤其对于钟先生，不厌重复，一写再写，念兹在兹，情见乎辞，于师弟子一伦（不在五伦之内），可谓无憾。对于导引他从事鲁迅研究的李何林先生，他私淑的王瑶先生、杨霁云先生，无不一往情深。这份深情，非我所能及。

此辑收入四篇关于启功先生的文章，是由他关于启先生的十余篇中拣选出的。那一代老先生，得后的确对启先生感情更深，爱其人，也敬慕其学问、著述。对启先生的书法作品、论书论画自述平生的诗词，摩挲玩赏，不欲去手，其中的一些可谓烂熟于心。诸篇涉及启先生的性情、情感、思想渊源。由其中发表于《书城》杂志的《诗思诗语中的人性人意之论——纪念启功老师》，可知他关于孔孟老庄的某些见解。得后曾不厌其烦地强调启功先生"思想家"的一面。启先生是否思想家，不妨见仁见智；对得后的论述，他人或不以为然。甚而至于鲁迅是否可称"思想家"，也曾有过争论——无非将"思想家"置于其他"家"之上，以为这一名特别尊贵，容不得擅用。倘没有此种等级意识，则以启先生为"思想家"未为不可的吧。

未收入此辑的，有一篇题为《我敬我爱元白师》。如果说得后对李何林、王瑶先生的感情更是"敬"，对启功先生确实又"敬"又"爱"，甚至非"敬""爱"所能形容。这种一往情深，想必有更深的缘由，固然因服膺启先生的学问，更有可能被启先生应世的智慧所吸引，那种或与历史、家族背景有关的通达透彻，入世既深而又能出乎其外，尤其跳出来反躬自省，稀有难能。我还猜想得后的喑读启作，与他的耽嗜《老子》不无关系。所谓"世缘"，都绝非偶然，或根于性情，以至前世未了的什么情，是我所不能知的。

为某拍卖会拍卖伪托启先生书法作品一事，得后前后写了四篇杂文，乃受启先生之托。我怕他惹祸上身，兼以不懂相关法律，劝他罢手，他谢不能。有事弟子服其劳，何况受命于启先生！此事后来的发展，或非他当时所能逆料。还记得相关机构介入，有人登门询问事由。

第一、二辑诸篇，内容或有重叠，却因各有他篇所无的细节，也就保留了。写作的时间点不同，笔调即有差异,细心的读者当能察觉。自述的文章较少,怀人之作中的自述,或可补其不足。我写过一组短文《读人》。这是个可以做下去的题目。读人,未必不也是读自己。读自己心仪的人物,往往包含了自我期许以及遗憾。由此看得后怀人的文字,多半能得其实的吧。

得后的习惯,每信必复,也以此要求他人。我一再告诫他适可而止,以免使通信成为对方的负担。他生长旧式家庭,早年曾习字。手写的信,有些可能还存留在世间。电子文本中亦多书札。斟酌再三,仅将其与日本学者木山英雄先生间的书信作为一辑,省去了取舍的麻烦:既因他对木山先生的特殊感情,也因其中有二〇〇八年的几通围绕木山先生《北京苦住庵记》,内容较为集中。另一较为集中的,是二〇一五年关于得后正在进行中的有关鲁迅与左翼关系的考察。可惜这项考察因得后的眼疾而被迫中断了。相关书札中两个学人不避分歧,开诚布公而不勉强求同,也是我以为值得看重的理由。那是真正的交流,伊藤虎丸先生所说"心的交流",充满了和煦的人间气息。若不嫌夸张,是否可以作为日中学人间学术、思想交流之一例?此外,选择得后与木山先生间的通信,也因木山先生的人格魅力与幽默感,以及他别有韵致的日式汉语。他由得后那里得知了编随笔集的计划,二〇二一年年初的信中说,"我衷心欢迎且恭喜重新编辑您的散文集的计划。至于只把您和我的往来信编辑来公开的奇想,则一想到极不高明的汉文不禁脸红起来,虽然,一面也不无爱惜您我之间友谊记忆的心情"。我将此辑编完后发给木山先生,不免惴惴,猜想或许会被拒绝。直至三月,收到木山先生的信,才放下心来。木山先生竟同意了。至于木山先生所说我为得后编随笔集不失为"佳话",我回复说,真正的"佳话",是日中两个学人间的情谊与文字缘的吧。

得后与木山先生的书信往来起始二十世纪八十年代,电子文本要到二〇〇五年学会使用电脑后才有。还记得最初的信函中,木山先生说得后给了他"清风也似的印象",我因此用了"清风也"调侃得后。遗憾的是,纸质的信固然没有保存,即电子信件也不完整,或有复信而无来函,或有来信而无回复。因系私人信函,引文有未注出处者,我补了注。此外,木山先生的书札格式较特别,我改为中国读者习惯的格式以及标点;至于木山先生使用的繁体汉字未转换成简体,则出自我的一点私心,怕一经转换减损了味道。

收入随笔集诸篇,我校正了若干处误排,其他则尽可能保留时代、世代、个人的痕迹。收入此书的部分文章写在使用电脑之前,将其中的几篇转换为电子文本,赖有我的小友杜英和石艺璇同学的帮助。

编此集时看到，得后的那些电子文本，字越写越大（以至用黑体），篇幅越来越短。那是他视力衰退、使用电脑日渐吃力的时候。他和我都不能接受口述、由他人整理的方式。我则几乎所有已发表的"访谈"均属笔谈。钱理群曾建议与得后对话，由年轻人记录整理，得后拒绝了。他原本计划就"立人"写一本小册子（《写在〈鲁迅教我〉后面》），未能如愿。他说曾想写一本关于启功先生的小书，因眼疾不得不放弃了——所有这些，也像已在进行中而未及完成的关于鲁迅与左翼的著作（他也说是小册子），都是他的遗憾。当然，遗憾不止于此。他在纪念伊藤虎丸先生的文章中说："人生苦短，遗恨却太多。不必临终弥留之际，就在年老体衰，心有余而力不足的时候，检点平生，能够没有想做而尚未动手做，或没有做到，或没有做好和已经无力补救的事吗？或正要着手而机缘已逝，都是多大的悔恨啊。"

所幸钱理群于近期编了一本得后《鲁迅研究笔记》并自任评点，不但可稍补遗憾，且见出挚友间围绕鲁迅这一共同议题的思想切磋。也如木山先生与得后间的交流，不失为佳话的吧。

二〇二一年六月